MERIDIANE

Aus aller Welt

Band 47

Ismail Kadare

Spiritus

Roman

Aus dem Albanischen von
Joachim Röhm

Ammann Verlag

Die Übersetzung von »Spiritus«
folgt der Fassung der Werkausgabe Ismail Kadares,
erschienen 2001 bei Librairie Arthème Fayard, Paris.

Die Übersetzung wurde gefördert vom
Literarischen Colloquium Berlin mit Mitteln der Stiftung Pro Helvetia.
Der Verlag bedankt sich hierfür.

Erste Auflage

www.ammann.ch

Satz: Gaby Michel, Hamburg
Druck und Bindung: Clausen & Bosse, Leck
ISBN 978-3-250-60047-3

Spiritus

Erster Teil

Das Chaos

I

Wir gelangten von Osten her auf albanisches Gebiet, mitten im Winter. Die mazedonische Hochebene, die hinter uns zurückblieb, war im Frost erstarrt. Wir kratzten die Autoscheiben frei, und die Einheimischen, die uns in Empfang nahmen, meinten lachend, an den Temperaturen werde sich nichts ändern, bis wir in der Nähe der Hauptstadt seien.

Wir waren erschöpft und verzweifelt.

Seit Monaten zogen wir kreuz und quer durch das ehemalige kommunistische Imperium. Keiner begriff, was wir wollten, und jeder Versuch, es zu erklären, wäre von vornherein sinnlos gewesen. Es gab Tage, an denen wir selbst nicht wußten, um was es uns eigentlich ging.

Wir hatten kistenweise Dossiers und schriftliche Zeugnisse zusammengetragen. Es war ein einziger Alptraum: Pläne von Lagern und Gefängnissen, Briefe von Internierten, Geheimbefehle und natürlich eine Menge Zeitungsausschnitte. Eifrig klaubten wir alles auf, doch nur, um wenig später über uns selbst zu staunen, denn es war der immer gleiche, ganz gewöhnliche Kram. Schließlich wagten wir die Erkenntnis, die wir schon lange in uns herumtrugen, auch auszusprechen: Bei aller Unterschiedlichkeit der Länder und Völker, die ihn erlebt und erlitten hatten, war die Geschichte des Kommunismus doch von universaler Einheitlichkeit. So wie dieser Winter. Nun, da sich bereits der Schleier des Vergessens darüberlegte, wurde diese wüstenartige Eintönigkeit noch offensichtlicher.

Wir suchten etwas anderes. Etwas Besonderes, Zusammenfassendes, ein Ereignis oder Phänomen, in dem sich eine Wahrheit von solcher Weitläufigkeit bis an die Grenzen des Möglichen verdichtet fand. Nach unserer Überzeugung konnte es keine annähernd die Hälfte des Erdballs einschließende Schreckensherrschaft geben, bei der nicht Anzeichen einer neuen, noch nie dagewesenen, über die Grenzen dieses Lebens hinausweisende Qualität zu erkennen gewesen wären.

Gelegentlich befanden wir uns am Rande der Verzweiflung. Wie konnten wir angesichts der Tatsache, daß die Himmelskörper bei allen äußerlichen Unterschieden am Ende doch aus der gleichen Materie bestanden, darauf hoffen, ausgerechnet auf diesem Planetlein einen neuen Stoff zu entdecken, der auch noch aus dem 20. Jahrhundert stammte?

Jetzt, am Ende unserer Reise, sahen wir ein, daß wir zu viel Hoffnung auf den Schrecken gesetzt hatten, im irrigen Glauben, in seiner dichtesten Form vermöge er jenseits der Grenzen des Möglichen Ereignisse und Phänomene zu erzeugen, für die es auf dieser Welt noch keinen Namen gab. Wir stellten sie uns als Taten vor, die eigentlich nicht hätten geschehen dürfen, die aufgrund eines Versehens oder einer Unaufmerksamkeit durch die Sperren des Schicksals gelangt und nach entsetzlichen Geburtswehen aus dem finsteren Schoß der jenseitigen Welt geschlüpft waren, so wie Ödipus irrtümlich aus dem Bauch seiner Mutter, doch nur, um wieder in jene Finsternis zurückzukehren.

Wenn es überhaupt solche Komprimierungen gegeben hat, dachten wir manchmal, dann nur für einen kurzen Moment, und es war niemand da, der sie hätte bemerken können. Oder es bemerkte sie jemand, konnte aber nichts damit anfangen.

Es gab Tage, da dünkte uns, in kalten Gebieten, wo Schnee die Erde monatelang vom Licht der Sonne abschnitt, sei am ehesten zu finden, wonach wir suchten. An anderen Tagen schien uns das Gegenteil wahrscheinlicher. Bot nicht die sandige Wüste, die einst das Leben aus ihrem Bauch hervorgepreßt hatte, viel bessere Voraussetzungen? War nicht die unter der sengenden Sonne flirrende Luft stets bereit, trügerische Spiegelungen hervorzurufen?

Im ehemaligen Herrschaftsbereich des Kommunismus gab es alle Arten von Erde und Wasser. Den schläfrigen Sümpfen, über denen ein fahler Mond stand, schien nur noch wenig zu fehlen, bis sie imstande waren, Zeugnis abzulegen. Sehr wenig: vielleicht ein wenig Trauer, das Krächzen eines Raben, ein verlorener Schmuck. Aber auch sie gaben uns nichts.

Manchmal glaubten wir, das Übel, nach dem wir suchten, zeige sich nicht, weil wir nicht nach ihm greifen durften. Vielleicht mußte es auf dieser Seite der Erdkugel bleiben, um sie nicht aus dem Gleichgewicht zu bringen oder eine Achsverschiebung zu bewirken.

All dies ging uns natürlich im Kopf herum, während wir tiefer in das Gebiet der Albaner vordrangen. Wohl wußten wir, daß es sich um ein uraltes Land der Legenden handelte. Doch nach all den Enttäuschungen, die wir in dem ausgedehnten Ex-Imperium bereits erlebt hatten, entzündete sein hinterster Winkel, Albanien, wahrhaftig nicht die Kerze der Hoffnung in uns.

Das Auto kroch eine Bergstraße hinauf. Links und rechts ließen dunkle Höhlen und Spalten die schneebedeckten Flächen wie tragische Masken erscheinen. Wir konnten nicht wegschauen, wahrscheinlich, weil wir den Eindruck hatten, es fehle nur noch wenig, bis sie auch noch zu sprechen anfingen.

2

In Albanien fanden wir im wesentlichen vor, was wir erwartet hatten. Höchstens, daß die Hotels noch ein Stück trostloser und die Cafés verräucherter waren.

Dauernd stolperten wir über Exkommunisten, auf denen der Kummer wie eine Staubschicht zu liegen schien. Auch die ehemaligen Häftlinge schüttelten ihre ergrauten Köpfe, doch schon nicht mehr zornig. Die meisten schienen zu erschöpft, sogar die Verrückten. Müde waren auch die vom Regime Enteigneten nach all den Gängen ins Rathaus, zum Anwalt und vor allem ins Katasteramt. In manchen der alten Grundbücher gab es noch Stempel von längst nicht mehr existierenden Staaten, manchmal sogar in einer fremden, nirgends mehr gebräuchlichen Schrift oder einer Sprache, die nicht zu den indoeuropäischen gehörte.

Mehr, um das Ritual einzuhalten, ein wenig aber auch, um unser Gewissen zu beschwichtigen, versuchten wir unseren einheimischen Begleitern zu erklären, was wir suchten. Wir hatten die Worte so oft ausgesprochen, daß sie uns allmählich anödeten: ein Ereignis, das so entsetzlich gewesen war, daß es einen Riß in der Mauer verursacht hatte, die unsere von der jenseitigen Welt trennte. Wenigstens einen kurzen Blick wollten wir hinüberwerfen. Drüben etwas sehen, das vom Stoff der Träume war. Entstanden durch qualvolle Schrumpfung. Unfaßbar für unseren Verstand. Sich selbst aufsaugend … während wir … also, wir … wir wollten versuchen, ihm eine andere Richtung zu geben … es von dort wegzuholen … der Finsternis zu entreißen.

Man sah, wie sie beim Zuhören regelrecht litten. Sie wollten uns wirklich helfen. Doch es war etwas in ihren Augen, eine Sperre, die dem glich, was wir auch in den Löchern und Schrunden im Schnee entdeckt zu haben glaubten.

Es dauerte ein paar Tage, bis sich der Erfolg einzustellen begann. Wir merkten es an dem, was sie uns mitteilten. Es war nun nicht mehr das übliche Zeug: Familiendramen, an denen der Staat schuld war, Psychosen vor Beginn von Terrorkampagnen als Folge wiederkehrender Phasen von etwas wie Selbstentzündung beim Diktator. Die Vorfälle, die man uns berichtete, wurden immer eigenartiger. Ein Mensch, den man tot geglaubt hatte, war nach langer Zeit wieder aufgetaucht. Genau wie in den alten Balladen. Natürlich, und das wußten alle, war der Tod, der ihn geholt und dann wieder entlassen hatte, nur eine Erfindung der Geheimpolizei. Wir wollten ihnen das Herz nicht brechen, deshalb verschwiegen wir, daß diese Geschichte bei allen kommunistischen Geheimdiensten vorgekommen war. In Tobolsk in Rußland, wo es zu den gebräuchlichen Foltermethoden gehörte, Lebende für mehrere Stunden zu einem frisch Verstorbenen ins Grab zu legen, war es gar zu einer Verwechslung gekommen. Man hatte den eines natürlichen Todes Gestorbenen statt des Gefolterten wieder herausgeholt, was allerdings erst nach mehreren Jahren bewiesen wurde, als die Angehörigen endlich die Erlaubnis zur Exhumierung erhielten.

Wir sammelten solche Ereignisse, besonders wenn sie die Erinnerung an uralte Verwünschungen wach werden ließen, die Familien über Generationen hinweg verfolgt hatten. Eine starke Ähnlichkeit mit dem Klassenkampf unter der Diktatur des Proletariats war dabei unübersehbar.

Die Ereignisse waren beklemmend, doch es fehlte ihnen eine Menge zur echten Legende. Einzig die überlieferten Mythen hätten als Gefäß dienen können, um das ganze Unheil, die ganze finstere Nacht aufzunehmen, und sie waren da, gleich antiken Vasen, die von Archäologen aus der Erde geholt worden sind. Nur fanden die Geschehnisse von heute nicht den Weg in sie hinein.

Seit langem spürten wir, daß ein Ereignis, um den Zustand zu erreichen, an den wir dachten, einen Panzer bilden mußte. Außerdem waren die Geschichten, mit denen wir es zu tun hatten, noch zu unfertig. Unreif sozusagen. Es würde mindestens zweihundert, vielleicht sogar dreihundert Jahre dauern, bis die nötige Ausdörrung und Schrumpfung zur Legende erreicht war.

Wir fragten zahlreiche Albaner nach dem wiederauferstandenen Toten, von dem ständig die Rede war, weil wir herausfinden wollten, ob wenigstens ein Teil der Leute glaubte, daß es sich um eine Erscheinung aus der anderen Welt gehandelt hatte. Jedesmal ernteten wir nur ein Lächeln: Wie naiv wäre es gewesen, so etwas zu glauben! Schließlich kamen in den Dossiers der Staatssicherheit viel merkwürdigere Dinge vor. Sie waren jedermann vertraut. Sie waren tägliches Gesprächsthema, wie das Wetter...

Wir lächelten ebenfalls, wenn auch bitter. Erst wenn das Dossier verwelkt am Boden lag wie herbstliches Laub, würde das Ereignis das erste Häutlein der schützenden Rinde bilden, dann das zweite, das dritte, bis es schließlich in der geheimnisvollen Schale des Mythos geborgen war.

Aber dafür war unser menschliches Leben viel zu kurz. Zwar beeilten wir uns ständig, doch das änderte nichts daran, daß unsere Verzweiflung stieg, ob wir uns nun im polnischen Tiefland befanden, inmitten der Monotonie der ungarischen Pußta oder auch im kohlestaubgepuderten Tschechien. Wir konnten nur auf ein Wunder hoffen, auf einen Fall überlebensgroßen Schreckens. Oft führten wir als Beispiel die Opfer gräßlicher Unglücksfälle an, deren Haar über Nacht schlohweiß geworden war, anstatt im Verlauf von dreißig, vierzig Lebensjahren allmählich zu ergrauen.

Eines Abends glaubte einer von uns, als er schon am Einschlafen war, einen kalten Blitz über den Himmel schleichen zu sehen, und zwar auf der linken Seite der Stadt. Er wartete ein paar Augenblicke lang auf weitere Zeichen eines Gewitters, und als sie ausblieben, gab er schluchzend einem alten Kummer nach.

Ein andermal fanden wir unseren Chef in die Broschüre »Die albanische Sprache – Grundwissen für Touristen« vertieft vor. Er behauptete ständig, die Sprache eines Volkes sei der Schlüssel zu seinen Geheimnissen, doch da dies schon in St. Petersburg und sogar in Budapest von ihm zu hören gewesen war, ohne daß er versucht gehabt hätte, sich des Russischen oder des Ungarischen zu bemächtigen, trauten wir ihm nicht zu, daß er es mit der schwierigen Sprache der Albaner ernster meinte.

Unser Chef ist ein Mensch, dessen eigensinnige Erscheinung durch spärliches Haupthaar noch unterstrichen wird. Er brannte darauf, daß endlich ein paar Einheimische kamen, die er mit seinen komplizierten Fragen löchern konnte. Gott allein weiß, wo er auf schlichtweg unübersetzbare Ausdrücke wie »Nimmerleinstag« gestoßen war. Besonders hatte es ihm eine Konjugationsform des Verbs im Albanischen angetan, die sich »Optativ« nannte und sonst höchstens noch im Altgriechischen vorkam. Sie, so behauptete er, sei das Werkzeug, um allen Verben im Albanischen eine günstige oder ungünstige Richtung zu geben oder, anders ausgedrückt, einen positiven oder negativen Beiklang.

Die Einheimischen reagierten kaum weniger verwirrt als

wir. Zwar gehörte diese Konjugationsform ohne Frage zu ihrem täglichen Sprachgebrauch, doch hatten sie sich nie große Gedanken darum gemacht.

Unser Chef maß sie mit spöttischen, manchmal sogar höhnischen Blicken. Die bösartige Seite des Geists der albanischen Sprache schien auf ihn abgefärbt zu haben. Natürlich habt ihr euch nicht den Kopf darüber zerbrochen, verkündete er, weil es euch nämlich egal ist. Ihr kapiert nicht, daß diese Maschinerie all die Flüche und Segnungen produziert, an denen eure Sprache so reich ist wie keine andere. Jetzt starrt mich nicht so an! Wißt ihr nicht, daß eure Vorfahren glaubten, die kleinen Gottheiten, also die Feen und Elfen, wanderten ständig umher, um bei den Leuten Verwünschungen und Segenssprüche abzuholen und denen, an die sie gerichtet waren, zu überbringen? Höhere Wesen als Gehilfen dieser Maschinerie, versteht ihr? Eure alten Poeten hielten nicht ohne Grund das Albanische für eine Göttersprache. Natürlich nicht, weil sie an all diesen Blödsinn glaubten, sondern weil sie wußten, daß der Optativ, dieser Schatz, der die albanische Sprache von den anderen Sprachen der Welt unterscheidet, mit den Feen zu tun hat. Aber ich sagte ja, das ist euch egal. Das einzige, was ihr könnt, ist jammern und euch beklagen. Deshalb macht euer Land auch diese schwierige Zeit durch. Deshalb konnte euer Diktator, dieser Herr Priester oder Hodscha, oder wie immer er auch hieß, mit euch machen, was er wollte. Er hat euch eingelullt, unterdrückt und schließlich noch eine halbe Million Kuckuckseier ins Nest gelegt. Ich meine diese ganzen Betonbunker.

Er redete sich schließlich so in Rage, daß wir fürchten mußten, er werde gleich jemand an die Gurgel gehen, wenn ihn sich die gekränkten Einheimischen nicht schon vorher vorknöpften. Offenbar erkannte er die Gefahr, denn auf dem Höhepunkt seiner Tirade kehrte er uns jäh den Rücken zu und verschwand türeschlagend in seinem Zimmer.

3

Nach dem Zwist unseres Chefs mit den einheimischen Begleitern rechneten wir mit einer Abkühlung des Verhältnisses, doch es geschah genau das Gegenteil. Vielleicht war der Vorfall Ansporn gewesen, oder es handelte sich um einen reinen Zufall, jedenfalls teilte uns zwei Tage später einer der Begleiter beim Morgenkaffee in der Hotelbar mit, er sei auf etwas gestoßen. Das Ereignis hatte sich offenbar in der Nachbarstadt abgespielt. Es war äußerst mysteriös, um nicht zu sagen, fast unwirklich. Wahrscheinlich hatten Feen die Hand im Spiel.

Unser Chef schaute vor sich auf den Tisch und tat so, als bemerke er den Spott nicht. Das hieß wohl, daß er den Streit von vor zwei Tagen zu den Akten gelegt hatte und wollte, daß die anderen das gleiche taten.

»Hören wir auf mit den Hänseleien«, griff der zweite Begleiter ein. »Was man hört, klingt tatsächlich mehr als erstaunlich.« Er schlürfte langsam seinen Kaffee. »In der Nachbarstadt, jedenfalls hier in der Nähe, soll es der Geheimpolizei vor Jahren gelungen sein, ein Gespenst zu ergreifen.«

Wir saßen eine Weile lang schweigend da. Aus den Augenwinkeln musterten wir unseren Chef. Da er nichts sagte, getrauten wir uns ebenfalls nicht, auszusprechen, was uns allen auf der Zunge lag: War das ein Hirngespinst, oder war wirklich etwas an der Sache?

Unsere Begleiter schienen zu ahnen, was in unseren Köpfen vorging, denn sie erklärten, inzwischen seien sie in unsere

Arbeit und unsere Absichten genug eingeweiht, um uns keine Ammenmärchen oder Science-fiction-Geschichten zu servieren. Alles spreche dafür, daß die Geschichte auf ein tatsächliches Ereignis zurückgehe, auch wenn dieses nach wie vor völlig im dunkeln liege. Es gebe sogar zwei Versionen: In der einen ergreife der Staatssicherheitsdienst, wie gesagt, einen Geist, in der anderen werde jemand auch noch nach dem Tod abgehört.

»Zwei Versionen ... O Gott, wie in uralten Zeiten!« stieß der Chef hervor.

Es war das erste Mal, daß er den Mund aufmachte.

Die Spannung löste sich ein wenig, und wir bestellten noch einmal Kaffee. Die Albaner meinten, sie hätten von der Sache zwar schon gehört, aber erst hier in B. die Gewißheit gewonnen, daß es sich um mehr als ein Märchen handelte. Allerdings seien die Spuren sorgfältig verwischt worden, weil dem albanischen Geheimdienst offenbar sehr daran gelegen sei, daß nichts von seinem Vorgehen und den zum Einsatz gebrachten Mitteln bekannt werde. Vermutlich habe man die als wertvoll erkannte Erfindung weiterhin nutzen wollen...

Wir diskutierten immer wieder über die Bedeutung des Begriffs »Ergreifung eines Geistes«. Bedeutete »Ergreifung« wirklich eine Festnahme in dem Sinne, daß man jemand Handschellen anlegte, oder drückte das Verb im Albanischen auch noch etwas anderes aus? Die Einheimischen versicherten, es gehe hier ganz konkret um ein »Einfangen«, vermittels einer Falle oder eines Netzes zum Beispiel, wie bei Vögeln oder Schmetterlingen.

Die meisten meinten, die Nachbarstadt müsse der Ort dieses Geschehens gewesen sein, zumal dort nach dem Verbot eines Theaterstücks Ermittlungen angestellt worden waren. Wir sprachen eine Weile über das abgesetzte Stück, Tschechows »Die Möwe«.

Unser Chef knackte ungeduldig mit den Fingern. Schließlich konnte er nicht mehr an sich halten.

»Sie gehen mir auf die Nerven mit diesem Theaterstück. Was soll das ganze Gerede? Woher wissen Sie überhaupt, daß diese Geschichte etwas damit zu tun hat?«

Erst sahen sie sich verdutzt an, dann fingen alle gleichzeitig zu reden an und beteuerten, jedermann, der auf den »Geisterfang« (zum ersten Mal wurde dieser Begriff benutzt) zu sprechen gekommen sei, habe das Ereignis in einen Zusammenhang mit dem verbotenen Drama gestellt.

»Worauf warten wir dann noch?« erklärte der Chef. »Machen wir uns auf den Weg.«

4

Noch heute empfinde ich Grauen, wenn ich das Heft aufschlage, in dem ich die Gespräche mit den überlebenden Ensemblemitgliedern festgehalten habe. Auf den ersten Blick hatte alles nach einer jener ganz gewöhnlichen Verbotsgeschichten ausgesehen, wie sie im Osten tausendfach vorgekommen waren, ob es sich nun um eine Vorstellung der Amateurtheatertruppe einer sowjetischen Kolchose oder der Berliner Staatsoper gehandelt hatte. Wäre da nicht der Anflug eines unterirdischen Zitterns zu spüren gewesen. Irgendwo tief unter unseren Füßen gab es etwas, vielleicht nicht das, was wir suchten, auf jeden Fall aber etwas, das uns zu ihm hinführen konnte.

Das Geheimnis lauerte weit, sehr weit unter uns in gräßlichen Höhlen, zu denen niemand vorzudringen vermochte.

Wir standen gewissermaßen auf der Schale, die das Ereignis umschloß: viele Schichten von Lehm, Stein, Kalk und vielleicht auch Kohle trennten uns von ihm. Doch durch diesen dicken Panzer hindurch war die Angst zu spüren, die es heraufsandte.

Wir erreichten B. noch am gleichen Abend. Aus der Entfernung machten die unruhig funkelnden Lichter einen wenig gastfreundlichen Eindruck auf uns. Möglich, daß es an uns selbst lag, daß wir schon lange ein ungutes Gefühl mit uns herumtrugen. Als wir dann in die Stadt hineinfuhren, glaubten wir, ein bißchen mehr zu begreifen. Wie überall im ehemals kommunistischen Osten trugen die meisten Bars und Cafés westliche Namen, nur war hier alles auf die Spitze getrieben: »Beverly Hills«, »Eva de St. Germain de Prés«, »Rom«, »Monte Carlo«.

Zwar sehnte sich diese ganze Welt nach Vergessen, doch in der Stadt B. war das Verlangen besonders dringend, das spürte man. Wir kamen uns vor wie Unglücksboten, die unerwünschte Erinnerungen weckten.

Bevor wir vor dem Theatergebäude hielten, um uns nach ehemaligen Ensemblemitgliedern zu erkundigen, fuhren wir mehrmals auf der Hauptstraße hin und her. Plakatfetzen flatterten im Wind. Die nächste Premiere wurde bereits angekündigt, doch das Gebäude stand dunkel und unbelebt da. Samstags, so erfuhren wir, werde nicht geprobt, doch seien die Schauspieler meistens im Café »Trumpf-Aß« anzutreffen.

Das Café war so verqualmt, daß man kaum Luft bekam. Erst hielt man uns für Vertreter einer ausländischen Produktionsfirma, die auf der Suche nach einheimischen Schauspielern für drittrangige Nebenrollen war, und empfing uns deshalb freudig. Als man erfuhr, daß wir uns für eine lang zurückliegende Aufführung interessierten, legte sich Enttäuschung auf die Mienen. »Ach, du liebe Zeit«, sagte einer und griff sich an die Stirn. »Das kann doch nicht euer Ernst sein?«

Offenbar existierte diese Zeit für sie gar nicht. Ein paar wollten noch nicht einmal glauben, daß damals wirklich Stücke aufgeführt worden waren. Angeblich war das Theater damals hauptsächlich für Jahrestagsfeiern und Gedenkveranstaltungen genutzt worden. Gelegentlich auch für Schauprozesse. Wir ließen uns jedoch nicht von unserer Meinung abbringen, und schließlich fing man an, sich zu erinnern. Na ja, Vorstellungen habe es vielleicht schon gegeben, aber das seien ... wie sollte man es nur ausdrücken ... Genossenschaftsschmonzetten gewesen. »Realistischer Sozialismus eben«, meinte einer, »so hieß das damals.« »Sozialistischer Realismus«, korrigierte ihn ein anderer. »Ach, ist das nicht dasselbe?«

Als wir Tschechows »Möwe« erwähnten, schauten sie betreten zu Boden. Offenbar hatten sie die Inszenierung aus ihrem Gedächtnis verdrängt und brauchten einige Zeit, sich wieder daran zu gewöhnen.

Tschechows »Möwe«? Natürlich, davon haben wir gehört. Aber, wie soll ich sagen... Das ist eine ziemlich dunkle Angelegenheit. Man hat nie genau erfahren, was los war.

Was für eine dunkle Angelegenheit? Was hat man nie genau erfahren?

Sie zuckten die Schultern und schauten einander an. Ach, was soll's? Das ist eine uralte Geschichte. Und weil sie so undurchsichtig ist, noch einmal so alt.

Und keiner weiß mehr davon?

Keiner! Die Leute haben jetzt andere Sachen im Kopf.

5

Die meisten waren inzwischen gestorben oder weggezogen. Wir fanden nur noch den einstigen Direktor, die Frau des Regisseurs und die damalige Hauptdarstellerin. Alle bewahrten das schon ziemlich vergilbte Vorstellungsplakat auf. Es zeigte eine Möwe, die leblos am Ufer eines Sees lag. Auch die Premierenphotos waren natürlich noch da. Die Überreichung der Blumen. Verschmierte Schminke unter dem rechten Augenwinkel, vermutlich Folge vergossener Tränen. Bilder aus dem Saal: vorwiegend freudige Gesichter, doch auch perplexe Mienen, wie beim Anblick einer Sphinx.

DER DIREKTOR: Warum? Ich bin nie dahintergekommen. Daß Aufführungen verboten wurden, manchmal sogar im letzten Moment, wenn bereits alle Karten verkauft waren, das kam häufig vor. Aber was mit der »Möwe« passierte, war völlig unerklärlich. Von verschiedenen Stellen kamen widersprüchliche Anweisungen, die einander aufhoben. Die Aufführung wurde viermal abgesetzt und jedesmal wieder genehmigt, bevor schließlich das endgültige Aus kam. Eine Erklärung hat man uns nie gegeben. Ein totales Rätsel! Einmal wurde sogar gemunkelt, der örtliche Geheimdienst sei für die Aufführung, das Parteikomitee jedoch dagegen. Als ich das hörte, dachte ich zuerst an einen dieser zynischen Scherze, für die der Staatssicherheitsdienst berühmt war, oder sonst etwas in dieser Art. Soweit ich mich erinnere, wurde später, als bei der Abteilung für Inneres Verhöre stattfanden, der Vorwurf des Liberalismus erhoben! Können Sie sich das vorstellen? Mein Gott, es blieb alles im Nebel! Nach all den Jahren begreife ich immer noch nichts. Was den »ergriffenen Geist« angeht, so habe ich damals wohl etwas aufgeschnappt, aber das war total vage. Wir schleppten so viel Angst mit uns herum, daß wir auf solche Gerüchte nicht groß achteten.

DIE FRAU DES REGISSEURS: Alle hatten zu leiden. Aber am schlimmsten traf es natürlich ihn. Ich bin mir sicher, daß sein Krebs auch davon kam. Tage voller Sorge, dann ein schwacher Hoffnungsschimmer am Horizont. Oder das Gegenteil: man war voller Begeisterung bei der Arbeit, und plötzlich, wie ein Beilhieb, ein schlimmes Gerücht, und alles war kaputt. Im Schlaf redete er wirres Zeug. Er packte mein Handgelenk, als wolle er mir den Puls fühlen. »Es geht weiter«, murmelte er, und dann plötzlich rief er mit scharfer Stimme: »Es ist aus!« All das andere erspare ich mir lieber: Versammlungen, bis man völlig erschöpft war, manchmal bis drei Uhr morgens. Sie bohrten und bohrten. Wieso habt ihr gerade dieses Stück ausgewählt? Was für eine Meinung habt ihr von den revolutionären Dramen unserer zeitgenössischen Literatur? Wußtet ihr, daß unsere chinesischen Genossen dieses Stück ganz verboten haben? Nie gaben sie sich zufrieden. Immer wieder die Frage nach den Gründen. Und dann nach den Gründen für die Gründe. Noch heute habe ich ein ganz komisches Gefühl im Magen, wenn ich bloß daran denke.

DER FÜR PROPAGANDA ZUSTÄNDIGE BEZIRKSPARTEISEKRETÄR: Was wollt ihr überhaupt von mir? Was habe ich damit zu schaffen? Ich habe das Stück nicht verboten. Die Anweisung kam von oben, und die Befehle der Partei waren bekanntlich heilig. Wer hätte sie in Frage stellen sollen? Jetzt plustern sich plötzlich ein paar von diesen Helden auf. Heute ist es leicht, das Maul aufzureißen. Damals sah das ganz anders aus. Mir läuft es immer noch kalt über den Rücken, wenn bloß das Telefon klingelt ... Die Abteilung für Inneres soll sich für das Stück eingesetzt haben? Daß ich nicht lache!

Ihr braucht mich gar nicht so anzuschauen. Das werdet ihr nie begreifen. Die ganze Welt steht auf dem Kopf. Ich will bloß die paar Tage, die mir noch bleiben, meinen Frieden haben! Ich bin schließlich auch nur ein Mensch. Ein menschliches Wesen.

DIE HAUPTDARSTELLERIN DER »MÖWE«: Also, wenn ich über die ganze Geschichte nachdenke, dann weiß ich immer noch nicht, welches Gefühl damals vorherrschte, Trauer oder Freude. Es war sicher beides da, und wenn man sich gewöhnlich auch an die schlimmen Dinge besser erinnert, so kann ich dennoch nicht sagen, daß die Freude, die ich erlebte, schwächer gewesen wäre als die Trauer. Ich war damals wie betrunken. Dabei wußte ich, daß mein Glück vergänglich war. Wie ein Regenbogen, wie die Jugend. Entschuldigen Sie die Tränen. Ich habe so lange nicht mehr geweint. Die Leute lachen einen heute aus, wenn man wegen so etwas weint ... Ich versuche, vor allem an die glücklichen Momente denken, die ich dieser Aufführung verdanke. Damals hätte ich alles getan, um mitmachen zu können. Ich wußte, daß eine solche Gelegenheit vielleicht nie wiederkehren würde. Eine Möwe aus der russischen Steppe des neunzehnten Jahrhunderts ... Entschuldigen Sie, ich glaube, ich rede Unsinn. Nehmen Sie es mir bitte nicht übel. Ich wollte damals alles so intensiv wie möglich erleben. Es war eine Zeit wie ein Regenbogen. Ich war vierundzwanzig Jahre alt, hatte erst zwei Jahre vorher die Schauspielschule in Tirana abgeschlossen, und obwohl ich meinen Mann liebte, hatte ich ... einen Flirt, also, ich betrog ihn, wie man damals sagte, zwischen den Proben. Entschuldigen Sie, bitte. Ich hatte es so eilig, alles auszuprobieren. Ich war wie jemand, der Vorräte für einen langen Winter anlegt. Und dieser Winter kam dann auch, wie erwartet, aber daran will ich nicht mehr denken ... All die Versammlungen, auf denen der Stab über die

Inszenierung gebrochen wurde, reichten ihnen nicht, sie stellten auch noch Ermittlungen wegen meiner... Affäre an. Aber am traurigsten war das mit der »Möwe«... Manchmal träumte ich, das Stück sei wieder erlaubt. Eine Stimme war zu hören: Macht zu, der Saal ist schon voll! Wir wollten so schnell wie möglich auf die Bühne, aber es herrschte ein solches Durcheinander... Wir fanden unsere Kostüme und unsere Schuhe nicht... Als wir dann endlich vor dem Publikum standen, merkten wir, daß wir halbnackt waren.

6

Je stärker wir empfanden, wie kühl, ja abweisend man sich in B. uns gegenüber verhielt, desto mehr verdichtete sich unsere Überzeugung, daß hier wirklich etwas Rätselhaftes geschehen war, an dem niemand mehr rühren wollte.

Unsere albanischen Freunde, die alles taten, um Näheres in Erfahrung zu bringen, wußten zu berichten, die Leute leugneten standhaft, daß die Sache mit dem ergriffenen Geist beziehungsweise dem abgehörten Toten hier in unserem Ort stattgefunden hatte. Es war einem natürlich zu Ohren gekommen, und man wußte sogar von einer dritten Variante (ein sprechender Klumpen Lehm), aber das alles habe sich in weiter Ferne abgespielt, irgendwo in Nordostalbanien.

Das war uns schon früher aufgefallen: Die Leute versuchten stets, beunruhigende Vorfälle so weit wie möglich von ihrem Heimatort wegzuverlegen. Die Stadt B. war ein Musterbeispiel dafür. Dabei war es früher einmal ganz anders gewesen. Gegenden, ja sogar die kleinsten Weiler hatten sich darum gestritten, Schauplatz solcher Ereignisse gewesen zu sein.

Von einem zweiten Gespräch mit der Hauptdarstellerin der »Möwe« (das nach tausend Entschuldigungen stattfand, weil dadurch schmerzliche Erinnerungen wachgerufen wurden, der Flirt ...) kam einer von uns fassungslos zurück: Ob wir uns vorstellen könnten, daß ausgerechnet damals, als der Terror nicht nur in dieser Stadt am schlimmsten gewütet hatte, eine Gruppe entdeckt worden war, die spiritistische Sitzungen abhielt?

Natürlich konnten wir es uns nicht vorstellen, und das galt nicht bloß für Albanien, sondern für den ganzen ehemals kommunistischen Osten. Doch unser Kollege kam direkt von der Schauspielerin zurück, die ihm in allen Details berichtet hatte, wie sie aus diesem Grund vom Staatssicherheitsdienst vorgeladen worden war, da ihr Geliebter der betreffenden Gruppe angehört hatte.

Spiritistische Sitzungen unter der Diktatur des Proletariats... Darauf wäre ich nun wirklich nicht gekommen, meinte unser Chef. Dann murmelte er den Namen des Liebhabers der Schauspielerin vor sich hin, eines Elektroingenieurs, dessen Spuren sich lange vor der Aufdeckung der Gruppe verloren hatten. Shpend Guraziu, ich weiß nicht, wie es bei euch ist, aber mir jagt dieser Namen einen Schauder über den Rücken, sagte er: Vogel Schwarzstein. Wir konnten es ihm nachfühlen. Er war der einzige von uns, der wenigstens ein bißchen Albanisch verstand, und glaubte, alles übersetzen zu müssen, sogar Namen.

Wie zu erwarten, bat er die Schauspielerin um ein persönliches Gespräch, doch bei seiner Rückkehr merkte man ihm an, daß die Begegnung seine Verwirrung noch gesteigert hatte. Sie erinnerte sich an alles nur noch nebelhaft. Das war durchaus verständlich, war ihr Liebhaber doch am gleichen Tag verschwunden, an dem man das Stück endgültig verboten hatte. Ich war so verängstigt, daß ich gar nichts richtig mitbekam, meinte sie. Am liebsten wäre ich gestorben. Später, als sie sich ein wenig gefaßt hatte, war sie allem noch einmal nachgegangen, ohne klare Antworten zu erhalten. Einer meinte, er sei aus dem Auto gefallen, als er eine französische Delegation begleitete. Ein anderer äußerte Zweifel an dieser Version. Weißt du, sagte er, es ist schon angenehm, wenn man Ausländer begleiten darf, schöne Hotels, edle Getränke. Aber manchmal muß man teuer dafür bezahlen.

Als man sie Jahre später plötzlich zur Staatssicherheit vorlud, mußte sie an die damals geäußerte Vermutung denken. Man war der Gruppe noch nicht auf die Spur gekommen, doch bestand offenbar bereits ein Verdacht. Man wollte alles mögliche über den Verschwundenen von ihr wissen. Nach so langer Zeit hoffte sie, die Beziehung einfach abstreiten zu können, doch schon nach zwei Minuten gab sie ihr Leugnen auf. Der Grund war eine Tonbandkassette mit der Aufzeichnung eines ihrer Gespräche. Sie erinnerte sich auch heute noch genau daran: »Sie: ›Kommst du heute abend mit den Franzosen ins Theater?‹ Er: ›Ganz bestimmt!‹ Sie: ›Ich möchte dich im Saal sehen.‹ Er: ›Ich möchte dich auch sehen, ich kann es kaum erwarten.‹ Sie: ›Können wir uns nach der Vorstellung treffen, Liebster?‹ Er: ›Vielleicht...‹«

Es war ihr letztes Gespräch gewesen. Er hatte den Abend nicht mehr erlebt, und das Stück war abgesetzt worden.

Die Ermittler löcherten sie mit Fragen, vor allem interessierten sie sich für eine seiner Jacken, braun, österreichisches Fabrikat. »Sie waren ganz versessen darauf, ich weiß bis heute nicht, warum. Hundertmal beteuerte ich, daß er keine Jacke bei mir gelassen habe. Ich war verheiratet, er konnte unmöglich die

Nacht bei mir verbringen. Unser einziges Rendezvous fand in der Wohnung eines seiner Freunde statt, nachmittags, vor der Probe. Aber sie ließen einfach nicht locker. Wo könnte er sie gelassen haben? Sie waren sich sicher, daß er diese Jacke irgendwohin mitgenommen hatte, und sie wollten sie um jeden Preis haben.«

Dann brauchte man sie offenbar nicht mehr und ließ sie in Ruhe. Man hatte wohl das Gesuchte gefunden, außerdem existierte die Gruppe nicht mehr. Es hieß, eines der Mitglieder, das Medium, sei unter der Folter gestorben. Das Schicksal der anderen war nicht bekannt.

Alles lag im Nebel. Selbst Shpend Gurazius Grab war für einige Zeit unzugänglich, weil man den entsprechenden Teil des Friedhofs wegen der nötigen Nachforschungen, wie es hieß, völlig abgeriegelt hatte. »Als ob er aus dem Grab geflohen wäre! Ich glaube sogar fest, daß es so war. Bestimmt lebt er noch irgendwo.«

7

Erstaunlich viele Leute schienen über die Gruppe, die sich zu spiritistischen Sitzungen getroffen hatte, Bescheid zu wissen. Seelenruhig gaben sie uns Auskunft, und wir vergaßen vor lauter Überraschung, ihnen die wichtigsten Fragen zu stellen. Tatsächlich überlegten wir uns manchmal, was merkwürdiger war: daß sich etwas so Geheimnisvolles, Außergewöhnliches, Unglaubliches inmitten all der kommunistischen Kundgebungen, Manifestationen und fröhlichen 1.-Mai-Feiern mit ihren Reden, inszenierten Beifallsorgien und sozialistisch-realistischen Darbietungen überhaupt hatte ereignen können, oder daß all diese Leute, nachdem sie davon erfahren hatten, gemütlich im Café saßen, lachten und Bier tranken, ohne sich irgendwie betroffen zu fühlen.

Sie hörten sich unsere Reden spöttisch lächelnd an. Wir wußten inzwischen, was dieses Lächeln ausdrücken sollte: Ach, das sind doch uralte Geschichten, so war das nun einmal in der Chinesenzeit! Bei manchen hörte sich das an, als sprächen sie vom Osmanischen Reich, und für andere lag die albanisch-russische Freundschaft offenbar genausoweit zurück wie die Eiszeit.

Das war die Phase der großen Abhöraktionen, berichteten die Geschwätzigen. Nachdem der schwarze Dampfer in Durrës angelegt hatte, wurde ganz Albanien abgehört.

Der schwarze Dampfer war das chinesische Schiff, das Unmengen von Wanzen und anderem Abhörgerät angeliefert hatte. Der albanische Diktator selbst hatte in einem Bittbrief an den chinesischen Diktator die Sache angestoßen: Lieber Bruder und Kollege, ich bin krank, mein Augenlicht schwindet, hilf mir! Mach, daß ich wenigstens hören kann!

Unser Chef war noch ruheloser als sonst. Wenn er nachts nicht schlafen konnte, weckte er uns ebenfalls auf, um uns mitzuteilen, was ihm durch den Kopf ging. Wir seien der Sache auf der Spur, meinte er. Des Rätsels Lösung sei nahe. Mikrophongestützte Überwachung ... Spiritistische Sitzungen ... Wahrscheinlich hatte die Polizei die dunklen Reden des Mediums aufgezeichnet, das heißt, die Worte des Geistes, der während der Sitzung aus ihm gesprochen hatte...

Diese Erklärung klang logisch. Je länger wir darüber nachdachten, desto mehr überzeugte sie uns. Wir hatten also mit der »Möwe« keine Zeit verloren, im Gegenteil, wir waren durch die Theatergeschichte auf die richtige Spur gebracht worden.

Der Chef verkroch sich einen Tag lang in seinem Zimmer, und als er wieder herauskam, sprach er aus, was wir alle dachten: Wir müssen das Dossier finden!

Wir hatten immer gewußt, daß es einmal so weit kommen würde, trotz all der Schwüre, niemals auf Akten zurückzugreifen.

Wir hatten gleich am Anfang gemeinsam beschlossen, die Finger von Dossiers zu lassen. Darin konnte man sich nur verirren. Das war unsere feste Überzeugung. Im ganzen ehemaligen Machtbereich des Kommunismus wurde von nichts anderem als von Dossiers geredet, die geöffnet, geschlossen, verbrannt, neuerlich geöffnet, vernichtet, in den Tempel verbracht, dem Teufel zugeführt werden mußten, so daß inzwischen selbst die fanatischsten Liebhaber des Aktenstudiums die Nase voll davon hatten. Der ganze große frühere Ostblock schien, den Wind der Nostalgie in den Segeln, auf die eine gewaltig-gräßliche Entdeckung zuzutreiben, nach der einem nichts anderes übrigblieb, als sich die Augen auszureißen wie weiland König Ödipus.

Inzwischen hatten gewalttätige Zugriffe auf die Dossiers stattgefunden. Man hatte sie geplündert wie einst die Pyramiden und dann wie Ikonen oder angereichertes Uran auf dem Schwarzmarkt verhökert, ganze Seiten waren entfernt oder durch Fälschungen ersetzt worden. Man fühlte sich erinnert an Bilder, wie sie die alten chinesischen Poeten gezeichnet haben: Auf den Trümmern des zusammengebrochenen Staates trieben sich wilde Tiere herum, im Maul blutige Fetzen von Roben getöteter Beamter. Heute hatten die Bestien zerfetzte Aktenblätter zwischen den Zähnen.

Wir bemühten uns, den Gedanken daran aus unseren Köpfen zu vertreiben, als der Chef uns anstarrte und mit eisiger

Stimme sagte: »Es bleibt uns nichts anderes übrig, wir müssen unbedingt das Dossier des Mediums finden!«

8

Wir fanden es schneller als gedacht und bezahlten weniger dafür als befürchtet. Daß die letzten drei Blätter der insgesamt elf Blätter umfassenden Akte fehlten, wie auf der ersten Seite vermerkt war, schien uns kein großes Unglück zu sein. Vom allgemeinen Wertverfall waren also auch die Dossiers betroffen, vor allem, wenn man glaubte, sie seien von drittrangiger Bedeutung. Der Verkäufer hielt es sogar für geboten, seine Ware anzupreisen. Nicht nur der Ermittlungsbericht sei enthalten, sondern auch der Satz, den das Opfer während der Folter ausgesprochen hatte. Auf dem Rand der ersten Seite war vermerkt: »Zwei Tode gibt ein einziger Leib nicht her!«

Wir hatten Glück, das Dossier war offensichtlich keine Fälschung, nur der Satz mit den beiden Toden war, wie man schon auf den ersten Blick erkannte, später hinzugefügt worden, wahrscheinlich, um es besser verkaufen zu können. Die Niederschrift war präzise formuliert und enthielt abgesehen von ein paar falsch geschriebenen lateinischen Worten nur wenige Rechtschreibfehler. »Spiritus« hatte dem Ermittler offenbar besonders große Schwierigkeiten bereitet: einmal stand »shpirtium« da, das andere Mal »shpirtus«.

Die Folter war nirgends erwähnt, doch daß es sie gegeben hatte, war an den wirren Äußerungen des Opfers zu erkennen, vor allem an seiner häufigen Bitte, auf das WC gehen zu dürfen.

Aus den Unterlagen ergab sich, daß es sich bei dem Opfer um einen Angestellten der einzigen Bank im Bezirk gehandelt hatte. Die Fragen der Ermittler bezogen sich vor allem auf die Ziele der Gruppe. Die Antworten des Mediums, die spiritistischen Sitzungen seien in keiner Weise gegen die marxistisch-leninistische Ideologie gerichtet, sondern nur durch private Sorgen veranlaßt gewesen, galten den verhörenden Beamten als unaufrichtig. Immer wieder wollten sie wissen, was eigentlich die Rolle eines Mediums bei einer spiritistischen Sitzung sei, was die Geister anlocke beziehungsweise abschrecke wie in jener »unvergeßlichen und schrecklichen Nacht«.

»Gib zu, daß ihr in Wahrheit darauf hofftet, Kontakt mit den Geistern erschossener ehemaliger Politbüromitglieder aufnehmen zu können. Wahrscheinlich wart ihr verrückt genug, zu glauben, daß sie euch irgendwelche geheimen Informationen geben würden.«

»Ich schwöre, das war in keinem Moment unsere Absicht, auf diese Idee wären wir niemals gekommen.«

»Lüg nicht, Schweinehund. Wir wissen alles. Wir wissen sogar, welcher ausländischen Botschaft ihr eure Hinweise zukommen lassen wolltet.«

»Nein, das stimmt nicht...«

»Willst du behaupten, es sei Zufall gewesen, daß ein Mitglied eurer Gruppe die Franzosen begleitete, die einzige westliche Delegation, die es zu jener Zeit gab?«

»Oh... nein... Ich muß aufs WC.«

»Ihr habt wohl geglaubt, ihr würdet mit diesem Geisterspuk durchkommen, man würde euren Verrat nicht ernst nehmen und ihr könntet euch so fünf, sechs Jahre Gefängnis ersparen. Aber da irrt ihr euch gewaltig, mein Herr. Was ihr getan habt, mag schwachsinnig sein, aber eure verräterischen Absichten sind ganz klar zu erkennen. Deshalb gib endlich auf und gestehe. Wie die anderen auch.«

»Ich habe aber nichts zu gestehen.«

»Was wolltet ihr von den Geistern der ehemaligen Politbüromitglieder erfahren? He? Was habt ihr euch vom Kontakt mit Shpend Gurazius Geist versprochen? Also?«

»Ich weiß überhaupt nichts. Es geht mir nicht gut. Darf ich endlich aufs WC?«

»Du willst also immer noch nicht reden? Dann sage ich dir, was ihr in dieser berühmten Nacht von Shpend Gurazius Geist wolltet. Ihr habt, trotz der Verspätung, auf eine Antwort aus Frankreich gehofft...«

»O nein!«

Shpend Gurazius Name fiel häufig während der Vernehmung. Die Ermittler wollten alles mögliche über ihn wissen, welche Bücher er gelesen, auf welche Weise er Französisch gelernt hatte, und besonders interessiert war man an seinem Liebesverhältnis mit der Hauptdarstellerin der »Möwe«. Im Mittelpunkt des Verhörs stand allerdings die französische Delegation, die er begleitet hatte. Aus einer Bemerkung im Vernehmungsprotokoll (»Wir wissen alles, du verstehst Französisch, hör also zu!«) ließ sich schließen, daß man dem Opfer eine Tonbandaufzeichnung vorgespielt hatte, doch das war für uns keine Hilfe, sondern verwirrte uns eher. Wenn sie über die Gespräche mit den Franzosen bereits Bescheid wußten, was wollten sie dann noch von dem Medium? Um was für eine »Antwort Frankreichs« ging es überhaupt? Und warum brauchte man dazu eine spiritistische Sitzung?

Wir gingen die Niederschrift Zeile für Zeile durch, doch es war ein Stochern im Nebel. Offenbar hatte Shpend Guraziu in verschiedenen Rollen an spiritistischen Sitzungen teilgenommen: beim ersten Mal lebendig, als Mitglied des spiritistischen Zirkels, beim zweiten Mal tot, als Geist, von dem die anderen etwas zu erfahren hofften. Zwischen den beiden Sitzungen lagen drei Jahre. Diese Feststellung war von entscheidender Bedeutung. Nun konnten wir einen wesentlichen Teil des Dramas zeitlich einordnen. Da waren einmal Shpend Gurazius Tätigkeit als Begleiter der Gruppe französischer Senatoren, sein Tod und das Verbot der »Möwe«, und drei Jahre später, nach der Zerschlagung des Spiritistenzirkels, die Ermittlungen gegen das Medium. Die »Antwort Frankreichs« sollte also, wenn auch mit Verspätung, von Shpend Gurazius Geist überbracht werden.

»Ich glaube, jetzt haben wir den Faden in der Hand«, sagte unser Chef.

Wir teilten seine Meinung, auch wenn sich alles noch so traumartig und nebelhaft darstellte, daß wir fürchteten, dieser Faden könne uns schnell wieder aus der Hand gleiten.

So drängend war die Furcht, daß unser manischer Chef ein Blatt Papier zur Hand nahm, um in Worten festzuhalten, was so flüchtig erschien. Er schrieb: »Wieso erwarteten sie ›Frankreichs Antwort‹ vom Geist Shpend Gurazius anstatt aus seinem Mund?«

Er unterstrich die beiden Zeilen, als seien sie die Überschrift, dann schrieb er weiter.

»Erstens: Shpend Guraziu begleitet ein paar Tage lang eine Gruppe französischer Senatoren.

Zweitens: Er spricht mit ihnen über etwas Gefährliches, Verbotenes. Er fordert etwas von ihnen, er erwartet eine Antwort.

Drittens: Seine Freunde sind eingeweiht. Sie kennen seine Botschaft, aber nicht die Antwort. Weshalb?

Viertens: Weil Shpend Guraziu an dem Tag, an dem er seinen Freunden (Mitverschworenen) die Antwort übermitteln will, unter tragischen Umständen zu Tode kommt. So daß er die Antwort, wenn er überhaupt eine erhalten hat, mit ins Grab nimmt.

Fünftens: Drei Jahre später wollen Shpend Gurazius Freunde (Mitverschworene) bei einer Séance von seinem Geist wissen, was sie aus seinem Mund nicht erfahren haben.

Sechstens: Wieso erst so spät? Was ist in der Zwischenzeit passiert? Versprach man sich wirklich von der spiritistischen Sitzung des Rätsels Lösung?«

Was unser Chef niedergeschrieben hatte, machte uns Hoffnung und bewirkte zugleich das Gegenteil. Er selbst meinte, man stelle das Geheimnis auf eine schwere Probe, wenn man es schriftlich niederlege. Gelegentlich überstehe es diese Prozedur nicht und sterbe wie ein Mensch unter der Folter.

Wir wurden die Angst nicht los, den Faden wieder zu verlieren. Ein noch so leichtes Verblassen des Funkens in unserem Gehirn konnte genügen, und alles stürzte wieder in Finsternis.

9

Was wir befürchteten, trat sehr bald ein, nämlich schon am nächsten Morgen. Die Nacht schien das frisch gefundene Lichtlein verschluckt zu haben. Vielleicht hätten wir uns nicht schlafen legen dürfen, meinte unser Chef nur halb im Scherz. Der Funke war mit den Träumen geflohen, als gehöre er zur gleichen Rasse.

Was am Vorabend als »Ergreifen des Geistes« oder »Abhören eines Toten« leicht faßbar und auf die selbstverständlichste Art mit einer spiritistischen Sitzung in Verbindung zu bringen gewesen war, erschien uns am Morgen schlicht unmöglich, so erzwungen und gewaltsam ausgedacht wie ein schlechter Film. Es gab viele Fragen, und sie waren erbarmungslos. Konnte es wirklich sein, daß sich kommunistische Verhörspezialisten der abgebrühtesten Sorte etwas von einem Geist versprachen? Das war nicht nur gegen jede Polizistenlogik, sondern auch unvereinbar mit der kommunistischen Weltanschauung, die mystische Praktiken strikt ablehnte.

Und dann diese »Antwort Frankreichs«, nach der so hartnäckig gefragt wurde! Irgend etwas stimmte nicht an der Geschichte. Es gab einen Bruch, die beiden Parteien redeten aneinander vorbei. Die Geheimpolizei wußte etwas, das die Opfer nicht wußten, und hatte gleichzeitig den Verdacht, die Opfer wüßten etwas, das ihr selbst entgangen war. Inzwischen bedauerten wir das Fehlen der drei Blätter in der Ermittlungsakte. Wir hatten noch ein Fünkchen Hoffnung, daß sich dort des Rätsels Lösung finden ließ.

Wir bemühten uns um die Dossiers der anderen Opfer, ohne Erfolg. Zum Teil hatten die Anwälte ihrer Familien sie in den Jahren nach dem Sturz des Kommunismus, als endlose Wiederaufnahmeverfahren betrieben worden waren, an sich gebracht. Andere, darunter die Akte Shpend Guraziu, waren spurlos verschwunden.

Inzwischen sprachen nicht nur unser Chef, sondern wir alle seinen Namen mit einer Mischung von Hochachtung und Furcht aus. Shpend Guraziu... Jedesmal mußten wir dabei an die »unvergeßliche, schreckliche Nacht« denken, in der sein Geist bei der Séance nicht aufgetaucht war. Lag es am schlechten Wetter, daß er die Antwort Frankreichs nicht hatte überbringen können?

Der Chef kam auf die Idee, dem städtischen Friedhof einen Besuch abzustatten. Wie wir von der Schauspielerin wußten, war der Leichnam aus dem Grab geholt worden, doch dem hatten wir keine große Bedeutung beigemessen, weil Exhumierungen in Albanien viel häufiger vorgekommen waren als anderswo. Allerdings hatten wir die unterschiedlichen Epochen nicht berücksichtigt. Gleich nach dem Sturz der Diktatur, als alles überprüft und neu bewertet worden war, hatte es eine wahre Umbettungswelle gegeben. Menschen, die frisch der Erde entrissene Gebeine in Särgen oder Säcken von Süden nach Norden oder von Norden nach Süden transportierten, in Eisenbahnwaggons, Taxis oder auf dem eigenen Rücken, waren damals ein normaler Anblick gewesen. Auf den »Märtyrerfriedhöfen« verschwanden die Helden von gestern und wurden durch ihre politischen Gegner ersetzt, die sich häufig genug untereinander umgebracht hatten. Alle hatten es offenbar eilig, eine neue unterirdische Ordnung herzustellen, ehe sie sich mit der oberirdischen Welt beschäftigten. Sämtliche politischen Kampagnen, Wahlkämpfe oder Programmparteitage waren Anlaß, jemand aus der Erde zu holen oder darin zu versenken.

Selbst nach so vielen Jahren waren auf dem städtischen Friedhof noch genügend Spuren dieses unterirdischen Sturms zu entdecken.

Schließlich gelang es uns, einen Totengräber zu finden, der nach eigener Aussage dabeigewesen war, als man Shpend Guraziu ausgegraben hatte.

»Als man uns mitten in der Nacht aus dem Bett holte, wußten wir, daß dies keine alltägliche Geschichte war. Es regnete in Strömen. Das Grab, das wir zu öffnen hatten, war durch die Scheinwerfer zweier Autos der Staatssicherheit beleuchtet. Wir hatten Befehl, uns nicht extra um die Gebeine zu kümmern, sondern einfach das ganze Erdreich auf den Lastwagen zu laden. Man hätte meinen können, jemand sei verrückt geworden, wenn nicht der Chef der Staatssicherheit persönlich die Befehle gegeben und alles überwacht hätte. ›Ihr habt nichts gehört und nichts gesehen, verstanden? Was euch passiert, wenn ihr nicht den Mund haltet, wißt ihr.‹ Mehr Worte verschwendete er nicht an uns. Niemand begriff diese Exhumierung. Ich glaube, der wirkliche Grund für diese Störung der Totenruhe war, daß sie den Verdacht hatten, hier sei der Falsche begraben worden. Sie suchten offensichtlich jemand anderen.«

Die Aussage des Totengräbers warf ein neues Licht auf die Angelegenheit. Der Schauspielerin sagte ihr Gefühl, daß Shpend Guraziu noch am Leben war. Also mußte die »Stimme aus dem Jenseits« nicht unbedingt ein Märchen sein.

Wenn wir uns schon in der Totenwelt bewegten, könnten wir gleich auch noch dem Friedhof der alten Haftanstalt einen Besuch abstatten, meinte unser Chef. Es hatte nämlich ein Gesetz gegeben, das bestimmte, daß der Leichnam eines verstorbenen Häftlings bis zum Ablauf der ausgesprochenen Strafe im Gefängnis zu verbleiben hatte. Erst danach durfte er der Familie übergeben werden.

Hier waren die Lebenslänglichen, für die keine Hoffnung bestand, jemals von hier wegzukommen, erklärte uns der Aufseher, den wir nach langer Suche endlich gefunden hatten. Höchstens, es gab eine große Amnestie. Dort rechts lagen jene, die bald herauskamen, gewöhnlich nach zwei bis fünf Jahren. Die politischen Gefangenen wurden wie in der Haft selbst gesondert gehalten. Ihr Platz war dort in der Mitte.

Und es gab wie für die Lebenden Listen, mit Namen und Entlassungstag?

Natürlich, wir hatten Listen mit allen nötigen Angaben. Mein seliger Gehilfe redete gerne mit den Toten, wenn wir eine Überprüfung vornahmen. Bei dir wächst ja schon das erste

Gras, Martin, sagte er. Oder: Halte diesen Winter noch durch, Rrok, im März kommst du dann zu den Deinen.

Holten die Angehörigen ihre Toten immer rechtzeitig ab?

Gewöhnlich schon. Außer, wenn niemand von der Familie mehr übrig war. Manchmal brachten sie auf Karren oder in Taxis auch Särge mit. Wenn einer arm war, hatte er meistens nur einen einfachen Zementsack aus Plastik dabei.

Profitierten Tote von Begnadigungen?

Natürlich! Das war genau wie bei den Lebenden. Krumm gesehen und geradeheraus gesagt: In diesem Gefängnis hielt man sich an die Regeln. Heutzutage kann ja jeder behaupten, was ihm gefällt, aber ich als alter Mann will mir keine Sünden mehr aufladen. Wahrscheinlich gab es keinen Ort, wo mit Begnadigungen so genau umgegangen worden ist, wie den Gefängnisfriedhof. Mildernde oder erschwerende Umstände mußten hier nicht berücksichtigt werden. Denn die Leichen, wissen Sie...

Gab es auch Nachverurteilungen?

Nachverurteilungen auf dem Friedhof? Na ja, das ist so eine Geschichte... Aber es gab sie schon... Wissen Sie, die Häftlinge hatten ja Umgang miteinander, besonders die politischen. Wenn im Gefängnis eine feindliche Gruppe entlarvt oder ein Fluchtversuch entdeckt wurde, traf die Nachverurteilung auch Tote, falls sie zu ihren Lebzeiten etwas mit der Sache zu tun gehabt hatten. Ich erinnere mich da an einen gewissen Sheme Alarupi. Er wurde als Toter noch dreimal verurteilt. Mein Gehilfe, er ruhe in Frieden, pflegte an seinem Grab zu sagen: Tut mir leid, Sheme, du wirst in diesem Herbst doch nicht entlassen. Hast du gehört? Man hat dir noch zehn Jahre aufgebrummt. Nicht einmal dort, wo du jetzt bist, benimmst du dich anständig.

Wurde in solchen Fällen ganz offiziell verfahren? Hat man zum Beispiel das Urteil am Grab verlesen?

Nein, nein, solche Possen kamen hier nicht vor. Heutzutage phantasieren sich die Leute alles mögliche zusammen, aber das hier war eine seriöse Haftanstalt.

Noch eine letzte Frage: Wenn jemand erst postum als Übeltäter entlarvt wurde, also zuerst ganz normal auf dem städtischen Friedhof landete, war es dann Vorschrift, daß sein Leichnam aus dem Grab geholt und der Strafverbüßung zugeführt wurde?

Nein, nein, so etwas ist mir nicht zu Ohren gekommen. Ich habe ja bereits gesagt, meine Herren, das hier war ein seriöses Gefängnis.

10

Nach ein paar milderen Tagen wurde es wieder sehr kalt. Ein heimtückischer Frost übernahm die Herrschaft. Wir dachten trotzdem nicht daran, Albanien zu verlassen. Eine innere Stimme sagte uns, daß wie gerade jetzt dableiben mußten.

Der Gefängnisfriedhof war unsere letzte Hoffnung gewesen, auf die Spur von Shpend Guraziu zu stoßen. Von nun ab mußten wir uns auf unser Glück verlassen. Das Meer der Dossiers hörten wir stets in der Nähe plätschern. Wir tappten im Dunkeln an seinem Ufer herum und stießen laute Rufe aus, um uns nicht zu verlieren. Vielleicht fanden wir ja etwas. Doch die Hoffnung war gering.

Zum Teil hatten wir unsere Neugier am Dossier des Mediums stillen können. Doch es war die Ermittlungsakte, gehörte also noch zum Randbereich; die Zone der Nacht begann erst dahinter. Als die Verlockung unwiderstehlich wurde, gaben wir nach. Das Dossier, das uns gelegentlich zum Kauf angeboten wurde, war auf den ersten Blick nichts Besonderes, aber schnell merkten wir, daß es das Gewicht und den Wert des Authentischen hatte. Gerade das, was seine Ärmlichkeit auszumachen schien, ein gewisser Mangel, eine Art ruinenhafter Kargheit, verlieh ihm die imposante Wirkung eines Grabmals.

So stießen wir ganz nebenbei auf etwas, das wir untereinander als »Dossier des blinden Raben« bezeichneten.

Zunächst hatten wir keine große Lust, uns damit abzugeben. Was wir brauchten, war Klarheit, nicht noch mehr Verwirrung.

Doch das »Rabendossier« war zu verlockend.

Es handelte sich um eine ziemlich dünne Akte. Das erste Schriftstück stammte vom Dezember. Es war der Ermittlungsbeschluß gegen die Bürgerin K. M., Augenärztin im Städtischen Krankenhaus. Die Freigabe der Ermittlungen beruhte auf dem Verdacht, ihre Nichte, die in der Hauptstadt Medizin studierte, verbreite, wenn sie in den Ferien nach Hause kam, gefährliche Gerüchte über das Leichenschauhaus in Tirana. Um was für gefährliche Gerüchte es sich handelte, wurde nicht weiter ausgeführt.

Das zweite Dokument trug das Datum 2. März des darauffolgenden Jahres. Die Ärztin K. M. war inzwischen »bearbeitet« worden. Der Text war kurz: »Leichenschauhaus. Die übliche Behauptung, bei der Obduktion in der Medizinischen Fakultät seien Schußwunden festgestellt worden. Stoßrichtung der Diffamierung: Die Verleumder unterstellen, es handele sich um die Leichen hingerichteter Häftlinge. Rabe. Der Patient Xhemal V., ehemals Lateinlehrer im städtischen Lyzeum, nun Buchhalter im Käselager, hat bei einer ärztlichen Visite durch

Erwähnung des Sprichworts ›Geblendet ist der Rabe noch schwärzer‹ lang anhaltendes Gelächter ausgelöst. Alles deutet darauf hin, daß es sich um eine heimtückische Anspielung handelte.«

Der Verfasser hielt es interessanterweise nicht für nötig, zu erklären, weshalb er auf eine »heimtückische Anspielung« schloß.

Das dritte Aktenstück war ein vom 29. März datiertes Gutachten des Instituts für Volkskultur in Tirana. Offensichtlich hatte sich der Ermittlungsführer um eine eigene Interpretation des Sprichworts drücken wollen. Die Antwort des Instituts lautete: »Wir danken für Ihre Anfrage. Beiliegend übersenden wir Ihnen sämtliche Varianten und Bedeutungsnuancen des Sprichworts ›Geblendet wird der Rabe noch schwärzer‹ in verschiedenen Regionen des Landes.«

Wir arbeiteten das Dossier Wort für Wort durch. Eigentlich kam es uns reichlich mager vor, doch gelegentlich glaubten wir, auf die komplexesten Auslegungsmöglichkeiten zu stoßen, unsere Köpfe rauchten, doch dann zerrann uns der vermeintliche Reichtum wieder unter den Händen.

Die leichteste Angelegenheit war es, hinter die Bedeutung der Kürzel »Apro« und »Mik« zu kommen, die unserer Meinung nach für »Agent provocateur« und »Abhörmikrophon« standen. Auch wer A.V. war, ließ sich leicht herausfinden: Arian Vogli, der damalige Bezirkschef des Staatssicherheitsdiensts.

Mit dem Versuch, einen Zusammenhang zwischen dem »Raben« und der »Möwe« herzustellen, scheiterten wir allerdings. Es war unmöglich.

Dann bekamen wir die Exstudentin, die Nichte der Ärztin, in der Hauptstadt ans Telefon. Zuerst weihte sie uns in ihre Lebensgeschichte ein (Abbruch des Studiums, nach dem Zusammenbruch des kommunistischen Regimes Flucht auf dem ersten Dampfer nach Italien, Aufenthalte in Mailand und Athen, dann Rückkehr nach Tirana und Eröffnung eines Schönheitssalons), und als wir sie dann nach ihrer Tante fragten, begann sie zu weinen. Ich habe sie ins Unglück gestürzt, erklärte sie mehrmals unter Schluchzen, wenn ich doch nur den Mund gehalten hätte, dieses verdammte Gerede über das Leichenschauhaus in Tirana... Von dem Raben wußte sie nichts. Aber ihre Tante habe schließlich als Augenärztin gearbeitet, da seien Äußerungen über Blindheit doch wohl eine Selbstverständlichkeit.

Die folgenreiche Erwähnung von Schußwunden bei Leichen in der Gerichtsmedizin ließ uns eine Zeitlang vermuten, man habe Shpend Guraziu aus dem Grab geholt, um zu verschleiern, daß er mit einem Genickschuß hingerichtet worden war.

Doch dafür gab es nicht den geringsten Beweis.

11

Die Sache mit den Dossiers war nicht einfach. Als wir unsere erste Neugier gestillt hatten, hofften wir, unsere Ruhe wiederzufinden. Doch davon konnte keine Rede sein. Es zwickte uns ständig. Einerseits hatten wir Angst, abhängig zu werden wie von einer Droge, andererseits war der Versuchung wirklich nicht leicht zu widerstehen.

Unseren albanischen Begleitern verdankten wir schließlich die Heilung von unserem Leiden. Sie teilten uns fast schuldbewußt mit, da sei jemand, der habe etwas sehr... Seltsames. Als Dossier könne man es nicht gerade bezeichnen, aber dennoch… Wahrscheinlich war es sogar wertvoller, weil viel abgründiger als alle Dossiers. Also genau das, was wir suchten. Was uns weiterbrachte.

Es regnete an diesem Abend. Die Reflexe der Autoscheinwerfer schienen vom nassen Asphalt zum Himmel fliehen zu wollen, oder sie kamen von dort. Dann füllte sich das Hotel auch noch mit den Anhängern einer Sekte, die sich ausgerechnet die Stadt B. für ihr Jahrestreffen ausgesucht hatten. Kurz, es war ein Abend, der Stützen brauchte wie ein baufälliges Haus.

Kurz entschlossen zog unser Chef zweitausend Dollar aus der Tasche, und der Umschlag gehörte uns.

Darin befanden sich drei bespielte Tonbandkassetten. In dicke Wolken von Zigarettenrauch gehüllt, hörten wir sie uns im Zimmer des Chefs an.

Schon die erste schockierte uns völlig. Es war das qualvolle Lallen eines Taubstummen oder eines Schwachsinnigen. Kein einziges verständliches Wort, nur lauter ham, ham und blah, blah. Viermal wurde das Gestammel durch eine normale Stimme unterbrochen, die das Datum der Aufzeichnung nannte, wie ein Radiosprecher, der eine Tonreportage kommentiert. 19. Oktober. 20. Oktober. Montag, 1. November…

Nach dem zweiten Abhören zuckte unser Chef mit den Schultern. Es war absolut nichts zu verstehen. Auch die Vorbesitzer konnten uns nicht weiterhelfen. Sie wüßten auch nicht, um was es sich dabei handele. Aber schließlich seien wir auf der Suche nach einer übernatürlichen Stimme. Ob sie das nicht sein könne?

Wir vermuteten, daß es sich um eine Tonprobe vor der eigentlichen Aussage des Opfers handelte. Oder um dessen angstvolles Gestammel. Letzteres war wahrscheinlicher.

Auf der zweiten Kassette war das Stöhnen einer Frau beim

Liebesakt, eingeleitet und abgeschlossen durch kurze Gespräche. Da das Wort »Möwe« fiel, meinten wir zunächst, es handele sich um die Schauspielerin und Shpend Guraziu, doch das nochmalige Abspielen belehrte uns eines Besseren. Der Mann flüsterte den Namen Edlira. Außerdem ließ sich der kurzen Unterhaltung am Anfang entnehmen, daß man eben von der Premiere der »Möwe« zurückgekommen war, deren beglückender Verlauf das Liebesbegehren der Frau in dieser Nacht enorm gesteigert hatte.

»Unglaublich«, murmelte der Chef vor sich hin. »Wo immer wir herumstochern, wir landen stets bei dieser Premiere.«

Die Nacht war noch jung, und als ob wir geahnt hätten, daß sie noch eine Überraschung für uns bereithielt, gingen wir, nachdem wir dem Chef eine gute Nacht gewünscht hatten, hinunter in die Bar. Dort schien der Rotschopf mit den entzündeten Augen schon die ganze Zeit auf uns gewartet zu haben. Er versuchte erst gar nicht, das Fehlen der ersten drei Blätter der Ermittlungsakte, die wir von ihm bekommen hatten, zu beschönigen, sondern nannte gleich seinen Preis. Die Antwort müsse sofort erfolgen. Als wir ablehnten, lächelte er nur leicht. »Sie werden es bereuen«, meinte er und stand auf, um zu gehen.

Ich weiß bis heute nicht, weshalb wir wirklich das Gefühl hatten, eine Gelegenheit zu verpassen. Jedenfalls zauderten wir nicht länger und beschlossen, ihn aus unserer eigenen Tasche zu bezahlen.

Beim Lesen zitterten unsere Finger. Das war uns noch nie passiert. Um zwei Uhr morgens beschlossen wir, den Chef zu wecken. Wir saßen in seinem Zimmer, bis draußen der Morgen graute. Wenn jemand die Absicht bekundete, das WC aufzusuchen, schauten wir unwillkürlich auf unsere Hände, als zeigten sie Spuren der Folter.

12

Wahrscheinlich hatten wir nie unruhiger geschlafen. Kaum dösten wir ein, schrie ein Vernehmungsbeamter »Rede!«, und wir hatten das Gefühl, auf die Toilette zu müssen.

Besonders dramatisch war die letzte Seite.

»Los, rede endlich. Du kannst dir damit nur nützen. Deine Tochter darf studieren, und sogar ihr Traumfach. Medizin, oder nicht?«

»Ich weiß gar nichts. Was soll ich denn sagen? Bitte, lassen Sie mich auf die Toilette gehen.«

»Du weißt nichts, du Wurm? Erkennst du diese Stimme? Schau mich an! Erkennst du sie? Ich spiele sie dir noch einmal vor. Kennst du sie?«

»Ja, ich kenne sie.«

»Ist das die Stimme von Shpend Guraziu?«

»Ja, das ist seine Stimme.«

»Und jetzt, Herr Medium, gibt es eine Überraschung. Hör mal zu. Erkennst du diese Stimme ebenfalls?«

»O Gott!«

»Du erkennst sie wieder. Rede!«

»Das hört sich an wie die Stimme eines Toten.«

»Rede, Aas! Weißt du, wer das ist?«

»Das ist wieder er... Das ist schrecklich...«

»Ja, genau, das ist Shpend Guraziu. Einmal lebendig und einmal tot. Begreifst du jetzt, daß wir stärker sind?«

»Wir Armen...«

»Ja, arme Säcke seid ihr, das stimmt!«

»Wir sind alle verloren.«

»Du sagst es, Mistkerl. Weil wir stärker sind als der Tod. Wir finden euch überall. Sogar im Jenseits. Worauf wartest du?«

»Was wollen Sie denn von mir? Ich muß auf die Toilette.«

»Erzähl endlich!«

»Sie wissen doch schon alles, was wollen Sie denn noch?«

»Die Antwort aus Frankreich. Die Antwort des Westens.«

»Ich weiß überhaupt nichts. Ich möchte auf die Toilette.«

»Hör sie dir noch einmal an, die Stimme aus der Hölle, du Stück Dreck.«

»Es gab keine Antwort… Es gab nur Schweigen… O heilige Jungfrau Maria… überall Stille…«

An dieser Stelle endete das Verhör. Hinter den Text auf seiner Kopie hatte der Chef mit Rotstift ein Kreuz gemalt.

Offenbar war das Medium nach den Worten »überall Stille« gestorben.

Am Mittag versammelten wir uns wieder, um festzustellen, welche Spuren die Nacht in unseren Köpfen hinterlassen hatte. Ein aufgeregter Wind rüttelte an den Fenstern. Manchmal schauten wir uns um wie Ertappte.

Wir unterhielten uns in ruhigem Ton, ohne einander zu unterbrechen, was selten genug vorkam.

Daß auf diesem Blatt der Kern der Legende festgehalten war, schien uns überaus wahrscheinlich. Doch das reichte nicht als Erklärung.

Was den Trick mit der Stimme anbelangte, hatten wir gewisse Zweifel. Für die albanische Geheimpolizei war es ein leichtes gewesen, Shpend Gurazius Stimme aufzunehmen. Zweimal. Das erste Mal unter relativ normalen Bedingungen in seiner Zelle. Das zweite Mal nach der Folter, als er sich in grausiger Verfassung befand, vielleicht schon in den letzten Zügen lag. Davon waren wir überzeugt. Aber wir hatten es eilig, von diesem Thema weg- und zu unserer Diskussion zurückzukommen.

Das größte Problem bestand darin, daß wir nicht wußten, welche Worte von Shpend Guraziu man dem Medium bei seiner letzten Vernehmung vorgespielt hatte. Dieses hatte jahrelange Erfahrung mit Séancen und ließ sich durch Stimmenmanipulationen bestimmt nicht so leicht hinters Licht führen. Wodurch war der Mann so erschreckt worden, daß ihn der Tod noch schneller ereilt hatte?

Die Ermittler stützten ihre Frage nach Frankreichs Antwort auf Shpend Gurazius abgehörte Äußerung. Er schien die Franzosen um etwas gebeten zu haben. Um was, wußten die Vernehmungsbeamten. Aber sie kannten die Antwort nicht. Diese war von den Senatoren entweder sofort gegeben worden, ohne daß Shpend Guraziu sie vor seinem Tod noch hatte weiterleiten können. Oder sie war aus einsehbaren Gründen für später versprochen worden: Die Senatoren hatten keine Vollmacht, sie mußten erst mit ihrer Regierung Rücksprache nehmen. Also würde es sich wohl um eine ungemein wichtige, gar fundamentale Angelegenheit gehandelt haben. Immerhin gingen die Ermittler davon aus, daß auf jeden Fall eine Antwort gegeben worden war.

Das hartnäckige Interesse der Ermittler an allem, was sich in jener stürmischen Regennacht abgespielt hatte, als Shpend Gurazius Geist die Auskunft schuldig geblieben war, mochte ein Hinweis sein. Sie glaubten nicht an die Übermittlung von französischen Antworten durch Stimmen aus dem Jenseits, das stand außer Zweifel. Doch wieso dann dieses ständige Nachbohren?

Die einzige Erklärung war, daß die Ermittler dem durch die Folter erschöpften Medium Gutgläubigkeit vorgaukeln wollten, um es zur Preisgabe des wirklichen Sachverhalts zu provozieren. Zum Beispiel: »Wieso sollten wir in jener Nacht auf eine

Antwort warten, wenn wir sie doch schon lange kannten?« Möglicherweise war sie ja auf einem anderen Weg überbracht worden, durch einen Spion oder den Angestellten einer westlichen Botschaft. Mit anderen Worten, die Ermittler hofften, und sei es durch blindes Stochern im Nebel, eine Bestätigung für ihre Vermutung zu erhalten, daß die Botschaft bereits eingetroffen war.

Wir standen vor der Ermittlungsakte wie vor einer schweigenden Ruine. Wenn wir in dem grauen Chaos einmal ein Flämmchen zu entdecken glaubten, sank es sofort wieder in sich zusammen. Und fort war die Wahrheit.

Wir fanden einfach den Riß nicht, durch den wir unter die Schale vordringen konnten. Vielleicht fehlte uns eine bestimmte Gabe: Pferde erspürten Totes in der Erde, Ratten ein nahendes Erdbeben. Leider hatte der Schöpfer aus Gründen, die nur er allein kannte, den Menschen solche Fähigkeiten verweigert.

Der aufgeregte Wind kratzte mit unsichtbaren Nägeln an den Fensterscheiben.

Befreit von den Fesseln der Schwerkraft, trieb ein Kugelblitz langsam durch unser gelähmtes Bewußtsein.

Es gab keine Antwort, hatte das Medium Augenblicke vor seinem Tod gesagt. Es gab überall nur Schweigen.

Die Antwort, das war der Traum des ganzen Ostens, das über Jahre hinweg sehnlichst Erhoffte. Millionen vom endlosen Warten trübe gewordener Augen hatten den wolkenverhangenen kommunistischen Himmel nach dem einen einzigen kalten Blitz abgesucht, der den harten Gesetzen des Weltalls zu entrinnen vermocht hatte.

13

Wir waren in jenen Tagen von einer dumpfen Schläfrigkeit befallen, deren Regiment wir uns nicht entziehen konnten. Kein Erwachen war wirklich.

Die Tage verloren rasch ihre Form. Die Zeit, ja sogar der Raum fingen an, sich zu dehnen oder zu schrumpfen. Unsere Glieder ebenfalls. Etwas ging in uns vor. Wahrscheinlich war unser Ich dabei, sich auf das vorzubereiten, was uns erwartete.

Wir waren neugierig, was passieren würde. Und wir hatten Angst. Aber Neugier und Furcht waren gewichtslos, gleichsam aus einer anderen Welt.

In Augenblicken größerer Klarheit kreiste alles, was wir erfahren hatten, um uns wie die Himmelskörper eines kleinen Kosmos: eine spiritistische Sitzung in der Stadt B., die nachträglich verbotene Aufführung der »Möwe«, die Suche nach einem Abhörmikrophon, ein gefoltertes Medium, die Exhumierung eines gewissen Shpend Guraziu, ein Rabe, der als Folge seiner Erblindung immer schwärzer wurde ... Alles schien miteinander zusammenzuhängen, doch es gelang uns nicht, das verbindende Element zu finden. Die Knoten hatten sich gelöst. Um den Kern herum kreisten vermeintlich unwichtigere oder auch bedeutendere Ereignisse: die Verwünschung, mit der eine Greisin, die nie in ihrem Leben ein Theater besucht hatte, Tschechows Stück bedachte, das orgastische Stöhnen einer Unbekannten nach der Premiere, ein Mann, der in entschiedenem Ton etwas zu sagen verlangte... all das waren Fragmente des Lebens, die aufeinander zustrebten, um sich wie kosmischer Staub bei der Entstehung von Sternen zu verdichten, bis sie schließlich ihre endgültige Form annahmen: ein Geist war ergriffen worden, oder Lehm hatte gesprochen.

Wie war das geschehen? Wieso hatten sie im finsteren Raum einander angezogen und sterblich umarmt? Warum gerade diese Ereignisse und nicht andere von den Tausenden und Abertausenden menschlicher Begebenheiten, die im Wind umherwirbelten, durch das Chaos trieben?

Natürlich strebten wir nach der Wahrheit, auch wenn wir Angst vor ihr hatten. Wir kamen ihr näher und entfernten uns wieder, flüchtig wie Schatten. Was wir fürchteten, war die nüchterne Erklärung. Es gab Tage, da konnten wir nicht sagen: Wich das Ereignis vor uns zurück, oder stahlen wir uns vor ihm davon? Dann handelte es sich um etwas, das einen Prozeß der Alterung von mindestens dreihundert Jahren durchgemacht hatte. Wir suchten nach seinem Leben in zweifacher Form, das natürliche und das andere, fossile, die Versteinerung... Doch sollten beide Formen einander nicht schaden.

Was wir wollten, war dem Dossier auf den Grund zu gehen. Uns galt es als die blutreiche Gebärmutter, aus der das Ereignis hervorkam. Doch intrauterine Vorgänge entziehen sich dem Blick.

Manchmal ahnten wir, daß wir etwas Unmögliches wollten. Wir suchten nach etwas, nach einem Ereignis, das im Grenzbereich zwischen den beiden Welten angesiedelt war. Wie hätte es, unscharf zurückgeworfen von einem jenseitigen Spiegel, anders sein können als konturlos?

Kurz gesagt, wir suchten, was auf albanisch *»e mosqoftshme«* genannt wurde: etwas, das nicht sein kann und soll.

14

Allmählich begannen wir, an Bewußtseinsspaltung zu leiden. Wir schauten uns selbst dabei zu, wie wir im fernen Land der Albaner Jagd auf Ereignisse machten, die aus bösen Träumen zu stammen schienen.

In solchen Momenten hüllte sich für uns selbst der langweilige Alltag der Stadt B. in das Gewand altehrwürdiger Epen... Im fünfunddreißigsten Jahr des Kommunismus in Albanien hatten sich dort erschütternde Dinge ereignet, die in der Ballade so miteinander verschmolzen waren, daß nur noch ihr Kern erkennbar blieb, sich abhob wie das Skelett auf einem Röntgenbild. Und dieser Kern lautete so: Das Ende des zweiten Jahrtausends rückte heran, und alles sah so hoffnungslos aus, daß man zweifeln mochte, ob es ein drittes Jahrtausend überhaupt geben würde. Damals, in einem Jahr der Qual, gelang es einem Toten drei Jahre, nachdem man ihn der Erde übergeben hatte, eine Botschaft an die Oberfläche zu schicken. Niemand konnte diese Botschaft deuten, so daß die Bewohner von B. viele Nächte zitternd verbrachten, und das in einem Winter, der auch ohne dieses Ereignis schon kalt genug war.

Jahre später bemühten sich Chronisten, Historiker, Fernsehjournalisten und natürlich die Erforscher nationaler Psychologien, die erstarrte Schale, die es umgab, ein wenig zu lockern, doch das Ereignis wich zurück oder änderte seine Gestalt, sobald man sich ihm annäherte.

Immerhin begriff man nach längerer Beschäftigung mit der Ballade, daß sie das Ereignis offenbar stark vergröberte, vor allem, wenn es in zwei Zeilen hieß, der Terror sei so heftig und der Zeugniseifer so stark gewesen, daß »der Lehm eine Zunge bekam«. Man durchwühlte Archive, kämpfte sich durch Berge von Dossiers (echte und gefälschte, wobei letztere manchmal die grauenvollsten Wahrheiten enthüllten), hörte Hunderte von Zeugen, und nachdem verlorengegangene Schlüssel wiedergefunden und zerrissene Fäden neu zusammengeknüpft worden waren, hatte sich am Kern des Ereignisses dennoch nichts geändert: Zum ersten Mal in der Geschichte dieses Landes und vielleicht des ganzen Planeten war eine Stimme aus der Erde emporgestiegen.

Daran änderte sich auch nichts, als in den Archiven schließlich ein solches Durcheinander herrschte, daß man glauben mochte, der erste Herbststurm sei hindurchgefahren: Noch immer funkelte die jenseitige Stimme im Chaos wie der Jaspis an einem Ring.

Die von der Geheimpolizei auf einer Kassette festgehaltene Botschaft war dem albanischen Diktator am Abend des 16. Oktober jenes denkwürdigen Jahres als Geburtstagsgeschenk überreicht worden...

Wir waren es, die alles erforschten. Langsam arbeiteten wir uns durch die Kammern des Labyrinths voran, legten eine Stufe nach der anderen frei. Wir entfernten grobes Gestein und ganze Schichten von Kalk und Lehm. Manchmal glaubten wir übersinnliche Fähigkeiten zu besitzen. Wir spürten die Angst der albanischen Sprache vor dem drohenden Siechtum, sahen hinein in ihr altes, müdes Räderwerk, das nach dem Austausch von Teilen zur Erschaffung einer neuen Sprechart nur noch stockend ging.

Noch leichter war es, sich die Menschen vorzustellen, die wie von Erinnyen gehetzt flohen, weil sie Abhörmikrophone in ihren Kleidern trugen oder solches doch wähnten...

Nach diesen Phasen der Klarsichtigkeit, die natürlich nicht von langer Dauer waren, widmeten wir uns wieder der alltäglichen Wühlmausarbeit zur Entdeckung der Wahrheit. Da gab es die erstaunlichsten Berichte, amtliche Verlautbarungen, Protokolle von Politbürositzungen, geheime Befehle, höchst geheime Befehle, grauenvolle Filmaufzeichnungen, schriftliche Geständnisse, wahnhafte Tagebuchaufzeichnungen des Diktators, und alles war voller Lücken.

15

Wir spürten, wie das über die Jahre hinweg erstarrte Material wieder lebendig wurde. Langsam begann der Saft in seinen Adern wieder zu fließen.

Bezaubert und ängstlich zugleich warteten wir darauf, daß es sich uns vollends erschloß. Gelegentlich schien es vor unseren Augen zerrinnen und wieder in dem rissigen Boden versickern zu wollen, aus dem es vermutlich kam, und an anderen Tagen fürchteten wir, es habe bereits dauerhaften Schaden genommen, so daß wir, falls es uns überhaupt gelänge, in die Höhlen und Stollen vorzudringen, es nur versehrt würden bergen können, jedenfalls aber nicht in seiner doppellebigen Form.

Schon lange verhielten sich die Bürger von B. uns gegenüber äußerst abweisend. Sie ahnten, daß wir inzwischen Dinge wußten, die wir nicht hätten wissen sollen. Selbst schienen sie alles verdrängt oder wirklich vergessen zu haben. Das Stammeln der gelähmten Zunge, die uns vergeblich etwas mitzuteilen versuchte, betraf womöglich die ganze Stadt.

Wir jedoch ließen nicht nach in unseren Recherchen. Manchmal schien sich der chaotische Strudel, den wir vor uns hatten, tatsächlich ein wenig beruhigen zu wollen, doch gleich darauf schwoll er wieder an und toste wie zuvor. Dann merkten wir, daß all die Ketten und Taue, die Klammern, Drähte und Haken, mit denen wir die tobende Macht glaubten bändigen zu können, ganz und gar wirkungslos waren.

Wir befinden uns in einer ähnlichen Lage wie die ersten Tragödiendichter im Angesicht des mythologischen Chaos, meinte unser Chef.

Sein Ton war halb scherzhaft, aber wir spürten, daß sich die ganze Welt nicht nur, wie das Sprichwort sagte, in einem Wassertropfen widerspiegeln konnte, sondern auch in der Schilderung eines einzelnen Ereignisses.

Unsere Nachforschungen gingen weiter. Langsam hob sich der Vorhang vor dem Ereignis. Der Nebel über seinen Plateaus und Schrunden lichtete sich. Mit dunklen Schutzbrillen vor den Augen, wie man sie benutzt, um einen Atomversuch oder den Weltuntergang zu beobachten, warteten wir darauf, daß es sich uns vollends zeigen würde.

Zweiter Teil

Die Enthüllung

I

Der Diktator war dabei, zu erblinden. Vor wenigen Augenblicken hatte jemand in unmißverständliche Worte gefaßt, was seit Monaten nur vermutet wurde. Für ihn war es besonders irritierend, daß dieses Verdikt ausgerechnet in holprigem Französisch mit japanischem Akzent ausgesprochen wurde. Noch vor einer Woche hatte ihm das französische Ärzteteam Hoffnung gemacht. Die frisch eingetroffenen Japaner aber kannten keine Gnade. Seine Sehkraft werde immer weiter nachlassen und in etwa zwei Jahren völlig erloschen sein. Das von den Franzosen in Aussicht gestellte operative »Anschweißen« der Netzhaut war reines Wunschdenken, um nicht zu sagen: ein Produkt diplomatischer Höflichkeit. Eben aus diesem Verdacht heraus hatte er auf den fernöstlichen Spezialisten bestanden.

Seine Augen ließen ihn also im Stich. Der Gedanke bereitete ihm weniger Pein als erwartet. Offenbar war aller Schmerz nach den langen Stunden sorgenvollen Wartens aufgezehrt.

Er stand am großen Fenster und lauschte auf die Motorengeräusche der Autos, von denen die Ärzte abgeholt wurden. Was er sah, waren nur dunkle Flecken, die sich verschwommen bewegten, langsam, als trieben sie im Wind.

Der Tag neigte sich dem Ende zu. Er stellte sich vor, wie die Nachricht sich zaghaft im verbotenen Viertel verbreitete, wo die Politbüromitglieder ihre Villen hatten. »Diese Geheimniskrämerei ist völlig unnötig und sinnlos«, hatte er zu seiner Frau gesagt, als er hörte, wie sie am Telefon mit dem Innenminister aufgeregt über Möglichkeiten debattierte, den Besuch der Ärzte zu tarnen, zum Beispiel, indem man sie als Archäologen oder Erdölprospektoren ausgab. »Es kommt sowieso heraus.«

Seltsamerweise bereitete ihm die Situation keinerlei Unbehagen. Eigentlich kam sie ihm sogar entgegen. Sie erschien ihm durchaus würdig, und vor allem zehrte sie nicht an der Aura seiner Allgewalt.

Er hatte in all den Jahren die Erfahrung gemacht, daß sich auch für ihn ungünstige Umstände am Ende zu seinem Vorteil wendeten.

Daß der Tod ihm einen Vorboten sandte, nahm er als Zeichen des guten Einvernehmens mit ihm. So hatte er Zeit, sich auf die Finsternis einzustellen. Und vor allem natürlich auf den Abschied von den Seinen.

Das Grab fürchtet den Toten so wenig wie der Tote das Grab. Dieses alte Sprichwort hatte er von seiner Mutter gehört. Sie war vor der seltsamen Truhe gestanden, in der sie die Ausstattung für ihren letzten Gang bereitgehalten hatte: den Rock, die Bluse und die Schuhe, die man ihr anlegen, das Tuch aus Atlasseide, das man über sie breiten, und den durchsichtigen Schleier, mit dem man ihr Gesicht bedecken sollte. Ach, Mutter, was soll das, hatte er gefragt. Warum machst du dir die ganze Mühe? Es gibt doch genügend Leute, die sich darum kümmern können. In Gjirokastra erledigt eine alte Frau diese Dinge selbst, war ihre Antwort gewesen. Man überläßt sie nicht den anderen, und das hat seinen guten Grund. Man muß mit dem Tod im reinen sein, dann kommt er, wenn es soweit ist, auf leisen Sohlen, um einen mitzunehmen.

Der Diktator seufzte. Was er jetzt gebraucht hätte, wäre der Zuspruch seiner Mutter gewesen, nicht das scheinheilige Gefasel der Politbüromitglieder.

Er stellte sie sich beim Eintreffen der Nachricht von seiner Erblindung vor. Die Getreuen würden sich mit entsetzten Mienen an die Stirn greifen und mit den Tränen kämpfen. Langsam, dachte er. Es gibt keinen Grund zur Verzweiflung. Das Unglück hält sich in Grenzen, das ist noch lange nicht das Ende der Welt. Vielen Dank, daß ihr mir eure Augen schenken wollt, aber dazu besteht kein Grund... Was das Schicksal für mich bereithält, das nehme ich auf mich.

Eine Woge der Rührung überkam ihn. Natürlich, er opferte sich für die anderen, indem er die ganze Finsternis und Nacht auf sich nahm. Und zwar kühlen Sinns. Er dachte an den Rest der Politbüromitglieder, für die er keine freundschaftlichen Gefühle hegte. Sie würden die Unglücksnachricht mit bleichen und ausdruckslosen Gesichtern zur Kenntnis nehmen. Das hat gesessen, wie? Da fällt euch nichts mehr ein!

Es gab keinen konkreten Grund für ihn, an ihrer Loyalität zu zweifeln, aber das erleichterte ihn keineswegs. Im Gegenteil, je weniger ihm einfiel, das er ihnen vorwerfen konnte, desto mehr ärgerte er sich über sie. Manchmal dünkte ihm sogar, sie unterließen es aus reiner Böswilligkeit, ihm Anlaß zur Beschwerde zu geben.

Wartet nur, ihr werdet mich noch kennenlernen, dachte er zornig. Nun, da er erblindete, durften sie auf seine Gnade nicht mehr hoffen. Jetzt hatte er einen zusätzlichen Grund, sie erbarmungslos zu vernichten, wenn sie es zu weit trieben.

Die Woge des Zorns spülte seine Gedanken hin zu einer dritten, schwer einzuordnenden Gruppe. Es handelte sich um die Anwärter auf einen Sitz im Politbüro, die während des langen Wartens doppelt schnell gealtert, und eine Reihe von Ausgeschlossenen, von denen manche bereits verstorben waren. Dazu gehörten ferner die Liquidierten, die meist schon lange in der Erde moderten, für ihn aber noch lebten. Jetzt seid ihr endlich zufrieden, wie? dachte er. Natürlich, ihr belauert mich ja schon seit Jahren.

Das Gerücht über seine Erblindung war gerade erst entstanden. Vor zwei Monaten hatte ihn seine Frau nach der Rückkehr von einer Reise in den Süden des Landes mit jenem Mangel an Unzweideutigkeit in ihrer Ausdrucksweise, der jedesmal festzustellen war, wenn sie ihm etwas wahrscheinlich Verletzendes mitteilen mußte, gebeten, er möge doch bitte, wenn er wieder einmal vor einem Relief oder einer Gedenktafel stehe, auf ein Betasten des Marmors verzichten, anders als im Falle des eben besuchten Ehrenmals für die berühmten Gebrüder Frashëri. Natürlich begriff er sofort, worum es ihr ging. Du meinst, ich benehme mich wie ein Blinder, unterbrach er sie. Stottere nicht herum, mir ist schon klar, was du zusammen mit dem Innenminister und seinen Strohköpfen ausgeheckt hast. Was ihr alle nicht wißt, ist, daß es sich bei der Berührung eines Denkmals oder Grabsteins um ein altes Zeichen der Ehrerbietung handelt.

Seine Frau beteuerte, es sei ihr nur darum gegangen, eventuellen Mißverständnissen vorzubeugen, vor allem, wenn Fernsehkameras liefen, aber er war nicht zu überzeugen. Sollen sie es doch alle mitbekommen, stieß er verächtlich hervor. Und dachte dabei: Sie behaupten ja auch schon jahrelang, ich sei verrückt, ich sei... alles mögliche.

Wie immer in zornigen Momenten mußte er an den unzuverlässigen Teil des Politbüros denken. Sie würden fortan gerade das zu spüren bekommen, was sie für seinen schwachen Punkt hielten. Er würde sie mit der französischen Zusicherung martern, daß nämlich in einem, höchstens zwei Jahren eine Netzhauttransplantation möglich sein werde.

Mit erneuerten Augen würde er an den langen Tisch treten, an dem sie in angstvollem Warten saßen. So sehen wir uns also wieder. Schön, daß ihr alle da seid, sehr schön … Einige von euch sehen geradezu verjüngt aus. Offenbar hat ihnen meine Abwesenheit gutgetan. Natürlich, natürlich, schließlich heißt es im Volksmund: Ein alter Mann und ein Fels werfen schwere Schatten. Aber leider müßt ihr mich noch eine Weile ertragen, ich kann mich ja schließlich nicht so mir nichts, dir nichts von dieser Welt verabschieden.

Daraufhin würde er sich den anderen, ein wenig kränklich und blaß aussehenden Politbüromitgliedern zuwenden. Was ist denn mich euch? Ich sehe neue Falten in euren Gesichtern. Ihr habt euch wohl Sorgen um mich gemacht, wie damals, als mir das Herz einen Streich gespielt hat? Bestimmt habt ihr meinetwegen schlaflose Nächte verbracht. Vielen Dank, ich danke euch! Oder war es womöglich etwas anderes? Konntet ihr vor lauter Ungeduld nicht schlafen? Habt ihr schon angefangen, euch um meinen Posten zu streiten, wie damals, als ich im Koma lag? Nun?

Er würde schon dafür sorgen, daß sie sich vor Angst in die Hosen machten, zu Staub zertreten würde er sie. Sie sollten den Tag verfluchen, an dem sie aus dem Schoß ihrer Mütter gekrochen waren, wie man im Volk sagte.

Er glaubte, drüben im Nebenzimmer ein Geräusch zu hören. Schon seit einiger Zeit hatte er den Eindruck, daß seine Ohren inzwischen Dinge hörten, flüsternde Stimmen zum Beispiel, die ihm früher entgangen wären. Das war kein Wunder. Schließlich wurde sich beim Nachlassen der Sehkraft das Gehör geschärft, wie er aus einem Buch über Blindheit wußte.

Ihr habt euch zu früh gefreut, dachte er müde, wobei vor seinem inneren Auge nun ganze Menschenscharen erschienen. Sie hatten in Zukunft nur noch Schlimmeres zu erwarten. Wohl konnten sie sich seinem Blick entziehen, doch seine Ohren würden sie bis an Stellen verfolgen, auf die sie nicht im Traum gekommen wären.

Zwei Tage zuvor hatte der Innenminister in seinem Namen beim stellvertretenden chinesischen Ministerpräsidenten, der einer offizielle Delegation seiner Regierung zum Jahrestag der Befreiung Albaniens vorstand, um eine Lieferung feinster Abhörmikrophone nachgesucht. Mit einer Antwort der Chinesen war heute beim Empfang im Brigadenpalast zu rechnen.

Das Gefühl, daß sich in seinem Leben alles beizeiten zum Rechten fügte, war ungemein beruhigend. Lange hatte er der Versuchung zu schreiben widerstanden. Offenbar schickte ihm das Schicksal die Blindheit, um ihn von seinen Zweifeln zu befreien. Im Dunkeln ließ sich manches besser abwägen, vor allem die Varianten eines Verdachts. Und davon existierten viele in seinem Gehirn. Alle Verschwörungen gegen ihn waren dort registriert. Die finsteren Nächte, in denen er ohne Schlaf auf das Ende seiner Gegner gewartet hatte. Boten, die ihm gelegentlich einen unerwarteten Selbstmord meldeten. Dann die Selbstmorde, die auf sich warten ließen. Es gab auch Ereignisse darunter, die noch gar nicht stattgefunden hatten. Doch das spielte keine Rolle. Alles war vom gleichen Stoff, ungekämmte Wolle, aus der man das Garn der Vergangenheit oder der Zukunft spinnen konnte. Oder beides in einem. Der Unterschied verlor sich jetzt, glücklicherweise.

Das Jammern über sein schwindendes Augenlicht fand er lächerlich. Kümmert euch lieber um eure eigenen kleinen Augen, sagte er laut. Ja, er würde seine Kindheitserinnerungen und die Memoiren aus seiner Zeit in Frankreich niederlegen. Dazu vielleicht ein Drama über den Winter 1960 in Moskau schreiben. Und ein Stück über etwas, das sich noch gar nicht ereignet hatte …

Er sah ein Stück Marmor mit zwei Löchern vor sich, in dem er abwechselnd die Züge von Vehip Qorri, einem volkstümlichen Versschmied seiner Jugendzeit, und von Homer zu entdecken glaubte.

Wahrscheinlich kam die Antwort der Chinesen schon heute abend. Überall würden die nagelneuen Mikrophone installiert werden, zu Tausenden. Wenn Albaniens Sehkraft nachließ, mußte man dafür sein Gehör schärfen, das war eigentlich nur logisch. Eine Rückkehr zu seinen primitiven Wurzeln war unvermeidlich, als das Ohr noch über das Auge geherrscht hatte.

Sollten sie ruhig wieder einmal spotten: Albanien, das Land der Rhapsoden, der mündlichen Überlieferung.

Draußen vor dem Fenster glitzerten unstet die Lichter der festlich herausgeputzten Hauptstadt.

In seinem Kopf entstand plötzlich eine große Leere. Als die ersten Gedanken wiederkehrten, hatten sie mit den tief in der Vergangenheit liegenden Wurzeln dessen zu tun, was jetzt geschah. Ja, so ist es, dachte er und holte tief Atem. Es gab kein Land, dem seine Blindheit besser zu Gesicht stand, als Albanien.

*

Als er im Brigadenpalast erschien, wirkten der aufbrausende Beifall, die danach einkehrende Stille und schließlich der allgemeine Stimmungsanstieg gleich wie ein, wie vier, wie sieben Jahre zuvor. Allerdings nahmen die alten Hasen unter den Bankettbesuchern und die bereits länger in Tirana weilenden ausländischen Diplomaten sogleich den Schatten wahr, der auf das Festereignis fiel. Daß wenigstens zwei Dutzend Leute von der beginnenden Erblindung wußten, reichte aus, um diesen Effekt hervorzurufen.

Die Politbüromitglieder, die am Haupttisch Platz genommen hatten, starrten ihn an. Schon seit Monaten war dieses ungewöhnliche Glänzen in seinen Augen, doch heute abend war es nicht zu ertragen. Du lieber Himmel, was ist nur mit ihm los? dachten alle. Es sah aus, als habe er Diamanten unter der Netzhaut.

Fraglos befanden sich die aus dem fernen Ausland angereisten Ärzte irgendwo im Saal, doch niemand kannte sie. Die Mitglieder des Politbüros dachten daran, daß er bei künftigen Sitzungen des Gremiums auf sein Gehör angewiesen sein würde, und setzten ihre Hoffnung auf den gewaltigen Tisch, an dem man kaum seinen nächsten Nachbarn verstand. Bisher war die Auswahl des Anzugshemdes und vor allem der dazu passenden Krawatte eine wahre Qual gewesen, weil er stets spöttische Bemerkungen darüber machte. Ihm entging kein Fleck auf der Jacke und keine Bartstoppel im Gesicht. Das erste, was ein neuernanntes Politbüromitglied zu lernen hatte, war, daß er un- oder schlechtrasierte Mitarbeiter nicht duldete. So schabten sie sich vor jeder Tagung unerbittlich die Wangen und trugen Schnittverletzungen am Kinn stolz zur Schau, bis er sich eines Tages zu dem Hinweis genötigt sah, man befinde sich im Politbüro, nicht in einer Ambulanz.

Doch dies war harmlos im Vergleich zu dem, was sie Augenfolter nannten. Seit Jahren kursierte das Gerücht, er sehe seinen Gehilfen jede Anwandlung von Untreue sofort an. Unter seinem Blick fühlten sie sich hilflos. Die Augen zu senken war gleichbedeutend mit Selbstmord, doch seinem Blick standzuhalten war alles andere als leicht. Außerdem konnte bereits der

Versuch als Zeichen der Hoffart und Anmaßung verstanden werden. Ganz zu schweigen von der verfluchten Redensart »Er zuckte nicht mit der Wimper«, deren praktische Umsetzung nur ein kleiner Schritt von offener Meuterei trennte. Brillen mit getönten Gläsern halfen ihnen nichts, weil er stets umfassend über ihre gesundheitliche Verfassung unterrichtet war. Angeblich saß er einmal in der Woche bis spät in die Nacht mit einem langjährigen Freund zusammen, einem greisen Arzt, um sich mit ihm an Röntgenbildern ihrer Kiefer, Lungen und vor allem Schädel zu ergötzen, die sie vor eine beleuchtete Milchglasscheibe hielten. Schau nur, diese Leber, sieht man ihr nicht an, wie wütend er ist? Ja, ich glaube, sie schwillt immer weiter, kam die Antwort, und die beiden brachen in lautes Gelächter aus. Was meinst du, sollen wir schon einmal den Totengräber bestellen? Wir sollten noch eine weitere Röntgenaufnahme abwarten, antwortete der alte Arzt nach kurzem Nachdenken in gewichtigem Ton, und wieder wieherten sie los.

All das war nun vorbei. Jetzt mußten sie sich nicht mehr über die richtige Krawatte den Kopf zerbrechen, sondern auf ihre Stimme achten. Sie durfte auf keinen Fall gereizt klingen, und meistens war ein herzlicher, gelegentlich, wenn auf Versammlungen Härte gefordert war, aber auch ein entschlossener Unterton angesagt.

*

Bevor der Kaffee serviert wurde, verließen manche Gäste ihre Tische und ergingen sich wie schon vor dem Abendessen in den Räumlichkeiten des Palastes.

Der stellvertretende chinesische Ministerpräsident winkte den Innenminister zu sich heran.

»Ich habe mit Premierminister Zhou gesprochen«, sagte er.

»Er meint, es sei ihm ein Vergnügen, sich selbst um die Angelegenheit zu kümmern, um so mehr, als das Ansuchen von Ihrem Führer persönlich kommt.«

»Verbindlichen Dank«, antwortete der Minister. »Ich bin mir sicher, daß er die Hilfsbereitschaft des Genossen Zhou Enlai zu schätzen wissen wird.«

Die Blicke aller ausländischen Diplomaten hingen an den beiden hohen Funktionären. Seit das Gerücht umging, die albanisch-chinesischen Beziehungen befänden sich in der Krise, wurden die Vorgänge auf offiziellen Empfängen besonders aufmerksam registriert.

»Premierminister Zhou meint ferner, mit einer ersten Lieferung auf dem Luftweg dürfe bereits kommende Woche gerechnet werden.«

Der Chinese näherte seinen Kopf dem seines Gesprächspartners, legte die Fingerkuppen an die Lippen, als wolle er sie küssen, und fuhr in stolz-vertraulichem Ton fort:

»Sie werden sehen, Genosse Minister, wie wunderbar sie funktionieren. Allerbeste chinesische Technik, Spitzenware, ha, ha, ha!«

Kurz darauf war es dem Innenminister gelungen, die Frau des Führers in der Menge aufzuspüren.

»Dem Ersuchen wird entsprochen, und zwar umgehend.«

»So?« erwiderte sie. »Gut, sehr gut!« Man merkte, daß sie mit ihren Gedanken anderswo war. »Hör zu!« Sie sprach ihn mit Vornamen an. »Es hat, wie ich höre, schon wieder Gerede gegeben über diese...«

»Na ja, da war etwas. Wir sind auf zwei weitere Fälle gestoßen.«

»Schon wieder der Spruch mit dem blinden Raben?«

Der Minister nickte.

Ihre Miene wurde eisig. Man merkte, daß es für den Zorn nicht einfach war, sich dieses ebenmäßige Gesicht untertan zu machen.

»Ich nehme an, du kümmerst dich persönlich darum. Nachsicht ist in solchen Fällen nicht angebracht. Niemandem gegenüber...«

»Natürlich«, antwortete der Minister.

»Er darf auf keinen Fall davon erfahren. Man muß ihm unnötigen Ärger ersparen.«

»Natürlich«, sagte der Minister erneut.

Das Bankett war beendet. Der Geräuschpegel in den Räumen stieg. Die Gäste schauten sich nach Tischen um, auf denen sie ihre Kaffeetassen abstellen konnten. Stets streifte ihr Blick dabei den Haupttisch.

Die Frau beobachtete eine Weile lang das Grüppchen der japanischen Ärzte, die ein wenig fremd in dem Menschengewühl herumstanden.

»Ich hoffe, die halten den Mund«, sagte sie.

»Ich denke schon«, meinte der Minister.

Hinter seinem Rücken stand jemand, der die Gäste aus dem Fernen Osten ebenfalls nicht aus den Augen ließ: der französische Botschafter.

2

Als der Lastwagen in den Innenhof gefahren kam, begannen die Fensterscheiben leicht zu beben. Sie sind da, dachte er und stand vom Tisch auf. Seine Beine waren eingeschlafen, und im Oberbauch spürte er ein leichtes Drücken. Die Stufen der Holztreppe knarrten unter den eiligen Schritten seines Assistenten. Immer nur langsam, murmelte er vor sich hin, ich habe es ja mitbekommen.

Draußen auf dem Hof schüttelten die Ankömmlinge ihre steifen Beine aus.

»Arian Vogli, Chef der Staatssicherheit«, sagte er und streckte die Hand aus. »Wir warten bereits den ganzen Tag auf Sie. Herzlich willkommen.«

Sein Blick streifte den Lastwagen, auf dessen Plane weiße Flecken waren.

»In den Bergen hat es geschneit«, sagte einer der Fremden. »Deshalb haben wir uns verspätet.«

Während die Kisten abgeladen wurden, tranken sie im Empfangszimmer Kaffee. Die chinesischen Schriftzeichen auf den eiskalten Kisten glichen steifgefrorenen Insekten.

»Wir sollten noch etwas besprechen, ehe Sie den Empfang quittieren«, meinte einer der Ankömmlinge.

»Natürlich«, antwortete Arian Vogli. »Haben Sie es eilig?«

»Leider ja. Wir müssen heute auch noch die Nachbarstadt beliefern. Dort übernachten wir dann.«

»Kann die Besprechung hier stattfinden?« erkundigte sich der Sicherheitschef. »Sag den andern, sie sollen kommen«, wandte er sich an seinen Assistenten.

Er wußte ziemlich genau, was die Leute aus der Hauptstadt sagen würden. Der Druck der äußeren und inneren Feinde auf Albanien nimmt zu. Der Klassenkampf muß verstärkt werden. Die angelieferten Abhörgeräte entsprechen dem neuesten Stand der Technik, durch sie wird das Gehör der Diktatur des Proletariats geschärft. Solange sie funktionieren, wird Albanien nichts zustoßen. Wenn die Ohren taub werden, ist alles verloren.

»Ich denke, ihr habt inzwischen die entsprechenden Listen ausgearbeitet«, fuhr der Wortführer der Fremden fort. »Möglicherweise müssen noch kleine Veränderungen daran vorgenommen werden, nachdem euch dieser Genosse hier, er ist Ingenieur, ein paar Dinge erklärt hat.«

Bevor der Ingenieur mit seiner Einführung begann, ließ Arian Vogli noch einmal Kaffee kommen. Die Stimme des Vortragenden war leise, fast begütigend, was wahrscheinlich mit seinem Beruf zu tun hatte. Man stehe, erklärte er, am Beginn einer neuen Phase der albanischen Abhörgeschichte. Bislang seien Abhörmikrophone eine seltene Ausnahme gewesen, nur sechs Prozent der Überwachungsmaßnahmen seien auf diese Weise durchgeführt worden, meist habe man sich auf das bloße Ohr verlassen müssen. Das werde sich nun von Grund auf ändern. Das mikrophongestützte Abhören solle innerhalb kurzer Zeit von einer hübschen Nebensache zum vorrangigen Verfahren werden, zur totalen Maßnahme, wie man heute gerne sagte.

Der Zugewinn sei doppelt. Man könne die neuen Geräte allerorts zum Einsatz bringen. Niemand müsse ausgespart bleiben.

Bevor der Ingenieur die verschiedenen Arten von »Wanzen«, wie er sie nannte, zu erklären begann, führte er kurz in ihre Eigenschaften ein. Anders als die in Gebrauch befindlichen, waren diese Geräte der letzten Generation nicht nur klein und hoch empfindlich, sondern auch leicht anzubringen und wieder zu entfernen, mit anderen Worten, man konnte sie nach der »Aussaat« ohne Mühe »ernten«. Ihr wißt so gut wie ich, Genossen, was wir mit diesem alten Schund auszustehen hatten. Meistens fing er statt menschlicher Stimmen Windgeräusche und Straßenlärm ein. Und wie oft haben wir uns beim

Anbringen an irgendwelchen Lampen den Kopf angeschlagen oder Zerrungen zugezogen?

Von dieser Zeit dürfen wir uns nun verabschieden, sagte der Ingenieur.

Er warf einen Blick zu den Kisten hinüber und fuhr dann fort: »Es gibt heutzutage hauptsächlich drei Arten von Wanzen. Die erste Sorte dient der klassischen Abhörtätigkeit und wird in Hotels, Büros, Cafés und an den sonstigen bekannten Orten fest installiert. Allerdings gibt es nun erweiterte Einsatzmöglichkeiten. Die Aufzeichnungsqualität erlaubt inzwischen eine Montage unter Parkbänken, hinter Gemälden im Museum, ja sogar unter Kinoaushängen, also dort, wo die Leute üblicherweise am nachlässigsten sind.

Zur zweiten Gruppe gehören die ebenfalls bereits bekannten Wanzen für den temporären Einsatz, die sich nun wesentlich leichter in Telefonhörern, Wasserspülungskästen und sogar Ehebetten unterbringen lassen.«

Der Ingenieur schaute erneut zu den Kisten hinüber. Offenbar ging es ihm besonders um eine, auf der außer den chinesischen Schriftzeichen auch noch eine rote Markierung zu erkennen war. Mit einem angedeuteten Lächeln bemerkte er, die dritte Gruppe habe er sich als Überraschung für den Schluß aufgehoben. Es handele sich um eine bislang unbekannte Art von Abhörgeräten, gewissermaßen die Perlen der zeitgenössischen Überwachungstechnik. Deshalb bezeichne man sie mit großem Recht als »Prinzessinnen der Abhörkunst«.

Er widmete ihnen lange, leidenschaftliche Ausführungen.

»Noch vor ein paar Jahren waren wir alle mit Recht ganz begeistert über die autarken Wanzen mit Batteriebetrieb, die ihrem Opfer gewissermaßen folgten, das Nonplusultra damals. Sie blieben dem Überwachten auf der Spur wie ein Hund, aber wie ein Hund mußten sie auch an der Leine geführt, das heißt, von einer Kommandozentrale aus kontrolliert werden. Wenn die Reichweite des Sender überschritten war, riß der Kontakt ab. Das war, wie man sich denken kann, fatal für uns.«

Der Ingenieur lächelte.

»Natürlich haben unsere Zielpersonen ein schlechtes Gewissen und verhalten sich deshalb vorsichtig. Bei den ›Prinzessinnen‹ nützt ihnen das überhaupt nichts. Diese sind im Betrieb völlig unabhängig, müssen also nicht mehr fernüberwacht werden. Batteriebetrieben, zeichnen sie auf einer winzigen Kassette in ihrem Gehäuse automatisch alles auf. Wenn man sie in der Aktentasche oder der Kleidung der Zielperson unterbringt, verfolgen sie diese Hunderte oder Tausende von Kilometern, wenn es sein muß, bis ans Ende der Welt.«

Das also waren die »Prinzessinnen«. Die Rührung des Referenten wirkte ansteckend auf die übrigen Anwesenden. Nun half es Staatsfeinden nichts mehr, sich in geschlossenen Räumen durch Zeichen schweigend auf einen Gang ins Freie zu verständigen, um draußen ihrem Haß auf den Staat Luft zu machen.

So dankbar man den »Prinzessinnen« war, man bedauerte sie auch ein wenig, weil sie in ihrer Winzigkeit einsam ihrer Arbeit nachgehen mußten, ob nun im duftenden Pelzmantel einer schönen Dame oder im schweißstinkenden Overall eines Bergmanns tief drunten im Stollen. Und konnte ihnen das mühsam gemolkene Gift der Worte, das sie, bis er endlich geöffnet wurde, im Sarkophag ihres zarten Leibes aufbewahren mußten, nicht schaden?

Die allgemeine Ergriffenheit schlug sich auf die Stimmen und die Atmung. Während sie dem Ingenieur lauschten, stellten sie sich verhaßte Mitmenschen mit einer »Prinzessin« am

Körper vor. Es war wie eine abstoßende Verstümmelung, ein widerlicher Ausschlag. Manche mußten an gewisse als kalt oder übermäßig heißblütig geltende Frauen denken, die sie vergeblich zu erobern versucht hatten. Wieder andere träumten von der Aufdeckung einer Verschwörung wie vor vier Jahren und sahen sich schon bei der Verleihung einer Verdienstmedaille in einem festlich geschmückten Saal der Hauptstadt.

Erschöpft schwieg der Ingenieur einen Augenblick. Sein Blick wanderte immer wieder zu der Kiste mit der roten Markierung. Ein Kollege von ihm, der sich bis dahin zurückgehalten hatte, nutzte die Gelegenheit, um die Anwesenden auf eine Anordnung des Vorsitzenden der Generaldirektion des Staatssicherheitsdienstes hinzuweisen. Alle Abhörgeräte waren heilig, aber die »Prinzessinnen« waren mit ganz besonderer Sorgfalt zu behandeln und zu behüten. Jeder Einsatz mußte streng protokolliert werden, jede Rückholung extra vermerkt.

Man merkte dem Sprecher an, daß er der Wichtigere war, denn er sagte nicht nur weniger, sondern auch bedeutsamere Dinge: Der Führer persönlich habe jedem Bezirk Albaniens die entsprechende Anzahl von »Prinzessinnen« zugeteilt.

»Wie ihr bei der Öffnung eurer Kiste feststellen werdet, habt ihr neununddreißig Stück bekommen, was ihr getrost als Auszeichnung für eure Region betrachten dürft, die stets ein besonders hohes Maß an Vaterlandsliebe und Staatstreue bewiesen hat.«

Ein dankbares Murmeln kam gleichzeitig von vielen Lippen.

»Wir bedauern, daß ihr nicht zum Abendessen bleiben wollt«, sagte Arian Vogli. »Könnt ihr es wirklich nicht einrichten?«

»Zu unserem Bedauern, nein, mein Lieber. Ihr versteht, wir

werden erwartet und sind sowieso schon viel zu spät dran. Draußen ist es bereits dunkel.«

Als die Kisten endlich geöffnet wurden, ging die Rührung, die sich bis dahin nur der Stimmen bemächtigt hatte, auch auf die Hände über. Sie zitterten.

In ihren mit dunkelrotem Samt ausgeschlagenen Kästchen sahen sie tatsächlich aus wie kostbare Sarkophage.

Die Übergabedokumente wurden direkt neben den leeren Kisten unterzeichnet.

»Und nun entschuldigt uns bitte«, sagte der Wortführer der Hauptstädter. »Ich denke, ihr habt heute abend genug zu tun.«

»Oh, natürlich, wir schauen sofort unsere Unterlagen durch«, antwortete Arian Vogli. »Schließlich braucht die erste ›Prinzessin‹ bald einen Bräutigam.«

Er lachte.

»Dann alles Gute, Brüder«, wünschte man sich zum Abschied. »Und viel Erfolg!«

Arian Vogli begleitete die Besucher hinunter auf den Hof. Beim Abschied spürte er wieder, wie etwas weich wurde in seiner Brust. Der Seufzer, den er gehört hatte, stammte wohl von ihm selbst.

Er streckte die Hand aus, doch plötzlich überkam es ihn, und er umarmte einen der Besucher, jenen, der am wenigsten gesprochen hatte.

Die Umarmung wurde nicht weniger innig erwidert.

Leb wohl, mein Lieber. Arian Vogli wußte nicht genau, ob er diese Worte wirklich gehört oder sich nur eingebildet hatte.

Gesenkten Hauptes ging er in das Empfangszimmer zurück, wo ihn seine Genossen erwarteten.

*

Spät, es war bereits zwei Uhr, machten sich seine Mitarbeiter auf den Heimweg.

»Ich bleibe noch eine Weile«, sagte Arian Vogli.

Er schaute ihnen nach. Als sie durch das Haupttor verschwunden waren, hing sein Blick noch eine Weile an den schwarzen Mänteln der Wachposten im Hof.

Auf den Tischen lagen Listen mit vielen roten Frage- und Ausrufezeichen neben den Namen. Drei Stunden lang hatten sie sich alle Kandidaten einzeln vorgenommen. Jeder der Vizechefs hatte seine Favoriten benannt und die Auswahl begründet. Mehrmals hatte es Meinungsverschiedenheiten gegeben, was allerdings bei solchen Anlässen unvermeidlich war. Umstritten war vor allem die Frage, für wie viele der Abhörgeräte die einzelnen Beamten zuständig sein sollten. Meine Bauern werden sowieso dauernd benachteiligt, meinte der Verantwortliche für den dörflichen Bereich. Dauernd redet man nur von den Intellektuellen und Künstlern. Dabei wird vergessen, daß die Bauern diejenigen sind, die am wenigsten ein Blatt vor den Mund nehmen. Wenn wir weiter so nachlässig mit ihnen umspringen, werden wir eines Tages eine böse Überraschung erleben.

Arian Vogli mußte lächeln, als er an die ganzen Wortgefechte dachte. Also bitte, dann nimm sie eben, damit du uns noch mehr Schafsgeblöke liefern kannst. Ach, das Herumgestöhne der holländischen Huren in deinem Touristenhotel ist wohl wichtiger? Von den ganzen Schwuchteln will ich lieber gar nicht anfangen.

Lange hatten sie über die Frage diskutiert, an wem die erste »Prinzessin« ausprobiert werden sollte. Schließlich war man übereingekommen, ihm die Auswahl des ersten »Bräutigams« zu überlassen. Es gab vier Anwärter: Erstens, den Regisseur des

Stadttheaters, der wegen der bevorstehenden Aufführung häufig nach Tirana gereist war und sich endlos mit dem Kulturministerium herumgestritten hatte. Zweitens, einen ausgemusterten Offizier, den man im Verdacht hatte, im Familienkreis seiner Enttäuschung Luft zu machen. Drittens, einen katholischen Priester, dem nach der Rückkehr aus der Internierung der Aufenthalt in Shkodra verboten worden war und der verdächtigt wurde, in B. vor ein paar Monaten ein Kind getauft zu haben. Viertens, die Augenärztin des städtischen Krankenhauses.

Er stellte sich alle in Winterkleidung vor (der Winter ist die beste Jahreszeit für die »Prinzessinnen«, hatten die Leute aus der Hauptstadt gesagt) und sah eine Hand vor sich, die im Futter einer Steppjacke eine Wanze unterbrachte.

Sicher, der Winter ist schon am besten geeignet, dachte er. Allerdings legten die Einwohner der Stadt B. nur bei wenigen Gelegenheiten ihre winterliche Überkleidung ab, denn überall war es bitterkalt: im Kino, in den Büros, in den Versammlungssälen.

Er unterbrach seinen Marsch durchs Zimmer, blieb am Tisch stehen und schrieb auf ein leeres Blatt: Krankenhaus. Gute Möglichkeiten. Besuchsräume. Vor allem Röntgenabteilung.

Man fand für alles eine Lösung, wenn man nur gründlich nachdachte.

Er sah wieder die auf rotem Samt aufgereihten »Prinzessinnen« vor sich, feierlich und drohend. Der Vergleich mit einem Sarkophag war nicht aus der Luft gegriffen. Es war damit zu rechnen, daß sie Tod säten.

Natürlich, dachte er. Sonst hätte dies alles hier keinen Sinn und keine Bedeutung.

Die Erregung kehrte zurück, durchsetzt mit Beklemmung.

Es würde Schwierigkeiten geben, keine Frage. Blinden Neid, vielleicht Rachsucht aus einer Ecke, aus der man sie nicht erwartete. Vor seinem inneren Auge erschienen alle Chefs der Stadt nebst Ehefrauen, so wie sie bei den Feierlichkeiten zum Tag der Befreiung auf der Haupttribüne des Stadions aufgereiht waren. Sie würden vermuten, daß er sie abhören ließ, zumal sie wahrscheinlich von der drohenden Formulierung vom »doppelten Zugewinn« erfahren hatten.

Sie hatten alle Gründe, ihn nicht zu mögen, und sie würden sich keine Gelegenheit zur Rache entgehen lassen. Dessen war er sich sicher. Trotzdem, eine große Gefahr ging nicht von ihnen aus, das spürte er. Etwas anderes machte ihm mehr angst. Er würde in Abgründe hinabsteigen, wo es kalt und finster war. Er würde hören, was nicht für die Ohren anderer Menschen bestimmt war: schmachvolle Bekenntnisse, Liebesgestöhn, verbotene Gebete, Namen von Heiligen.

Er versuchte, an etwas anderes zu denken. Einen Moment lang herrschte in ihm große Leere, dann tauchte in dieser Leere ein Name auf: Edlira. Er hatte geglaubt, über diese Episode hinweg zu sein. Nun jedoch, in diesem Herbst mit seinen neuen Abhörmikrophonen, hatte sich alles verändert. Seit ein paar Nächten verspürte er die heimliche Verlockung, sie abzuhören. Vielleicht lag es sogar hauptsächlich daran, daß er alleine in seinem Büro zurückgeblieben war.

Sie war frisch und, wie es schien, glücklich verheiratet. Und sie ahnte nicht, daß er keineswegs vorhatte, sie in Ruhe zu lassen. Dabei war ihr vielleicht seine Drohung bei ihrer letzten Begegnung noch in Erinnerung: Ich gebe dich niemals auf, nur damit du das weißt! Aha, hatte sie spöttisch geantwortet, so mächtig kommst du dir also vor? Wenn du dich da nur nicht irrst!

Tatsächlich kam er sich, obwohl Erster Sekretär des Jugendverbands, machtloser vor denn je. Es wurde gerade eine Kampagne gegen die »Entartung führender Kader« betrieben. Die Parole »Der politischen Entartung geht die moralische Entartung voraus« schrie einem von vielen Plakaten entgegen. Liebesaffären wurden fast so streng geahndet wie Straftaten. Böse Zungen behaupteten, dies habe mit der aktuellen hormonellen Verfassung der Mitglieder des Politbüros, vor allem des Diktators zu tun. Jede Manifestation gesteigerten sexuellen Begehrens wurde als Beleidigung des Allmächtigen verstanden, wenn nicht gar als Rebellion. Enthaltsamkeit war das Gebot der Stunde. Wahrscheinlich zum ersten Mal in der Weltgeschichte brüstete man sich unter Funktionären mit seiner Impotenz.

Wie hohl seine Drohung geklungen hatte, war ihm selbst klargewesen. Er hätte alles dafür gegeben, seinen erbärmlichen letzten Auftritt ungeschehen zu machen, ohne von ihr jedoch eine Chance zu erhalten.

Nun bekam diese Drohung plötzlich eine konkrete Dimension. Er konnte bei ihr sein, ohne daß sie es bemerkte, selbst in den heimlichsten Momenten in ihrem ehelichen Nest. Es würde sich schon herausstellen, ob sie tatsächlich so glücklich war, wie sie vorgab.

Dabei entdeckte er in sich weder Haß noch Rachedurst. Es gab nur einen brennenden Schmerz in seiner Brusthöhle, den er nicht los wurde.

Er mußte an die samstägliche Tanzveranstaltung im Zeltlager von jugendlichen Freiwilligen bei einem Arbeitseinsatz zur Neulandgewinnung denken. Das war vor fünf Jahren gewesen. In seinen Ohren klang noch die Musik nach, zu der sie eng umschlungen im Halbschatten miteinander getanzt hatten:

sie, die Studentin der Wirtschaftswissenschaften im zweiten Semester, deren Haare wie samstags bei allen Mädchen nach Seife rochen, und er, der Erste Sekretär des Jugendverbands an der Universität, der zu einer Inspektion aus Tirana gekommen war, in einem himmelblauen Hemd, Schwarm aller jungen Mädchen, beide braungebrannt, der Inbegriff sozialistischen Jugendglücks. Am Ende hatten sie einen langen Kuß getauscht. Eine Woche später, wieder samstags, zur gleichen Musik, die nun aus noch größerem Abstand herüberwehte, waren sie nach ihrer gehauchten Mitteilung, sie sei noch Jungfrau, miteinander ins spätsommerliche Gras gesunken.

Arian Vogli wollte nicht seufzen, doch das langgezogene Entweichen von Luft aus seinen Lungen verdiente keine andere Bezeichnung.

Wann war die Entfremdung zwischen ihnen zum ersten Mal spürbar geworden? Er, dessen Handwerk es war, Geheimnisse zu lösen, wich der Antwort auf diese Frage beständig aus. Er hätte, wäre sie nicht wesentlich später erfolgt, sicherlich seine Berufung zum Chef des Staatssicherheitsdienstes in der Stadt B. als Grund für die Trennung von Edlira angenommen.

Alle seine Bekannten hatten auf diese Ernennung sehr überrascht reagiert. In allen Blicken lag die Frage: Heißt das, daß ... daß du auch schon bisher ... für ... die gearbeitet hast?

Tatsächlich war er nie informeller Mitarbeiter und deshalb genauso erstaunt gewesen wie die anderen. Was prädestinierte ausgerechnet ihn für diese Tätigkeit? Er hatte ein Diplom in Sprach- und Literaturwissenschaft und keinerlei einschlägige Erfahrung ... Bei einer Versammlung neu ernannter Kader der Staatssicherheit im Zentralkomitee erfuhr er den Grund. Die Partei und der Führer persönlich, hieß es, sind der Meinung, daß den Sicherheitsorganen frisches Blut zugeführt werden muß, um sie auf der Höhe der Zeit zu halten. Der Staatssicherheitsdienst ist und bleibt das geliebte Schwert der Partei, aber jedes Schwert muß von Zeit zu Zeit nachgeschärft werden.

Im Innenministerium waren die »Illyrer«, wie man die Vertreter dieser Generation wegen ihrer in Mode gekommenen illyrischen Vornamen (Gent, Altin, Arian...) spöttisch nannte, kühl empfangen worden. Sie sollten die alten Kämpen des Ministeriums, die Sefedins, Koçis und Zylos, ersetzen, und zwar nicht nur, weil sie einen Hochschulabschluß besaßen, Englisch oder Französisch sprachen (die Alten konnten vielleicht ein paar Brocken Russisch oder, seltener einmal, Serbokroatisch oder Griechisch, die sie sich bei längeren dienstlichen Einsätzen angeeignet hatten) und Wert auf gute Kleidung legten: man erwartete von ihnen einen ganz neuen Geist bei der Arbeit.

Das erste halbe Jahr im Ministerium war noch schlimmer als seine Befürchtungen gewesen. Das »Zusammenwirken der Generationen« funktionierte überhaupt nicht. So atmete er innerlich auf, als man ihm eines Tages die Versetzung nach B. mitteilte. Auch an Edlira dachte er, die ebenfalls dort lebte, aber mit diesem Gedanken ging er so sorgsam um wie mit einem empfindlichen Kleinod.

Er malte sich aus, wie ein Mitarbeiter auf seinen Befehl hin eine Wanze in der Wohnung des Ingenieurs Gjikondi installierte, und zwar im Ehebett. Seine Gattin verrät angeblich während des Liebesakts wichtige Geheimnisse...

Er hatte das Gefühl, ein bitteres Lächeln läge auf seinem Gesicht, obwohl einem Besucher wahrscheinlich nichts aufgefallen wäre. Natürlich würde er diesen Befehl nie erteilen. Das hinderte ihn jedoch nicht daran, rachsüchtig mit dem Gedanken zu spielen.

So mächtig kommst du dir also vor?

Die Zurückweisung in ihren Augen machte sie ihm fremd, aber nicht weniger begehrenswert.

Ja, Edlira, so mächtig, dachte er. Aber er vertraute nicht wirklich auf die Macht, über die er wie das ganze Personal dieser Hölle verfügen würde, wo alles anders war, die Formen, die Klänge und sogar die Sprache. Dort als Dämon umzugehen, das war ihm beschieden.

Erneut überfiel ihn eine grundlose, blinde Wut. Sie stammte aus der verbotenen Zone.

3

Grelles Licht blendete sie, als sie hinaus auf die Straße trat. Gleichsam verjüngt nach der Befreiung von der Last des Schnees, dehnte sich trunken der Himmel. Ein paar himmelblaue Streifen und Risse ließen ihn größer, aber auch launischer erscheinen.

Edlira spürte Schnee auf ihrem Haar und schaute nach oben, doch auf dieser Seite des Gehwegs gab es weder Bäume noch Dächer, von denen die weißen Kristalle hätten herabrieseln können. Vielleicht stammen sie von einem vorbeifliegenden Vogel, dachte sie.

Obwohl sie schon ein wenig Verspätung hatte, blieb sie vor dem Schaukasten des Stadttheaters stehen. Wieder nichts von der »Möwe«. An vier Abenden in der Woche wurde das patriotische Drama »Das Mädchen aus den Bergen« gegeben. Gestern, bei den Vorpsi, wo sie zum Abendessen gewesen waren, hatte man sich über Tschechows Stück unterhalten. Die meisten Gäste glaubten nicht, daß die Aufführung je erlaubt werden würde, doch die Gastgeber hatten die Hoffnung nicht aufgeben wollen. Beim Hinausbegleiten hatte die Gastgeberin sogar gemeint: Schau, dieser Schnee ist ein gutes Zeichen. Ich glaube an alles, was vom Himmel kommt.

Neben ihr blieb jemand stehen und betrachtete gleichfalls den Aushang. Offenbar war er kurzsichtig, denn er preßte fast die Nase an der Scheibe platt. Sie wollte ihm mitteilen, daß es für den Rest der Woche nur »Das Mädchen aus den Bergen« gab, doch dann fiel ihr ein, daß sie den Mann schon einmal gesehen hatte. Es war ein eben aus der Internierung zurückgekehrter katholischer Priester, der vor zwei Wochen bei ihnen im Amt erschienen war, um Ausbesserungen am Dach des Häuschens zu beantragen, in das man ihn eingewiesen hatte.

Bestimmt wird er immer noch überwacht, dachte sie und setzte lieber ihren Weg fort.

Vor dem Gebäude der Kommunalbetriebe ging sie noch einmal schneller.

»Guten Morgen!« begrüßte sie den Pförtner. »Ich bin wohl ein bißchen spät dran?«

Er reckte sich hinter der quadratischen Scheibe seiner Kabine.

»Spät dran? Ach ja, Genossin Edlira, bestimmt haben Sie eine sehr angenehme Nacht hinter sich...«

Sie ging rasch zur Treppe, damit er ihre angewiderte Grimasse nicht sah. Im Gebäude roch es nach Kohle.

»Guten Morgen!« rief sie, im Büro angekommen, fröhlich und schloß die Tür hinter sich.

Ihr Bürogenosse Skënder unterhielt sich am Fenster mit Nikolla aus dem Nachbarbüro.

»Ich bin ein bißchen spät dran«, sagte sie.

»Das ist absolut verständlich«, erwiderte Skënder. »Wenn man bedenkt, daß du gerade drei Wochen verheiratet bist, hast du in dieser Zeit, wie soll ich es ausdrücken, sozusagen einen Rekord in Pünktlichkeit aufgestellt.«

»Willst du mich veralbern?«

Edlira schob den Stuhl zur Seite und zog geräuschvoll die Schreibtischschublade auf.

»Entschuldige, es richtet sich nicht gegen dich«, sagte sie in entschuldigendem Ton, während sie einen Stapel Akten aus der Schublade holte. »Nur, langsam geht mir das alles auf die Nerven. Ich getraue mich inzwischen kaum mehr auf den Flur, weil jeder, dem ich über den Weg laufe, mir bedeutungsvolle Blicke zuwirft. Was ist schon daran, wenn man drei Wochen verheiratet ist? Sogar dieser blöde Pförtner glaubt, er hat das Recht, mich aufzuziehen.«

»Da mußt du dir nichts draus machen, Edlira«, sagte Skënder. »Der leidet doppelt unter der Langeweile hier, deshalb denkt er an den Liebesfilm letzten Sonntag im italienischen Fernsehen und glaubt, das hier ist die Fortsetzung.«

Edlira rang sich ein gequältes Lächeln ab.

»Na ja, weißt du, ich kann schon einen Scherz vertragen, aber manchmal geht es ein bißchen zu weit. Am liebsten würde ich bei der nächsten Versammlung aufstehen und sagen: Hört zu, ich bin frisch verheiratet und schlafe jede Nacht mit meinem Mann. Seid ihr jetzt zufrieden?«

Die beiden schauten sie verständnisvoll an.

»Wir haben gerade ein Geheimnis erfahren«, sagte Skënder spöttisch. »Wie sollen wir da nicht zufrieden sein?«

»Ich verschwinde«, meinte sein Kollege. Von der Tür aus zwinkerte er Edlira noch einmal zu, wie immer, wenn er sie geärgert hatte. »Mach dir nichts draus, Kleines.«

Skënder blieb am Fenster stehen.

»Entschuldige«, sagte sie zu ihm. »Du weißt, daß ich dich

und Nikolla gut leiden kann. Ich bin heute irgendwie nicht in Form.«

»Ach, Edlira, wir können dir nichts übelnehmen, das weißt du doch. Außerdem haben wir gerade über ein paar verdrießliche Dinge geredet...«

Sie schaute ihn forschend an.

»Warst du beim Röntgen? Was ist dabei herausgekommen?«

Er nickte und sagte: »Nichts Schlimmes.«

Sie schwieg eine Weile.

»Also, weißt du, es ist ja nicht nur wegen der dauernden Frotzeleien«, fuhr sie dann fort. »Gestern waren wir zum Abendessen eingeladen, dabei habe ich zufällig erfahren, daß in der Stadt etwas angekommen ist...«

»Und was ist daran so aufregend?« fragte er. »In Städten kommen ständig Dinge an.«

»Das weiß ich auch. Du mußt mich wirklich nicht für naiv halten. Aber trotzdem...« Ihr Ton klang besorgt.

»Um was geht es denn? Um Leute? Oder irgendwelche neuen Richtlinien, zum Beispiel für...«

»Ich habe es auch nicht genau begriffen. Aber etwas Erfreuliches ist es bestimmt nicht.«

»Das meiste, was hier ankommt, ist nicht erfreulich. Einzelne Ausnahmen bestätigen die Regel.«

Er schaute sie liebevoll an. Edlira schüttelte den Kopf.

»Ach, laß das!«

Sie versuchte, sich auf ihre Arbeit zu konzentrieren, aber es gelang nicht. Gelegentlich schaute sie aus den Augenwinkeln zu ihrem Bürogenossen hinüber. Vor dem hellen Fenster wirkten seine blonden Haare noch durchsichtiger als sonst. Sie mochte Skënder und Nikolla wirklich gern und beneidete sie vor allem um ihre Freundschaft, die schon seit der Schulzeit bestand. Nach dem Abitur hatten sie gemeinsam studiert, dann in der gleichen Abteilung im Ministerium gearbeitet, und schließlich waren sie alle beide in B. gelandet.

»Shpend kommt heute zurück. Der Bus aus Tirana trifft um die Mittagszeit ein«, meinte Skënder.

»Ach ja, stimmt.«

»Er wird wohl einiges zu erzählen haben. Von den jüngsten Veränderungen hast du wohl schon gehört, oder etwa nicht?«

»Doch, gestern abend war davon die Rede...«

Das Telefon klingelte.

»Ich muß zum Direktor«, sagte sie und stand auf.

Als sich die Tür hinter ihr geschlossen hatte, nahm Skënder das Röntgenbild vom Tisch und hielt es gegen das Licht. Ein spöttisches Lächeln wich nicht von seinen Lippen.

*

Shpend Guraziu traf tatsächlich gegen Mittag ein. Schon von weitem war seine schlechte Laune zu erkennen. Wahrscheinlich hat er den Theateraushang gesehen, dachte Skënder.

Anscheinend konnte Shpend seine Gedanken lesen, denn noch ehe er seinen Schal abgelegt hatte, holte er einen Schlüssel aus der Manteltasche.

»Danke«, sagte er und hielt Skënder den Schlüssel hin. »Ich glaube nicht, daß ich ihn noch brauche.«

»Du kannst ihn trotzdem behalten.«

»Nein!« Shpends Stimme klang sehr laut. »Ich bin am Theater vorbeigegangen.«

»Ja, ich weiß.«

Shpend schlug die Hände vors Gesicht.

»Nichts«, sagte er vor sich hin, »eine Wüste.«

»Trotzdem...«

»Niemals«, unterbrach ihn Shpend. »Sie wird sich nie mit mir einlassen, wenn das Stück nicht aufgeführt werden darf … Es geht nicht nur um unsere Beziehung, wenn man ein paar Küsse im Treppenhaus überhaupt eine Beziehung nennen kann. Verstehst du, Skënder? Für Suzana bricht eine Welt zusammen, wenn das Stück verboten wird.«

»Es besteht wohl noch eine gewisse Hoffnung.«

Shpend Guraziu schüttelte den Kopf.

»Nicht bei dem Klima, das in Tirana herrscht.«

»So? Erzähl, was war denn?«

»Tut mir leid, Skënder, aber ich habe jetzt nicht die Nerven dafür. Wir reden später.«

Er warf den Schlüssel, den er immer noch in der Hand hielt, auf den Tisch.

»Ich hätte dein Angebot so gerne genutzt«, sagte er in ruhigerem Ton. »Es wäre ein Traum gewesen. Nicht wie damals in unserer Studentenzeit. Du denkst sicher, ich sei ein sentimentaler Trottel, der nicht mitbekommen hat, in welchem Jahrhundert wir leben …«

»Nein, Shpend, das darfst du nicht glauben.«

»Ich staune ja selbst über mich. Und ich mache mir Vorwürfe. Aber es nützt alles nichts.«

»Ich kann dich gut verstehen.«

»Nein, das kannst du nicht. Niemand kann das verstehen … Wie soll ich nur sagen … Ja, es ist ein Traum, und es ist völlig … verrückt.«

Er schaute seinen Freund prüfend an, ehe er ihm (nicht zum ersten Mal) sein Herz ausschüttete.

Skënder war über alles im Bilde, was seit jenem Nachmittag geschehen war, als Shpend Guraziu ins Theater gegangen war, um die elektrischen Leitungen zu überprüfen, und sich in eine Probe verirrt hatte. Er wußte von dem kurzen Blick, den die beiden gewechselt hatten, von der plötzlichen Unkonzentriertheit der Schauspielerin, von den ersten Worten, die sie bei einem Kaffee wechselten. Dann ihre Frage: »Begleiten Sie mich?« Den Hut hatte sie, als sie das Gebäude verließen, immer noch aufgehabt. Einen Hut nach der Mode des letzten Jahrhunderts, der die Locken, die ihr in den Nacken fielen, noch reizender erscheinen ließ. Sie war stets freundlich, aber auch ein wenig distanziert, selbst dann noch, als er im dunklen Treppenhaus ganz vorsichtig, als fürchte er, sie sei zerbrechlich, seine Hand auf den Nacken unter den reizenden Locken legte und sie küßte. Sie ließ es nicht nur geschehen, sondern umarmte ihn leidenschaftlich und erwiderte den Kuß. »Ich konnte es kaum fassen, Skënder, verstehst du? Fast hätte ich gesagt, darf ich mich vorstellen, ich bin Shpend Guraziu von den Kommunalbetrieben. Glaubst du mir das? Wenn da nicht die Angst gewesen wäre, sie aus ihrem schlafwandlerischen Zustand zu reißen, hätte ich es vielleicht wirklich getan. ›Sehen wir uns wieder?‹ fragte ich sie, und sie antwortete leichthin: ›Ja, natürlich.‹ Sie sagte mir sogar, die beste Zeit sei nachmittags zwischen vier und sechs, vor den Proben. Dann küßten wir uns noch einmal. Ich konnte es kaum glauben. Ich hatte das Gefühl, auf einem Regenbogen zu reiten. Und damit lag ich nicht ganz falsch.«

Denn wie ein Regenbogen hatte sich ein paar Tage später, als er sich schon den Schlüssel zu der Wohnung besorgt hatte, in der er zwischen vier und sechs mit ihr zusammensein wollte, alles in Luft aufgelöst. Das Kulturministerium hatte überraschend die Absetzung des Stücks angeordnet. Aus umwölkten, vom Weinen geröteten Augen hatte sie ihn fast feindselig angeschaut, und er war sich wie jemand vorgekommen, der auf einer Trauerfeier Zerstreuung sucht.

»Ich hatte verstanden. Und ließ mich nicht mehr bei ihr blicken. Noch nicht einmal angerufen habe ich sie. Aber ich gehe jeden Tag zum Theater und schaue mir den Aushang an. Es ist immer das gleiche Elend.«

Er hatte die Geschichte schon mehrfach erzählt, trotzdem schien er sich jedesmal erleichtert zu fühlen. Schließlich legte er doch noch den Schal ab und saß eine Weile erschöpft da, die Stirn auf die Faust gestützt.

»Entschuldige, ich belästige dich ständig mit meinem Kram ... Und wie sieht es bei dir aus? Hast du die Röntgenbilder bekommen? Was ist dabei herausgekommen?«

»Es sieht nicht so schlecht aus«, erwiderte Skënder. »Vielleicht muß ich noch einmal hin.«

»Wo ist Edlira?«

»Sie wurde zum Direktor gerufen. Offenbar wird gerade der nächste Plan ausgearbeitet.«

»Du wolltest wissen, was in Tirana los ist. Wie soll ich es sagen? Nervtötend, wie immer. Es heißt, aus China sei eine Lieferung neuer Abhörmikrophone angekommen. Wanzen, wie man die Dinger jetzt nennt.«

»Das hat uns noch gefehlt! Na ja, aber so weltbewegend ist das ganze nun auch wieder nicht.«

»Da bin ich aber ganz anderer Meinung«, erwiderte Shpend. »Wir hatten schon Angst vor den alten Mikrophonen, bei denen die Montage vier Stunden dauerte. Und zwei Stunden brauchte man, um sie aus dem überwachten Büro wieder zu entfernen, nachdem in der Zwischenzeit der halbe Betrieb Bescheid wußte. Das hat sich geändert. Die neuen Wanzen sind der letzte Schrei der Technik.«

»Ich glaube, Edlira weiß auch schon etwas davon«, meinte Skënder, »aber sie wollte nichts sagen. Überhaupt ist sie heute reichlich nervös. Aber weißt du, was mich wundert? Daß sich die Sache so schnell herumspricht.«

Shpend Guraziu schaute ihn geistesabwesend an. Er schien nicht richtig zugehört zu haben.

»Wie meinst du? Daß es sich herumspricht? Ja, das gibt mir auch zu denken. Wahrscheinlich haben sie absichtlich etwas durchsickern lassen, um den Leuten Furcht einzujagen. Damit sie den Mund halten.«

»Da magst du recht haben. Bei solchen Anlässen ist es ihnen immer am wichtigsten, daß nicht geredet wird.«

Shpend Guraziu murmelte vor sich hin:

»Immer diese verdammte Angst. Wie weit sie wohl noch gehen werden?«

»Bis wir uns nicht mehr mucksen.«

Er öffnete die Schreibtischschublade, holte die Röntgenbilder hervor und hielt sie gegen das Licht. Shpend Guraziu sah ihn verwundert an.

»Skënder, entschuldige, ich wollte dir mit meinem Geschwätz nicht auf die Nerven fallen«, sagte er leise. »Aber du hattest gesagt, es sei alles gut ausgegangen.«

»Mhm«, gab dieser zurück. Er starrte auf die schwarze Folie, als sei Shpend gar nicht anwesend.

»Wer sagt denn, daß es nicht gut ausgegangen ist«, fuhr er dann fort, ohne das Röntgenbild herunterzunehmen.

»Da muß nicht viel gesagt werden. Man merkt auch so, daß du dir Sorgen machst.«

»Überhaupt nicht«, antwortete Skënder. »Da liegst du ganz falsch, Shpend. Du wunderst dich sicher, weshalb ich mir die Aufnahme immer wieder anschaue. Oder es kommt dir sogar unverständlich vor. Aber, weißt du, ich bekämpfe auf diese Weise meine Angst.«

Shpend Gurazius Lächeln bewies, daß er tatsächlich nicht verstand, was Skënder sagen wollte.

»Was meinst du damit?« fragte er.

Skënder winkte ihn zu sich heran.

»Schau dir das an, dann wirst du schon begreifen. Siehst du, das ist mein Schädel. Die Zähne, die Augenhöhlen... Und über allem liegt der Schatten des Todes... Du magst das für verrückt halten, aber dieser Anblick gibt mir mehr Mut als alle Sendungen von Radio Vatikan und BBC in albanischer Sprache zusammen.«

Shpend Guraziu schüttelte den Kopf.

»Auf was du nicht immer kommst«, sagte er.

Skënder wedelte fast zornig mit der dunklen Folie.

»Siehst du, immerhin bewirkt das hier, daß mir unser Parteisekretär, die Mikrophone beziehungsweise Wanzen, wie man sie jetzt nennt, der achte oder neunte Parteitag und sogar unser verehrter Staatssicherheitsdienst total lächerlich vorkommen. Natürlich nur, solange der Eindruck von dem hier vorhält. Danach muß alles wiederholt werden.«

»Du bist schon ein komischer Vogel.«

Edlira trat ein, begrüßte Shpend und wühlte eine Weile lang in ihren Schreibtischschubladen. Dann fand sie, was sie gesucht hatte, und verließ eilig wieder den Raum.

»Ja, du bist ein wirklich komischer Vogel«, wiederholte Shpend.

Skënder schaute den andern prüfend an, als erwäge er, ihn in ein Geheimnis einzuweihen. Jetzt rede schon, dachte Shpend Guraziu. Doch sein Freund zögerte. Dann warf er einen Blick auf das Röntgenbild, das nun auf dem Tisch lag, als wolle er die Erlaubnis seines Schädels einholen, und begann zu reden.

Was er sagte, war außerordentlich seltsam. Shpend Guraziu hatte anfangs große Mühe, ihm zu folgen. Skënder erinnerte ihn an ein Gespräch über die Frage, was die Angst vor dem Staat von den primitiven Urängsten unterschied, also vor Gespenstern, der Hölle und dem Tod. Beide waren sich einig gewesen, daß es wohl nichts Furchteinflößenderes gab als den Staat, und Shpend Guraziu hatte sogar die Meinung vertreten, man bekomme geradezu Sehnsucht nach der alten, guten, kindlichen Angst vor Zauberern und Spiegeln, wenn man an den Staat auch nur denke. Skënders Ansicht war, daß ein Wiederaufleben der Angst in ihrer alten Form vielleicht nützlich sein konnte, weil sich die beiden Rivalen, die urtümliche und die staatsbezogene Angst, gegenseitig schwächten. Deshalb, sagte er, versucht der Staat eine Rückkehr der alten Angst zu verhindern. Was glaubst du, warum sie auf jeder Versammlung brüllen: Nieder mit dem Mystizismus, Tod der Dekadenz.

Skënder sprach diese Gedanken nicht zum ersten Mal aus, aber Shpend Guraziu begriff immer noch nicht, worauf er letztlich hinauswollte. Es gab etwas Verstörendes in seiner Rede, das mit der Zeit in die Augen hinaufstieg und dort unerträglich wurde. Sie starrten einander an, und Shpend entdeckte dicke Schweißtropfen auf Skënders Stirn.

Skënder schaute wieder seinen Schädel auf dem Tisch an, bevor er sagte: »Darf ich dir etwas anvertrauen, Shpend? Du weißt, ich mag dich, vor allem jetzt, wo du verliebt bist. Damit hast du ja gewissermaßen einen Heiligenschein bekommen... Vorhin hast du vom 19. Jahrhundert und der Sehnsucht nach den Ängsten der Kindheit gesprochen... Es gibt da eine Möglichkeit... Also, du könntest an einen Ort mitkommen, wo wir uns mit ihnen treffen... Uns nähren... Uns von ihnen heilen lassen, sozusagen.«

Er redete immer unverständlicher, und Shpend sagte, obwohl er sich eigentlich vorgenommen hatte, ihn nicht zu unterbrechen:

»Ich fürchte, ich kann dir nicht ganz folgen.«

Skënder schaute ihm wieder in die Augen, lang und quälend.

»Also, wie gesagt, ich möchte dir ein Geheimnis anvertrauen. Wir, das heißt, ein kleiner Kreis von Freunden, kommen gelegentlich zu spiritistischen Sitzungen zusammen.«

Der Schock, den Shpend Guraziu erlitt, war größer, als beide es erwartet hatten.

»Spiritistische Sitzungen ... So etwas soll es hier noch geben?«

Skënder wiegte gedankenvoll den Kopf. Das ist schon möglich, Bruder, sagte sein Blick.

»Séancen unter der Diktatur des Proletariats?«

Shpends Stimme war leise, fast unhörbar, als spräche er mit sich selbst. »Das ist ja großartig! Unglaublich! Unfaßbar! Und ich könnte mitkommen?«

»Ich glaube, die anderen würden es erlauben«, meinte Skënder. »Es ist bald wieder soweit. Vielleicht schon Ende dieser Woche.«

»Habt ihr auch ein Medium? Und was man sonst so braucht?«

»Ein Medium sowieso, und alles andere auch.«

Shpend Guraziu hatte ganz weiche Knie.

Sein Freund warf einen müden Blick hinauf zu den Wolkenfetzen am Himmel. Vor zwei Jahren war es ihm ähnlich ergangen wie jetzt Shpend, als ihm Nikolla bei einem Dienstgang zur städtischen Bank zugeflüstert hatte: Siehst du an dem kleinen Fenster dort den Mann im dunklen Anzug? Das ist ein Medium.

Wie Nikolla an diese sensationelle Information gekommen war, hatte ihn nicht besonders interessiert, wohl aber, wie er das Medium möglichst schnell kennenlernen konnte. Es war, wie wenn man sich plötzlich verliebt.

Auch Nikolla kannte den Mann nur flüchtig, deshalb zerbrachen sie sich tagelang den Kopf, wie sie den Kontakt mit ihm herstellen sollten. Glücklicherweise ging der Boiler in der Dusche des Mediums kaputt, außerdem hatte seine Tochter eine Intervention nötig, um studieren zu können, und so waren sie einander nähergekommen, bis Skënder es schließlich auf Nikollas Geburtstagsfeier (diesen Abend würde er nie vergessen!) gewagt hatte, ihm zuzuflüstern: »Herr Benjamin«, um einen überraschten Blick zu ernten, den man leicht auch für verächtlich halten konnte. »Sie haben mich gerade ›Herr Benjamin‹ genannt, oder habe ich mich da verhört?« Skënder wischte sich mit dem Handrücken die Stirn. »Also, ganz leicht ist mir dieses längst begrabene Wort, ich meine ›Herr‹, nicht über die Lippen gekommen...« »Ich versehe nicht«, kam kühl die Antwort. Skënder hätte fast laut gestöhnt. »Glauben Sie mir, ich bin kein Provokateur. Wenn Sie nur wüßten, welch hohe Meinung wir von Ihnen haben...« Die Miene des anderen verdüsterte sich immer mehr. »Und wer sind Sie, daß Sie meinen, eine hohe Meinung von mir haben zu müssen? Ich jedenfalls bin bloß ein kleiner Bankangestellter.«

Sie standen zusammen in einer Ecke der Wohnung, umgeben von den typischen Geräuschen einer Geburtstagsfeier, was die Unterhaltung immerhin erleichterte. »Sie sind für uns ein sehr, sehr wichtiger Mensch«, sprach Skënder weiter. »Ich habe Sie ›Herr‹ genannt, aber nur, weil ich mich nicht getraute, Sie so anzusprechen, wie Sie es eigentlich verdient hätten, als ›Meister‹...« »Woher wissen Sie?« unterbrach ihn der andere.

»Glauben Sie mir bitte, ich habe keine bösen Absichten«, sagte Skënder schnell. »Ich würde meinen eigenen Bruder opfern, wenn ich Sie dadurch schützen könnte.«

Ein Stück abseits von den anderen, führten sie ihre Unterhaltung bis nach Mitternacht fort. Ein zufälliger Zeuge des Gesprächs hätte bestimmt verständnislos den Kopf geschüttelt. Skënder meinte, ein im Umgang mit Geistern erfahrenes Medium müsse in der Wüste, in der sie alle lebten, als Abgesandter einer anderen, höheren Welt gelten, der dazu beitragen könne, daß man hier unten etwas von der großen Angst der Himmel erfahre. Man wende sich an ihn als Retter in der Not. Bitte, weisen Sie uns nicht zurück, bat Skënder immer wieder. Helfen Sie uns, die diesseitige Angst abzustreifen. Schaffen Sie auch für uns eine Verbindung zu den Himmeln, die wir verloren haben. Lassen Sie uns nicht im Stich, Meister.

Sein Gesprächspartner wies auf die Gefahren für beide Seiten hin. Manchmal komme ein Medium hinter vom Staat sorgsam gehütete Geheimnisse. Er ziehe es vor, von »Geheimnissen« anstatt von »Verbrechen« zu sprechen, weil auch er als Medium für die staatliche Angst nicht unempfindlich sei, die er wie sie mühsam bekämpfe. Es sei jedenfalls durchaus möglich, daß ohne Absicht Schreckliches enthüllt werde, das für menschliche Ohren nicht bestimmt sei.

Wir akzeptieren jedes Opfer, das uns abverlangt wird, erwiderte Skënder und erhob die Hand in Richtung Himmel.

Nach einem weiteren Kognak erzählte ihm der Mann in nunmehr viel gelassenerem Ton, wie er die Berufung zum Medium in sich entdeckt hatte. Beim Versuch, die Wahrheit über das Schicksal eines anderen Menschen herauszufinden, einer Frau, die nicht mehr unter den Lebenden weilte, war es ihm gelungen, in Kontakt zu ihrem Geist zu treten, und er hatte Dinge erfahren, die schrecklicher waren als das Grab...

Shpend Gurazius Frage riß Skënder aus seiner Versunkenheit.

»Natürlich«, antwortete er benommen. »Du wirst aber verstehen, daß ich die anderen um Erlaubnis fragen muß. Vor allem das Medium.«

»Natürlich verstehe ich das«, erwiderte Shpend.

Edlira kam mit einem Bündel Akten in der Hand zurück. Ihre Wangen waren leicht gerötet.

»Sie haben dich wohl wieder aufgezogen«, sagte Skënder.

Sie zuckte bloß resigniert mit den Schultern.

4

Mit mürrischer Miene ließ sich Arian Vogli Bericht erstatten. Inzwischen waren elf der neuen Mikrophone im Einsatz. Im Touristenhotel, im staatlichen Gästehaus und in einem Café, das Treffpunkt der Künstler war, hatte man die alten Geräte durch sie ersetzt.

»Das weiß ich inzwischen alles«, unterbrach der Chef seinen Assistenten. »Da habt ihr wahrhaftig Großes geleistet! Das Gästehaus hat seit drei Monaten kein Mensch mehr betreten, und im Touristenhotel besteht das ganze Personal aus unseren Leuten. Das Künstlercafé möchte ich lieber gar nicht erwähnen. Das war bestimmt ein hartes Stück Arbeit. Von zwei bis sechs Uhr morgens im Einsatz, und alles muß man selber machen. Ein Alptraum, wirklich.«

»Ich behaupte ja gar nicht, daß es schwierig war«, verteidigte sich der Assistent. »Aber bestimmt auch kein Vergnügen. Außerdem haben wir ja gemeinsam entschieden, daß wir erst an den einfacheren Stellen Erfahrung sammeln. Und so ruhig ist es im Gästehaus auch nicht zugegangen. Eine kanadische Delegation hat dort zweimal übernachtet, wie Sie wissen.«

»Und?«

»Also, die Aufnahmequalität war hervorragend. Auch wenn nichts dabei herausgekommen ist.«

»Wieder die üblichen Lobhudeleien?«

Sein Assistent nickte.

»Nun ja, das sind marxistisch-leninistische Freunde.«

»Als ob wir nichts Besseres zu tun hätten, als naive Loblieder abzuhören!«

Seine Miene war angewidert. So ein Schwachsinn! Als jubelte man auf dem Friedhof und flennte auf dem Standesamt.

»Und sonst?« fragte er.

Ein anderer Mitarbeiter berichtete über die Installation von Wanzen in bisher vier Wohnungen. Schwierigkeiten hatte es nur in der vierten gegeben, weil die Hausherrin mitten während ihrer Arbeitszeit plötzlich zu Hause aufgetaucht war und die Beamten bei der Arbeit ertappt hatte. Diese hatten sich an ihre Anweisungen gehalten und wie gewöhnliche Einbrecher Fersengeld gegeben. Ferner war erstmals im Schaukasten des Theaters ein Abhörgerät installiert worden, und die bisherige Ausbeute übertraf alle Erwartungen. Daß die Redelust der Menschen vor Plakaten und anderen Verlautbarungen deutlich zunahm, war allerdings ein bereits bekanntes Phänomen.

Arian Vogli hörte zerstreut zu. Erst vor ein paar Tagen waren auf dem Dienstweg neue Anweisungen eingetroffen, und er wußte, daß sich die Generaldirektion mit solchem Kleinkram nicht zufriedengeben würde. Oben machte man gehörig Druck.

»Noch etwas. Es ist ein Problem aufgetreten, mit dem wir nicht gerechnet haben«, ergriff Naum, sein Assistent, wieder das Wort. »Unsere Außendienstler, die Ohrenbelauscher, sind unzufrieden. Sie fühlen sich zurückgesetzt. Ich denke, daß schon die halbe Stadt von den Wanzen spricht, liegt an ihnen. Sie stänkern überall herum.«

»Das sind unbedarfte Menschen«, meldete sich der Beamte, der die V-Leute führte. »Ich habe ein paar von ihnen zu mir kommen lassen, um ihnen zu erklären, daß sie wahrhaftig keinen Grund haben, auf ein paar Apparate eifersüchtig zu sein, weil auf ihre Ohren nach wie vor viel Vertrauen gesetzt wird. Aber man kann einfach nicht vernünftig mit ihnen reden.«

»Soweit ich weiß, hatte man es überall mit diesem Problem zu tun«, sagte Arian Vogli. »Die Zentrale wird schon eine Lösung finden. Wir sollten uns um unseren Teil kümmern. Oben ist man mit unserem Arbeitstempo überhaupt nicht zufrieden. Bei dieser Gelegenheit«, wandte er sich an seinen Assistenten, »ich habe noch gar nichts von den ›Prinzessinnen‹ gehört. Das ist das Thema, das die Zentrale am meisten interessiert.«

»Da gibt es noch gar nichts«, antwortete dieser. »Wir haben ja beschlossen, mit Pater Nik Prela anzufangen, aber bisher sind wir noch nicht an ihn herangekommen.«

»Das ist mehr als enttäuschend«, sagte der Chef. »Bei diesem Tempo brauchen wir ein halbes Jahr, wenn nicht noch länger, um auch nur die Hälfte unterzubringen. Die Zentrale will aber, daß bis zum Ende der kalten Jahreszeit alle zum Einsatz gebracht sind. Bekanntlich sind sie wie geschaffen für den Winter.«

Wie bei fast allen Sitzungen beschäftigten sie sich vor allem mit den »Prinzessinnen«. Alle Möglichkeiten waren inzwischen durchgespielt, aber eine Lösung noch immer nicht gefunden. Die »Prinzessinnen« verdienten ihren Namen, sie waren launisch. Es ist leichter, hundert Wanzen unterzubringen als eine »Prinzessin«, hatte sich der zuständige Beamte auf ihrer letzten Besprechung beklagt. He, nun aber langsam, waren die anderen über ihn hergefallen, mach unsere Wanzen nicht schlecht! Sie bringen manchmal eine ganze Menge.

Nach längeren Diskussionen mußten allerdings auch sie zugeben, daß ihr Kollege nicht zu beneiden war.

Die Installation von Wanzen durch als Schornsteinfeger oder Klempner verkleidete Spezialisten in Anwesenheit der Bewohner mochte auf den ersten Blick brisant erscheinen, doch verglichen mit der Mühe, die eine »Prinzessin« kostete, war es ein Kinderspiel. Es drehte sich immer wieder um den einen wesentlichen Punkt: Eine »Prinzessin« mußte sich, um ihre Aufgabe, das Opfer auf Schritt und Tritt zu überwachen, erfüllen zu können, an dessen Körper befinden. Und da man sie nur in den allerseltensten Fällen im Körper selbst unterbringen konnte (die Deutschen, so hörte man, hätten erfolgreich mit Zahnplomben experimentiert), blieb nur die Kleidung des Opfers. Am besten waren wattierte Schulterpolster und dergleichen. Es kostete aber viel Zeit, die Geräte einzunähen, und überdies mußte man bedenken: Je perfekter die »Prinzessin« in einem Kleidungsstück versteckt war, desto schwieriger wurde es, sie nach etwa zwei Wochen wieder zu entfernen. Man mußte Techniker auf Schneiderkurse schicken oder ihnen vertrauenswürdige Schneider an die Seite stellen. Sonst bestand die Gefahr, daß ein Mantel oder ein Pelz nachher aussahen, als hätte sich ein Rudel Hunde darum gebalgt.

Grundvoraussetzung für jeden Eingriff war, daß das Kleidungsstück sich nicht an dem dazugehörigen Körper befand.

Eine »Prinzessin« in der Kleidung des Opfers unterzubringen, während dieses schlief, war nahezu unmöglich. Die meisten Wohnungen waren so klein, daß der Mantel oder Pelz sich nicht mehr als zwei Schritt vom Schläfer entfernt befand. Die Präparierung eines zu Hause zurückgebliebenen Mantels oder Pelzes während der Abwesenheit des Besitzers war ebenfalls nicht recht vorstellbar. Verließ ein Opfer nämlich ohne das wärmende Kleidungsstück die Wohnung, so bedeutete dies, daß die Temperaturen bereits frühlingshaft waren, und darauf zu hoffen, daß sie es wieder anzogen, oder gar auf den nächsten Winter zu warten war keine ernsthafte Lösung. Die Batterien der »Prinzessin« wären längst verbraucht gewesen, wenn man sie endlich zurückholte, und außerdem hätte man nichts weiter zu hören bekommen als das Nagen der Motten oder ein nächtliches Knarren des Kleiderschranks.

Am Ende kristallisierte sich folgende Lösung als die wahrscheinlich beste heraus: Der Zugriff sollte zu einem Zeitpunkt erfolgen, an dem das Kleidungsstück vorübergehend von seinem Besitzer getrennt war. Verschiedene Szenarien waren vorstellbar. Man konnte bei Arztterminen in Krankenhäusern oder Polykliniken zuschlagen, Einbestellungen zum Chef am Arbeitsplatz inszenieren oder Gaststättenbesuche, Festveranstaltungen, Theateraufführungen und Konzerte nutzen. Geradezu optimal waren Besuche in öffentlichen Badeanstalten.

»Darüber haben wir oft genug geredet«, sagte Arian Vogli in resigniertem Ton. »Unser Hauptproblem ist, daß die öffentlichen Räume in dieser Stadt nie beheizt werden. Kein Mensch zieht im Restaurant seinen Mantel aus, kein Mensch gibt seinen Pelz an der Theatergarderobe ab, und im Saal wird soviel geniest, daß man die Hälfte der Aufführung nicht mitbekommt. Was sollen wir also tun?«

Er saß eine Weile da, die Stirn auf die geballte Faust gestützt. Seine Augen waren von Schlaflosigkeit gerötet. »Jeder von uns weiß, daß wir nicht tatenlos bleiben dürfen. Ich habe mir lange den Kopf zerbrochen und bin zum Ergebnis gelangt, daß trotz allem nur das Theater in Frage kommt. Ich weiß, ich weiß, der eiskalte Saal, aber wartet noch einen Augenblick ab. Ehe wir wieder bei dieser Frage landen, müssen noch ein paar Dinge angesprochen werden. Warum gibt es keinen besseren Ort, um die ›Prinzessinnen‹ an den Mann oder die Frau zu bringen? Erstens, man weiß genau, wie lange die Vorstellung dauert, wieviel Zeit man also hat, um die Nähte aufzutrennen und wieder zuzunähen und nötigenfalls irgendwelche Schnitzer vom Schneider in Ordnung bringen zu lassen. Zweitens, unsere typischen Kunden sind Theatergänger. Ihr wißt, wie sie nörgeln, wenn die Theatersaison wieder einmal mit Verspätung beginnt, und zu jeder Premiere rennen sie hin, weil sie einen Hinweis bekommen wollen, ob der Staat gewisse Zugeständnisse macht oder die Schrauben eher wieder anzieht.«

Der Chef schwieg und schaute lächelnd in die Runde. Freudig warteten seine Mitarbeiter, die sich mit diesem Lächeln auskannten, auf die Pointe.

»Ihr werdet jetzt sagen, daß sind doch nur vage Hoffnungen, schließlich kommen wir an dem eiskalten Saal, dem Geniese, der fehlenden Heizung nicht vorbei. Aber langsam, keine voreiligen Schlüsse! Ich habe es mir lang überlegt. Wir bringen einfach die Heizung in Ordnung.«

Er schwieg, während sich die anderen verdutzt anschauten. Daß sie nicht selbst darauf gekommen waren! Das war das Ei des Kolumbus. Nur der Assistent, Naum, saß mit mürrischer Miene da.

»Du hast doch etwas«, wandte sich der Chef an ihn.

»Na ja«, entgegnete dieser, »ich bin ja grundsätzlich einverstanden. Aber wir können die Schwierigkeiten, die es im Stadttheater in letzter Zeit gegeben hat, nicht einfach unter den Tisch kehren.«

»Ich weiß, was du meinst«, sagte Arian Vogli. »Die Schauspieler sind sauer, weil die letzte Premiere verboten worden ist.«

Der Stellvertreter breitete die Arme aus: Na also, da siehst du es!

»Aber die Situation ist nicht so dramatisch, wie man meinen könnte«, fuhr der Chef fort. Er trommelte mit den Fingerkuppen auf den Tisch, dann griff er zum Telefon. »Hallo? Ist dort die Intendanz des Stadttheaters?«

Seine Mitarbeiter schauten sich erneut an. Sie kannten ihren Chef, manchmal ging sein Spieltrieb mit ihm durch, doch das war diesmal ganz in Ordnung, schließlich ging es um das Theater. »Ich kann mir vorstellen, wie es bei euch aussieht«, hörten sie ihn sagen. »Nichts als Scherereien, oder? Ich habe gehört, in eurem Saal ist es eiskalt. Wie, ihr habt größere Probleme als die Kälte? Ich bitte dich, was kann schlimmer sein als ein kaltes Theater? Ach so, es gibt gar keine Aufführung, ihr mußtet die Premiere absetzen? Dabei wollte ich Sie gerade fragen, was ihr Schönes für uns vorbereitet. Wann wurde das entschieden? Vor einer Woche? Wer? Das Kulturministerium? Das tut mir wirklich leid. Erst gestern hat meine Frau zu mir gesagt: Es wird Zeit, daß wir wieder einmal ins Theater gehen. Aber wie der Volksmund sagt: Wenn der Arme einmal Mehl findet, stiehlt ihm der Teufel den Sack. Sind Sie sicher, daß die Entscheidung endgültig ist? Abgesetzt, haben Sie gesagt, das muß ja nicht heißen, für immer. Wir sollten die Hoffnung nicht verlieren.«

Er legte den Hörer auf die Gabel, und alle holten schon

Luft, um in sein schallendes Gelächter einzustimmen, doch es blieb aus. Nachdenklich saß er da.

»Kann man vielleicht etwas unternehmen, damit das Stück doch noch erlaubt wird?« fragte der Assistent.

»Darüber denke ich gerade nach«, erwiderte der Chef. »Ihr wißt ja, wie ernst man diese Sache oben nimmt. Offensichtlich sind die ›Prinzessinnen‹ noch wichtiger, als wir glauben. Das heißt, man könnte vielleicht...«

Er griff wieder nach dem Telefonhörer. »Hallo! Ich bin es noch einmal. Ich hätte gerne gewußt, von wem das abgesetzte Stück stammt. Ein russischer Klassiker? Ich dachte, es sei etwas Aktuelles. Richtig, damit hat man gewöhnlich die meisten Scherereien. Also... ja, sicher...«

Am anderen Ende der Leitung wurde ununterbrochen geredet. Arian Vogli beschränkte sich darauf, gelegentlich ein »Verstehe« oder »Sehr richtig« einzuwerfen. Hin und wieder schloß er müde die Augen. »Ja, da bin ich völlig Ihrer Meinung, Genosse Intendant. Wir? Aber bitte, Sie wissen doch, daß wir mit solchen Dingen nichts zu tun haben. Wir sind nur dazu da, Unannehmlichkeiten zu vermeiden. Genau. Sehr richtig. Unnötiger Ärger, der einem bloß das Leben schwermacht. Da bin ich ganz und gar Ihrer Meinung. Schließlich haben wir alle das gleiche Ziel vor Augen.«

Als er wieder auflegte, war immerhin ein schwaches Lächeln auf seinem Gesicht zu entdecken.

»Bei dem Stück handelt es sich um Tschechows ›Möwe‹«, sagte er leise. »Ein Liebesdrama, wenn ich es von der Universität her noch richtig weiß. Keinerlei Zeitbezug. Das Problem liegt wahrscheinlich darin, daß der Autor Russe ist. Aber die russischen Klassiker werden, soweit ich weiß, noch verlegt.« Er holte tief Luft. »Ich denke, ich sollte morgen einmal nach Tirana fahren, um mit dem Minister zu reden. Ich meine unseren Minister, nicht den Kulturminister. Vier, fünf Aufführungen reichen für unsere Zwecke, danach können wir die Aufführung ja wieder verbieten. Ein Theaterstück kann man immer verbieten.«

Er schaute sich in der Runde um, doch in ihren erschöpften Mienen war nichts zu lesen. Vier, fünf Vorstellungen, und wir haben alle Vögelchen im Käfig, dachte er.

»Was meint ihr?« fragte er nach einer Weile.

Die Antworten kamen zögernd. Kunst und Kultur war ihre Sache nicht.

»Ich bin zuversichtlich, daß sich die Sache regeln läßt«, erklärte Arian Vogli. »Schließlich handelt es sich bloß um ein Liebesdrama. Wißt ihr, die Möwe, das ist eine verletzte Frau.«

Er erhob sich und begann im Zimmer auf und ab zu gehen. Das tat er oft, wenn er von einer Idee begeistert war.

»Wir können auf die Aufführung nicht verzichten, versteht ihr? Um es mit Hamlet zu sagen: Das Stück ist die Schlinge, in der sich die ganze Stadt verfangen wird.«

Wie immer, wenn er seine Bildung demonstrierte, entdeckte er auf einem Teil der Gesichter Bewunderung, bei den anderen Neid.

Als er die Sitzung schloß, war es schon spät. Alle gingen nach Hause, außer seinem Assistenten, der meistens der letzte war.

»Hör zu«, sagte Arian Vogli, während er seine Schreibtischschublade abschloß. »In einer oder zwei Wochen bekommen wir Besuch von einer französischen Delegation, die zwei Tage bleibt. Sorge dafür, daß sich im Mantel des Begleiters eine ›Prinzessin‹ befindet. Diese Chance dürfen wir uns nicht entgehen lassen.«

»Und was ist mit den Franzosen?«

»Das geht uns nichts an, darum kümmert man sich oben. Wir sind nur zuständig für den hiesigen Begleiter. Finde heraus, wen man dafür ausgesucht hat, und mach dich dann an die Arbeit.«

»Zu Befehl!«

»Und noch etwas .... Sorg dafür, daß bei der ersten sich bietenden Gelegenheit eine Wanze in der Wohnung von Ingenieur Bardh Gjikondi installiert wird ... Am besten im Ehebett ... Es wird behauptet, die Ehefrau rede beim Liebesakt erstaunliches Zeug.«

»Wie Sie befehlen, Chef!«

»Also, dann gute Nacht. Sag meinem Fahrer, er braucht nicht zu warten. Ich gehe zu Fuß.«

»Bei dem Wetter?« wandte der Gehilfe ein.

Arian Vogli tat, als habe er nichts gehört.

5

Wie immer fegte über den Platz der Republik ein schneidender Wind. Die wenigen Straßenlampen schwankten traurig im Nieselregen.

Shpend Guraziu schlug den Mantelkragen hoch, obwohl er wußte, daß sein Zittern nicht von der Kälte kam.

Auf dem gegenüberliegenden Trottoir entdeckte er einen Mann im schwarzen Mantel, der wie er mit hochgeschlagenem Mantelkragen allein durch den Regen ging. Jeder ist auf sich allein gestellt, das ist unser trauriges Schicksal, dachte er. Hinter ihm waren leise Motorengeräusche zu hören, und er schaute sich um. Mit abgeblendeten Scheinwerfern überholte ihn langsam ein Geländewagen vom Typ Gaz 69. Seine Rücklichter versetzten den feinen Regen in fiebriges Rot.

Shpend Guraziu hatte den Eindruck, daß der Gaz den Mann auf dem gegenüberliegenden Trottoir verfolgte. Seit wann gab man sich so wenig Mühe, Überwachungsmaßnahmen zu verbergen?

Seltsamerweise empfand er keine Angst. Vielleicht warf die spiritistische Sitzung, zu der er unterwegs war, ihren schützenden Zauber voraus.

An der nächsten Kreuzung kam der Gaz dem Unbekannten noch näher. Ein paar Augenblicke lang fuhr er sogar neben ihm her. Großer Gott, hoffentlich werde ich nicht Zeuge einer Verhaftung, dachte Shpend. Nicht das auch noch.

Er ging langsamer, um genauer beobachten zu können. Der Mann im schwarzen Mantel schien das Fahrzeug endlich bemerkt zu haben. Shpend rechnete damit, daß er gleich zu rennen anfing, aber er zeigte keinerlei Reaktion.

Dann gab der Unbekannte dem Auto sogar ein Zeichen. Sieh einer an, dachte Shpend, der Mann und das Auto sind hinter einer dritten Person her.

Er schaute sich um. Die Straße war immer noch leer. Also bin ich der einzige, den sie verfolgen könnten, dachte er, immer noch ohne jede Furcht. Daß er bald einem Geist begegnen würde, beruhigte ihn. Geistern konnten sie nichts anhaben.

Trotzdem ging er unwillkürlich schneller. Der Gaz beschleunigte plötzlich und fuhr davon.

Shpend schaute den Rückleuchten nach, deren Licht im Sprühregen rot über den Asphalt floß.

Als das Fahrzeug verschwunden war, blickte er wieder zu dem Unbekannten hinüber. Dieser ging, ein paar Schritte vor ihm, ruhig den anderen Gehsteig entlang. Eine Straßenlampe beleuchtete kurz sein Profil, und Shpend glaubte den Bezirkschef des Staatssicherheitsdiensts zu erkennen. Ach, so ist das, dachte er, die Arbeit ist getan, und die Genossen kehren müde nach Hause zurück. Im Regen, wie ganz normale Menschen...

Jeder ist auf sich allein gestellt, dachte er wieder. Er, Shpend Guraziu, Bauingenieur mit einem Abschluß summa cum laude an der Universität Tirana, zweier Fremdsprachen mächtig, zweimal Vertreter der Stadt B. auf dem Nationalen Kongreß für Technischen Fortschritt, Mitglied im Beirat der Zeitschrift »Bauwissenschaft«, befand sich auf dem Weg zum wahrscheinlich ungewöhnlichsten Treffen im ganzen sozialistischen Lager: einer spiritistischen Sitzung.

Der Rücken des Mannes im schwarzen Mantel wurde kleiner und verschwand aus seinem Blickfeld, vielleicht sogar aus seinem Leben, mitsamt seinen Geheimdossiers und Überwachungsprotokollen, seinen kleinen, flaumigen Geheimnissen: Wußten sie etwas über ihn? Welchen Verdacht hegten sie?

Er war unterwegs zu einer in diesem Land auf das allerstrengste verbotenen Zusammenkunft, und ausgerechnet der Chefüberwacher der Stadt ging ein Stück von ihm entfernt die gleiche Straße entlang. Doch daß er, Shpend Guraziu, am ganzen Körper zitterte, hatte einen anderen Grund.

Eine Art Ekstase erfaßte ihn. Nun hatte auch er sein Geheimnis, und es gehörte einer höheren Welt an, die dem Zugriff des Staates entzogen war, wo seine Macht nicht hinreichte. So hatte er sich als Kind gefühlt, als er im Traum der bösen Macht, die ihn verfolgte, einfach davongeflogen war. Die Schergen würden verwirrt am Rande des Abgrunds stehen, der sich plötzlich vor ihnen auftat.

Er empfand Skënder und Nikolla gegenüber tiefe Dankbarkeit. Sie hatten ihn freundschaftlich aufgenommen, als er im

März vor einem Jahr mit seiner kleinen Reisetasche in dieser öden Provinzstadt angekommen war, voller Angst wie alle Hauptstädter, die »im Lehm landeten«, ohne zu wissen, ob ihre Versetzung wirklich dem lächerlichen Grundsatz zuzuschreiben war, die Intellektuellen »am Leben des Volkes schnuppern zu lassen«, oder einen ganz anderen, heimtückischen Zweck verfolgte, den sie allerdings nie erfahren würden. Als er ihnen erzählte, daß er keine Angehörigen mehr hatte, kümmerten sie sich noch rührender um ihn. Sie luden ihn zum Abendessen ein, man spielte bis weit nach Mitternacht Karten und führte schlüpfrige Gespräche, kurz, ihnen hatte er es zu verdanken, daß die tristen Abende in diesem Nest überhaupt auszuhalten waren. Schließlich Skënders Worte: »Du bist verliebt, trägst also gewissermaßen einen Heiligenschein ...« Und nun, als Höhepunkt, dieses außergewöhnliche Angebot...

Ich bin unterwegs zu einer spiritistischen Sitzung, flüsterte er vor sich hin. Es war wirklich kaum zu glauben. In diesem dornigen Leben, das überquoll von nervtötenden Versammlungen, Jubelreden, verordneten Beifallsstürmen und hohlen Parolen: Begeben wir uns mit vollen Händen zum 7. Parteitag, dem 4. Plenum, dem Geburtstag des Führers, der Zukunft entgegen, ging er ganz woanders hin, nämlich zum Treffen mit einem Geist.

Schon lange war ihnen der Himmel, waren sie sich selbst abhanden gekommen. Jeden Tag wurden sie heimischer in der Wüste, in die es sie verschlagen hatte, und irgendwann würden sie sich ein anderes Leben gar nicht mehr vorstellen können. Ihm jedoch hatte das Schicksal einen Ausweg gewiesen, den Pfad zum Himmel. Die Vorstellung, daß er sich vielleicht anschickte, die verlorene Zone zurückzuerobern, war überwältigend.

Shpend stieg zwei Treppen hinauf, die von einer Lampe im zweiten Stock spärlich erleuchtet wurden. Einen Moment lang stand er unschlüssig vor der Wohnungstür, dann fuhr er sich mit der Hand durchs Haar, schüttelte den Schatten ab und klingelte.

Skënder und Nikolla waren da, das gastgebende Ehepaar, eine Frau mit müdem Gesicht, in dem komfortable Langeweile tiefe Falten hinterlassen hatte, und ein unbekannter Mann. Shpend nickte kurz und wünschte »Guten Abend«, konnte sich aber nicht durchringen, jedem einzeln die Hand zu geben und sich vorzustellen. Glücklicherweise bedeutete ihm Skënder, auf einem Stuhl an seiner Seite Platz zu nehmen, und zwinkerte ihm, als er saß, kurz zu: Keine Sorge, alles ist in Ordnung!

Shpend schaute sich um und stellte fest, daß er in einem ganz gewöhnlichen Wohnzimmer gelandet war. Es gab das unvermeidliche, vom Holzverarbeitungskombinat »Misto Mame« seit vielen Jahren ohne jede Veränderung produzierte Sofa, die üblichen Polsterstühle aus dem gleichen Unternehmen, einen Bücherschrank, hinter dessen Glasscheiben mittig die ersten vier Bände der Gesammelten Werke des Führers plaziert waren, und weiße Stores an den Fenstern. Nichts wies auf das Ereignis hin, das ihm bevorstand.

»Möchten Sie etwas trinken?« fragte die Hausherrin, die ihn auch hereingelassen hatte.

Die Unterhaltung, die durch seine Ankunft unterbrochen worden war, ging weiter, doch es wurde nur wenig und in leisem Ton gesprochen, als sei man bei einem Kondolenzbesuch. Er hörte, wie der unbekannte Herr eine der Damen mit »Gnädige Frau« ansprach.

»Wir warten nur noch auf das Medium«, flüsterte ihm Skënder zu. »Er kommt gewöhnlich als letzter.«

Shpend getraute sich nicht, Fragen zu stellen. Er spürte ein Bedürfnis, sich bei allen zu bedanken und gleichzeitig zu entschuldigen.

Und was war, wenn das Medium nicht kam?

Doch gleich darauf klingelte es, und die Körper der Anwesenden strafften sich plötzlich. Shpend begriff, daß alle die gleiche Befürchtung gehabt hatten.

Das Medium nickte in die Runde und sagte, ohne jemand anzuschauen: Was für ein gräßliches Wetter!

Eine Weile lang gingen die Zwiegespräche weiter, die sich immer mehr von der Mitte des Zimmers wegverlagerten, um an den Rändern Zuflucht zu suchen. Shpend war jedes Zeitgefühl verlorengegangen. Gelegentlich kam ihm die Befürchtung, die im Raum Versammelten hätten den Grund ihrer Anwesenheit vergessen, oder, noch schlimmer, der Plan, heute eine spiritistische Sitzung abzuhalten, sei fallengelassen worden.

Als die Hausherrin den Vorhang zuzog (die Regentropfen auf der Fensterscheibe hätten es allerdings selbst einem erfahrenen Überwacher mit Fernglas unmöglich gemacht, irgendein Gesicht zu erkennen), als der Vorhang also zugezogen war, vor allem aber, als zwei bronzene Kerzenleuchter auf den Tisch gestellt wurden, merkte Shpend, wie das rauschhafte Gefühl von vorhin seine Angst wegspülte. Kerzenleuchter! Wahrscheinlich ging draußen immer noch der Chef des Staatssicherheitsdienstes mit inzwischen völlig durchnäßtem Mantel durch den Regen. Selbst wenn es ihm gelänge, alle Grenzen hermetisch abriegeln, jeden Anruf, jede menschliche Stimme abhören zu lassen, das Entscheidende würde er nicht einfangen können.

Das Medium machte eine Kopfbewegung zur Zimmerlampe hin. »Natürlich«, sagte der Hausherr, »sofort.«

Er zerbrach einige Streichhölzer, als er mit zitternden Fingern die Kerzen anzündete. »Aus Gründen, die Sie sich wahrscheinlich denken können, bringen wir jetzt die Sicherungen zum Durchbrennen«, sagte er mit bebender Stimme zu Shpend, dem einzigen Neuling in der Runde. Man müsse, erklärte Skënder flüsternd, stets darauf vorbereitet sein, der womöglich unerwartet zugreifenden Polizei die brennenden Kerzen erklären zu können.

Grob schlug die Finsternis zu, dann kehrte etwas von dem verlorenen Licht in ihren Mittelpunkt zurück, wenn auch fremd, ängstlich, ganz anders beschaffen als das Licht zuvor, das von den Wasserkraftwerken »Marx« und »Engels« im Norden, der Thermozentrale in der Stadt Fier, dem Elektrizitätswerk »Lenin« in der Hauptstadt sowie ein paar Dutzend anderer Kraftwerke im Land nach einer Serie feierlicher Inbetriebnahmen, bei denen Regierungsmitglieder, begleitet von den gerührten Kommentaren aufgeregter Fernsehreporter, vor blumendekorierten Tribünen bunte Bänder durchschnitten hatten, in Gemeinschaftsarbeit produziert wurde.

Die Kerzen flackerten bläßlich, als sei ihnen nicht wohl in ihrer Haut. Es war nicht unsere Absicht, ihr schönes elektrisches Licht zu beleidigen, Genosse Ermittler, dachte Shpend Guraziu. Diese altmodischen Beleuchtungskörper sollten nur unsere Gemüter beruhigen, nicht mehr. Bitte, glauben Sie uns das.

Aus dem Gemurmel, das ihn nun umgab, hörte er die Worte »Frau Greblleshi« und »Herr Rrokaj« heraus. Man unterhielt sich offenbar über Verstorbene, deren Geister man anzulocken gedachte, doch Shpend war zu aufgeregt, um dem folgen zu können. Er schnappte noch die Worte »verschwundene Manuskripte« auf und glaubte zu verstehen, daß man bereits zum zweiten Mal Kontakt aufzunehmen versuchte, weil man beim ersten Anrufen des Geistes die gewünschte Information nicht erhalten hatte.

»Sind Sie bereit?« fragte das Medium.

Seine Stimme war wohlklingend, männlich, sie hätte zu jedem Gesicht gepaßt.

»Und nun konzentrieren Sie sich bitte so fest wie möglich auf den, der uns besuchen soll. Und unterbrechen Sie mich auf keinen Fall.«

Im flackernden Licht der Kerzen senkte er den Blick und fing an, tief und gleichmäßig zu atmen. Die anderen folgten seinem Beispiel. Shpend fürchtete, gleich in Tränen auszubrechen. Plötzlich zuckte er zusammen. Das Medium begann zu sprechen. Seine Stimme klang nun ganz anders, flach, schaurig zitternd. Adrian, bist du da? Rede mit deinen Lieben. Verzeih ihnen, daß sie dich in einer solchen Nacht stören... Sie wollen ein Zeichen von dir... Ich habe die Zeichen weitergegeben... Sammelt euch, nun sehe ich gut... Was ist dir am dreizehnten Mai widerfahren?... Bitte, fragt mich nicht. Vor allem nach dieser Nacht fragt mich nicht... Es ist immer zu früh... oder zu spät... Es ist anders... nicht so... Und die Manuskripte? O nein! Welch sinnloses Wort... Es gibt nur Reste... eines Manus... Nicht mehr... Ich spüre, er hat es eilig... Kannst du nicht noch ein wenig bleiben?...

»Er ist weg.«

Shpend Guraziu fuhr zusammen. Die Stimme des Mediums hatte sich erneut verändert.

»Was?« fragte eine der Frauen.

Das Medium schaute sie starr an.

»Ich weiß nichts. Haben Sie nicht zugehört?«

»Ich habe gehört, daß Sie ihn nach der Nacht des dreizehnten Mai gefragt haben. Aber seine Antwort war verworren.«

»Ich weiß nichts«, wiederholte das Medium. »Ich erinnere mich an nichts.«

Erschöpft schaute er sich um. Vorwurf lag in seinem Blick: Wie oft muß ich euch noch erklären, daß es nicht meine Stimme war, die ihr gehört habt, sondern daß jemand durch mich gesprochen hat?

Shpend wußte Bescheid. Das war das erste, was er über Spiritismus gelernt hatte.

Die Gastgeberin ging in die Küche, um Kaffee zu machen. Gut, daß niemand die Sicherungen richtet, dachte Shpend. Wie unerträglich wäre doch das Licht der Wasserkraftwerke gewesen...

Der Kaffee wurde serviert. Das Gesicht des Mediums war bleich. Seine Hand mit der Kaffeetasse zitterte ein wenig.

Im Kerzenlicht unterhielt man sich leise. Shpend schnappte mehrfach das Wort »Manuskripte« auf. Meist war es gefolgt von einem tiefen Seufzer.

*

Sie verließen nacheinander die Wohnung, offenbar in der gleichen Reihenfolge, wie sie gekommen waren. Der Regen draußen hatte nachgelassen, aber der Wind wehte immer noch eisig, so daß Shpend Guraziu den Mantelkragen hochschlug.

Vor dem Theater blieb er stehen. Man hatte alle Plakate abgerissen, und an der Mauer waren nur Fetzen übriggeblieben. Er beugte sich vor, um vielleicht den Namen eines Schauspielers oder eine Anfangszeit erkennen zu können. Eigentlich suchte er wie immer nur Suzanas Namen. Doch es gab so viele Schichten von Plakatresten, daß man nichts erkennen konnte.

Plötzlich sehnte er sich nach ihr, doch anders als sonst. Das Gefühl schloß mehr ein und zugleich auch weniger. Die Begegnung mit dem Geist, dachte er. Vielleicht würde nun alles in seinem Leben anders werden.

In seinem Zimmer war es schrecklich kalt. Er steckte den selbstgebauten elektrischen Heizstrahler ein und stand dann eine Weile lang vor dem Zeitungsausschnitt, der über seinem Bett an der Wand klebte. Das Photo zeigte eine lachende Suzana, und darunter stand in großen Lettern: »Tschechows ›Möwe‹ demnächst in unserer Stadt. In der Hauptrolle: Suzana Kraja. Ein Interview mit der Hauptdarstellerin.«

Die Sehnsucht mit dem ungewohnten Beigeschmack überkam ihn erneut. Es war wie eine Nebelschwade, die etwas zu verbergen suchte, ihn selbst vielleicht, Suzana oder sie alle beide.

Zum hundertsten, wenn nicht tausendsten Mal stellte er sich vor, wie sie in sein kaltes Zimmer trat. Die schweigende Umarmung, die Bemerkung, die er unterdrücken würde: Du kommst mir vor wie eine Schlafwandlerin! Wie sie sich entkleidete, ihren weißen Körper, ihr Haar auf seinem Kopfkissen, alles sah er vor sich. Nach kurzem Schlaf die zweite Vereinigung, wenn die Zeit dazu überhaupt reichte. Sie hatte einen stärkeren Eindruck bei ihm hinterlassen, wogegen ihm die erste entglitt.

Und nicht nur dies. Von Beginn an hatte es zwischen ihnen etwas gegeben, das im Schwinden begriffen war. »Wie fühlst du dich?« hatte sie nach dem ersten Kuß im dunklen Treppenhaus vor der Wohnungstür gefragt. »Was meinst du damit?« »Das ist schwer zu erklären.« Er hatte sie noch einmal geküßt und so verwirrt wie zärtlich nachgefragt: »Ach bitte, erklär es mir trotzdem!« »Du hast mich in einem schwachen Augenblick erwischt«, sagte sie. »Hast du Probleme mit deinem Mann?« »Nein, ganz im Gegenteil.«

Schließlich glaubte er zu begreifen. Es lag an Tschechows Stück. Sie war trunken davon. Die Erlaubnis für die Aufführung zu bekommen war ungeheuer schwierig gewesen. Nun schwebte sie, und er profitierte davon.

Wer hoch fliegt, kann tief stürzen, wie die »Möwe«, dachte er einmal. Doch das war später.

»Du bist so... na ja, abwesend... Ich würde dich am liebsten an den Schultern packen und durchschütteln, damit du dich daran erinnerst, wen du in den Armen hältst.«

Sie lachte, und er roch den Duft ihres Haars. »Also, du kommst mir auch ein bißchen vor wie...«, sagte sie. »Wie was? Sag es, bitte.« »Du mit deinem Namen, Shpend. Ich dachte, der ist gar nicht mehr gebräuchlich, den gibt es nur noch in Romanen aus den dreißiger Jahren. Aber jetzt muß ich gehen, es ist schon spät. Ruf mich im Theater an.« »Warte, ich möchte dich noch einmal umarmen.« »Es ist schon spät, Liebster, versteh mich bitte.«

Wäre da nicht das Wort »Liebster« gewesen, das sich anhörte, als sei es einer dieser traurig-romantischen Geschichten entlehnt, die gewöhnlich mit langer Trennung oder einer Tuberkuloseerkrankung und Zypressen auf zwei einsamen Gräbern enden, er hätte alles für die Kapriolen einer überspannten Schauspielerin gehalten.

Zwei oder drei Mal hatte er sie ans Telefon bekommen und jedesmal diese kaum zu ertragende... Abwesenheit gespürt. Bis dann der Tag kam, an dem er sie nicht mehr lachen, sondern tief und hoffnungslos schluchzen hörte. Alles in ihr schien zusammengebrochen zu sein. Es gab nur noch Trümmer und Verzweiflung. Er versuchte, sie zu trösten, doch sie wies ihn ab: Nein, es ist alles vorbei.

Es war kaum zu glauben: Er, ein nüchterner Bauingenieur,

erlebte die Absetzung eines Theaterstücks wahrscheinlich schmerzlicher als die meisten der Theaterleute.

»Es ist schon spät, Liebster...« Die Fensterscheibe war kalt. Er schaute zum Himmel hinauf. Wieder mußte er an Suzana denken. Dann an die Kaffeetasse in der zitternden Hand des Mediums. Einen Augenblick hatte er das Gefühl, das Flakkern der Kerzen und Suzanas Abwesenheit seien vom gleichen Stoff. Und zwischen ihnen und dem Geist, der über den dunklen Himmel davongegangen war, gab es gewiß eine Verbindung.

Ihnen könnt ihr nichts mehr antun, dachte er. Diese Worte waren an den Mann im schwarzen Mantel gerichtet. Der Erde kann man sich aufzwingen, sie sozialistisch machen, vielleicht sogar kommunistisch. Dem Himmel nicht.

6

Als Arian Vogli am Freitagmorgen aus dem Auto stieg und das eiserne Tor durchschritt, spürte er, daß die Zeit der ersten »Ernte« gekommen war. Das Gebäude schien voller Geister zu sein.

Bald darauf saß er mit einem ungewohnt abwesenden Lächeln auf den Lippen hinter dem Schreibtisch und wartete auf seinen Assistenten.

»Genosse Chef«, sagte dieser leise, »heute, bereits vor Tagesanbruch...«

»Ich weiß«, fiel ihm Arian Vogli ins Wort. »Ich möchte sofort alles vorgelegt bekommen.«

Ein Gefühl, das man fast als Rührung hätte bezeichnen können, ergriff ihn, als er die kleinen Dinger mit den fadendünnen Magnetbändern vor sich liegen sah, von denen fortan sein Schicksal abhing. Oft hatte er sich vorzustellen versucht, mit welcher Erschütterung vor zwölf oder fünfzehn Jahren sein Vorgänger, der vermutlich bäuerlicher Herkunft gewesen war, auf die Aufzeichnungen der ersten Abhörgeräte reagiert haben mochte: fremd klingende, manchmal schauerlich verzerrte, gleichsam maskierte menschliche Stimmen.

Obwohl er für diese Dinge ausgebildet war und auch bereits einige Erfahrung damit besaß, empfand er die gleiche Verunsicherung wie wahrscheinlich sein Amtsvorgänger. Die neue Generation der Abhörmikrophone hatte soviel Ähnlichkeit mit den alten Apparaten wie eine moderne Schnellfeuerwaffe mit einem Zündschloßgewehr aus dem Museum. Nach entsprechenden chirurgischen Eingriffen hörten die Ohren des Staates nun zehn- oder zwanzigmal besser als früher.

Diese ganzen Apparate waren unter seiner Aufsicht ausgesät worden.

Nun lagen sie vor ihm, geordnet nach ihren Einsatzorten – dem Wartesaal des Wohnungsamts, der Anstehzone vor dem Milchladen, dem Probenraum des Stadttheaters, verschiedenen Wohnungen des Stadtteils Nr. 3, der Bierschenke »Treff im Zentrum«, der Bar »Freiheit« und den Rentenschaltern der Sparkasse. Dabei war ein Teil der Ernte noch gar nicht eingebracht. Die »Prinzessinnen«, die Vornehmsten in diesem edlen Kreis, befanden sich nämlich noch gar nicht im Einsatz.

Arian Vogli spürte, wie die Erregung ihn in heißen und kalten Wellen überlief.

Sein Assistent, der nun die Bänder brachte, empfand nach einem stichprobenartigen Abhören zur Überprüfung der Aufnahmequalität fast Gewissensbisse, weil es darauf lange Pausen des Schweigens gab. Verkehrsgeräusche, das ferne Hupen von

Lastwagen, knarrende Türen wechselten ab mit nicht besonders interessanten Gesprächsfetzen. Gelassen, fast heiter schaute Arian Vogli dem Gehilfen zu, der ungeduldig nach einem »guten Stück« suchte. Sie wußten alle, daß man sich vom unbearbeiteten Material nicht enttäuschen lassen durfte, denn um zu dem wertvollen Mineral vorzustoßen, war es erst nötig, eine dicke Schicht Abraum zu beseitigen. Und auch dann mußte man noch lange sieben, bis am Ende vielleicht eine Handvoll edler Steine übrigblieb. Obwohl sie beide also im Gegensatz zu ihren Vorgängern auf einiges gefaßt waren, stieß der Assistent in seiner Ungeduld ständig schnaubende Laute aus, bis der Chef ihn schließlich anwies, das Abspielen zu stoppen.

»Es reicht, Naum. Weißt du, wie mir das vorkommt? Wie eines dieser teuren Restaurants, wo man den Gästen die Fische oder Enten lebend vorführt, ehe man sie zubereitet. Und nun, Leute, schaut zu, daß ihr den ganzen Kram erst einmal gründlich ausmistet. Ich denke, in zwei, drei Stunden ist es dann soweit, daß wir uns etwas anhören können.«

Als sie gegangen waren, fing Arian Vogli an, in seinem Büro unstet auf und ab zu gehen. In dem großen, dreistöckigen Gebäude herrschte schon den ganzen Tag eine merkwürdige Atmosphäre. Die Leute unterhielten sich auf den Fluren nur in gedämpftem Ton, und ihre Blicke wirkten leicht entrückt. So stellte sich Arian Vogli eine Kirche während des Gottesdienstes vor. Selbst hatte er nie einen besucht.

Als seine Leute nach zwei Stunden wiederkamen, stand freudiger Ernst auf ihren Mienen. Als das Tonbandgerät eingeschaltet wurde, tastete Arian Vogli nervös nach seiner Zigarettenschachtel. Auch die anderen zündeten sich Zigaretten an, als sei es einfacher, sich menschliche Geräusche von Rauchschwaden umhüllt anzuhören. Eine Stunde lang saßen sie schweigend, mit halb geschlossenen Augen da und bemühten sich, jedes Wort zu erfassen. Sie kannten das ganze schmutzige Getuschel zur Genüge, doch hier hatten sie es gewissermaßen mit dem Destillat zu tun. Beschimpfungen gegen den Staat, Beschwerden über den Mangel an lebensnotwendigen Dingen, über das Religionsverbot, die ständigen Stromausfälle, hohnische Bemerkungen über den Staatssicherheitsdienst, zwischen den Zähnen hervorgepreßte Flüche, politische Witze, abgelassene Frustrationen.

Die Miene des Chefs wurde immer finsterer. Alles war da: ehelicher Zank, das Stöhnen von Kranken, Tanzmusik auf Geburtstagsfeiern, zärtliches Geflüster, kurz, der ganze widerliche Kram, den sie erwartet hatten.

Einmal gab der Chef durch ein Zeichen zu verstehen, daß er etwas wiederholt haben wollte. Er hörte sich das Gespräch, in dem es um einen Raben ging, zweimal an. Seine Untergebenen warfen ihm bewundernde Blicke zu, hatte er doch offenbar wieder einmal Kenntnis über Dinge, die zu geheim für einen einfachen Mitarbeiter der Staatssicherheit waren.

In Wirklichkeit wußte er von der Rabengeschichte nicht mehr als sie. Aber es gab eine Anweisung: Sooft ein »blinder Rabe« erwähnt werde, sei es als Schimpfwort oder in einer volkstümlichen Redensart, sei höchste Achtsamkeit geboten. Warum, blieb ein Geheimnis der Zentrale. Ohne solche Geheimnisse war eine Zentrale gar nicht vorstellbar.

Ein weibliches Stöhnen ließ ihn aufhorchen. Aber es war nicht sie … Mit schuldbewußtem Gesichtsausdruck versuchte sein Assistent, die Auswahl zu rechtfertigen, doch die Miene des Chefs blieb ungehalten. Schließlich hatte er ausdrücklich Anweisung gegeben, mit Ehebetten keinen Mißbrauch zu treiben, nachdem es in der Vergangenheit vorgekommen war, daß nach Abhörsitzungen Masturbationsspuren von den Stuhlpolstern hatten entfernt werden müssen.

In Edliras Wohnung war das Abhörgerät noch nicht installiert worden, allerdings hatte er seinem Assistenten zu verstehen gegeben, er werde sich selbst darum kümmern. Wenn er daran dachte, stieg ein warmes Gefühl in ihm auf, und gleich darauf spürte er einen Stich. Die Nacht wird kommen, mein Täubchen, murmelte er den Text eines Schlagers vor sich hin. Ich höre dich, ich küsse dich, ich gehe...

»Jetzt kommt das letzte Band«, erklärte der Assistent.

Gleich bei den ersten Worten, die zu hören waren, begriff der Chef, wieso man dieses Band bis zum Schluß aufgehoben hatte. Die Falten auf seiner Stirn wurden tiefer. Genau deshalb hören wir ab, dachte er. Es handelte sich um verbale Attacken auf Mitglieder des Politbüros und die Doktrin. Die denkbar übelsten. Die denkbar gefährlichsten.

Der Chef schaute seinen Assistenten kurz an. Dieser schien das Gefühl zu haben, daß ihm ein Schnitzer unterlaufen war, denn seine fröhliche Miene wich plötzlich einem Ausdruck von Bestürzung. Sein Blick war entschuldigend, enthielt aber auch Anzeichen von Widerspruch: Hören wir nun richtig ab, oder tun wir nur so?

»Das reicht jetzt«, sagte Arian Vogli und stand auf. Was er damit meinte, war nicht genau zu erschließen: das immer noch laufende Band, den bestürzten Gesichtsausdruck des Assistenten oder beides zusammen.

Der Assistent schickte sich gerade an, das Zimmer zu verlassen, als Arian Vogli, der inzwischen am Fenster stand, ohne sich umzudrehen, sagte:

»Hör zu, das kommt alles in den Panzerschrank. Und niemand hört sich das an, verstanden?«

»Zu Befehl, Chef«, antwortete der Assistent.

Niemand, dachte Arian Vogli, als die Tür ins Schloß fiel. Niemals und nirgends.

Plötzlich hatte er das Gefühl, durch den Gebrauch dieser Verbotswörter hülle er sich in einen Schuppenpanzer, der ihn von den anderen trennte und zugleich mit einer geheimnisvollen Aura von Gefahr umgab.

Er hörte … Allmählich begriff er, was dies zu bedeuten hatte. Die Erkenntnis durchpulste seine Lungen und sein Gehirn, und ein Gefühl finsteren Triumphes ließ seine Schläfen pochen.

Er hörte … Mehr als ein Hören war es ein Hinuntersteigen in die verbotenen Zonen des Lebens. Von unten, aus dem Chaos, drang unheilvoll das menschliche Rumoren zu ihm herauf.

Ich höre, murmelte er vor sich hin, wie um die Worte auszukosten. Die Stimmen der Gefallenen, die niemandes Ohr erreichen sollten, drangen aus den finsteren Kavernen direkt zu ihm. Die Dämonen der Antike hatten nicht mehr Macht besessen, kein größeres Geheimnis hatte sie umwittert.

Er hörte, was nicht gehört werden durfte. Alte, aus dem Gebrauch gekommene, von Angehörigen der armen Schichten ausgestoßene Flüche, in denen Angst mitschwang. Möge nicht …

Nun reicht es aber, schalt er sich selbst, und um sein Gehirn zu zwingen, an anderes zu denken, begann er in seinen Schreibtischschubladen zu wühlen. Dabei stieß er auf seine Notizen für die bevorstehende Versammlung mit den unzufriedenen Belauschern der Stadt. Hatte er nicht genau danach gesucht?

*

Daß die Belauscher der Stadt (»die Ohren unserer Partei«, wie sie der Führer bei einem geheimen Treffen angeblich genannt hatte) in Depression versinken würden, wenn sich die Ankunft der Wanzen herumsprach, war zu erwarten gewesen, aber daß der Aufruhr unter ihnen die Ausmaße einer mittleren Naturkatastrophe annehmen würde, überraschte Arian Vogli doch sehr.

Er hatte damit gerechnet, ihr Ärger werde sich im Rahmen des bekannten Veteranengrolls über den mangelnden Respekt der jungen, besser ausgebildeten Beamten und des gleichermaßen vertrauten Argwohns gegenüber neuzeitlichen Errungenschaften halten, der übrigens keinen Unterschied zwischen den verschiedenen Lebensbereichen machte, wie die nicht weniger große Feindschaft gegenüber Kunstdüngern, Präservativen, künstlicher Befruchtung und allen möglichen anderen als abartig empfundenen Mitteln und Methoden zeigte.

Wie sich ein Unwetter durch fernes Donnergrollen ankündigt, so hatte es auch Vorzeichen für den Aufruhr unter den Belauschern gegeben. Besonders aufgefallen war dem Chef der Staatssicherheit eine rapide Zunahme von eingereichten Fällen. In den Büros häuften sich die Lauschrapporte. Die offensichtlichen Gründe für diese Schwemme reizten Arian Vogli zu einem spöttischen Lächeln. Einerseits hatten sich die Belauscher in den letzten beiden Wochen besonders eifrig ihrem Handwerk hingegeben, um zu beweisen, daß sie noch lange nicht zum alten Eisen gehörten, sondern immer noch die Wölfe der ohrengestützten Überwachung waren. Andererseits mochten sich die Leute auf der Straße in Vorausschau auf das von den Apparaten erzwungene Ende der menschlichen Tratschsucht noch einmal verführt gesehen haben, sich in der kurzen verbleibenden Zeit bis zum großen Schweigen durch Schimpfen und Tuscheln noch einmal ordentlich Luft zu machen.

Immer noch das spöttische Lächeln auf den Lippen, wühlte Arian Vogli weiter in dem Aktenhaufen. Man merkte sofort, daß die Belauscher großen Eifer darauf verwendeten, die Unzufriedenheit der Menschen über den Einsatz der Wanzen in möglichst dramatischen Worten wiederzugeben, in der verzweifelten Hoffnung, dergestalt eine Rückgängigmachung des Beschlusses über den Einsatz der verfluchten Geräte bewirken zu können.

Manche gingen so weit, den Leuten Äußerungen unterzuschieben, die ein positives Licht auf das Handwerk der Ohrenbelauscher warfen.

Man hatte die Armen erbarmungslos ausgebeutet, und nun warf man sie weg wie ausgequetschte Zitronen. Das hatten sie wahrhaftig nicht verdient! Während andere Leute sich an Konzerten, Theateraufführungen oder Tanzabenden erfreuten, klassischer Musik oder romantischen Beteuerungen (Ich liebe dich so sehr, mein Schatz, auf ewig bin ich die deine, und so fort) lauschten, sammelten ihre Ohren immer nur Gift und Galle ein. Und das bedauerten sie nicht im geringsten, sollten die anderen ruhig das Leben genießen, sich durch Musik zerstreuen und erbauen lassen – die Belauscher opferten sich für die Partei und das Land auf. In ihren Gehirnen, nicht nur in ihren Ohren setzte sich nämlich das ganze Gift ab, sie wurden davon abhängig wie andere von Nikotin oder Rauschgift, doch das geschah alles im Namen und zu Ehren der großen Sache. Ein wenig öffentliche Dankbarkeit beanspruchten allerdings auch sie. Es war einfach nicht recht, daß man ihnen tote Dinge vorzog.

Man mußte lange nach Berichten suchen, in denen nicht gegen die Wanzen gewettert wurde. Formulierungen wie »treulose Gerätschaft« oder »Teufelszeug« fanden sich im Überfluß, und gelegentlich stellten Belauscher sogar philosophische Betrachtungen an, die in eine Stadt wie diese nicht so recht passen wollten.

In einem der Berichte hieß es zum Beispiel, der fliegende Teppich sei eine instinktive Vorwegnahme des Flugzeugs, im Zauberspiegel aus dem Märchen, in dem man alles erschauen konnte, was sich irgendwo auf dem Erdball abspielte, sei schon das Fernsehen angelegt, und die widerlichen Wanzen wurzelten ohne Frage in den Gespensterstimmen des Okkultismus, der schwarzen Magie, des Spiritismus, also im ganzen Mist der alten Welt.

Schau einer an, dachte Arian Vogli, während er ein paar der Formulierungen rot unterstrich. Dann setzte er hinter »ausgequetschte Zitronen« ein großes Fragezeichen und schrieb auf den Rand neben »tote Dinge«: »Im Sozialismus ist der Mensch das höchste Gut!«

Eins war ihm auf jeden Fall klargeworden: Das Treffen mit den Belauschern verlangte eine ernsthafte Vorbereitung.

*

Die Veranstaltung fand am späten Samstagabend statt. Die Belauscher betraten den Saal einzeln durch das Hintertürchen zum Hof, die Mantelkrägen hochgeschlagen, manche auch mit Sonnenbrillen auf der Nase, um auf jeden Fall unerkannt zu bleiben. Obwohl diese Vorsichtsmaßnahme nicht besonders sinnvoll war, da sich die meisten Teilnehmer bereits im Rentenalter befanden, hatte man in der Einladung ausdrücklich darum gebeten, um ihren Stolz nicht zu verletzen. Zwei Tage zuvor hatte Arian Vogli die Liste der Kandidaten mit seinem Assistenten durchgearbeitet, und man war gemeinsam zum Ergebnis gelangt, daß die Crème de la Crème der Belauscher, also die Leute, die das größte Theater um die Wanzen machten, glücklicherweise aus Veteranen bestand, was die sonst keineswegs ratsame Form einer Saalveranstaltung in diesem Fall unbedenklich machte. Ja, es war dann wirklich die Elite versammelt, einer ruhmvoller als der andere. Jeder dieser Recken konnte spektakuläre, bereits zur Legende gewordene Belauschungen vorweisen. In der ersten Reihe saß Sulo Gabrani, taub geworden bei der Observierung von Piloten an dem Ort, wo sie sich am sichersten wähnten, nämlich neben dem Flugzeug bei laufenden Motoren. Sein Sitznachbar Tod Zallherri wiederum war bereit gewesen, sich zusammen mit einem lebendig begrabenen Delinquenten in die Grube zu begeben, damit ihm auf keinen Fall entging, wenn dieser mit dem letzten Atemzug noch ein Geheimnis preisgab. Ganze Stuhlreihen waren besetzt mit hochspezialisierten Flüsterlauschern, die noch aus einem Abstand von sechzig, achtzig oder gar hundertzehn Schritten das Gemurmel von Stotterern und Nuschlern verstehen konnten, oder auch Äußerungen, die neben Sturzbächen, mit der Zahnbürste im Mund, unter Schluchzen, mit dem Kopf zwischen den Schenkeln einer Frau und von unbekehrbaren Hetzrednern gegen den Staat nach dem zweiten Schlaganfall gemacht worden waren.

Lef Ramabaja traf, wie es seine Ausnahmestellung verlangte, mit leichter Verspätung ein und nahm in der ersten Reihe Platz. Er war der Stolz aller Belauscher nicht nur in der Stadt B., sondern in ganz Albanien, wenn nicht gar im ganzen Osten. Berühmt war er vor allem, weil er freiwillig sein Augenlicht hergegeben hatte, um sein Hörvermögen zu schärfen.

Obwohl Arian Vogli sich zusammennahm, merkte er beim Gang zum Rednerpult, daß Gemütsbewegungen seinen Schritt unregelmäßig machten, und diese Unregelmäßigkeit ging auch auf seine Stimme über, als er zu reden begann. Was sich vor seinen Augen im Saal abspielte, hektische Kopfbewegungen oder jähes Zusammenzucken wie bei einem Schuß oder einem plötzlich auf volle Lautstärke gedrehten Radio, verunsicherte ihn noch zusätzlich. Dann fiel bei ihm der Groschen. Für ihre auf höchste Sensibilität getrimmten Ohren sprach er einfach zu laut.

Er senkte einmal die Stimme, dann noch einmal, bis er zwischen sich und dem Saal eine gewisse Harmonie hergestellt zu haben glaubte. Weitere Umschweife machte er nicht. Er erklärte seinen Zuhörern: Die leitenden Parteigremien und der Führer selbst wissen um eure Verstimmtheit über die Einführung der Wanzen. Ihr habt sie als Angriff auf euren Berufsstand empfunden, als Ausdruck der Unterschätzung oder gar Mißachtung eurer Lauscherfähigkeiten. Unser verehrter Genosse Minister, der in diesem Fall allerdings nur im Namen einer noch höheren Stelle spricht, ihr könnt euch denken, wen ich meine, hat mich ausdrücklich beauftragt, euch mitzuteilen, daß die Partei euch heute mehr braucht denn je.

Daraufhin gab er einen ausführlichen Überblick über all ihre Großtaten im Dienste der Partei, der sie auch in den schwierigsten Stunden stets die Treue gehalten hatten.

Gelegentlich warf er einen Blick in den Saal, wobei er jedesmal feststellte, daß die meisten Zuhörer ihn nicht direkt fixierten. Die Kopfstellung war leicht schief, und der Blick ging ins Leere. Das ist die klassische Position, wenn man jemand belauscht, schoß ihm durch den Kopf. Fast hätte er den Faden verloren.

Schließlich widmete sich Arian Vogli den Traditionen des albanischen Belauscherwesens, das nur fortführte, was von den illyrischen Ahnen begründet worden war (ein Historienfilm über Caligula, in dem in hohlen Statuen verborgene Lauscher vorkamen, hatte ihn auf diese Idee gebracht), um dann zum Grundgedanken seines Referats zurückzukehren: daß nämlich ihre getreuen, blutwarmen Ohren unvergleichlich viel wertvoller waren als die leblosen Wanzen, über die er sich verächtlich, fast feindselig äußerte. Er staunte selbst, wie leicht ihm von den Lippen kam, man wolle ja nur vorübergehend auf diese Dinger zurückgreifen, um sie dann wegzuwerfen wie ausgequetschte Zitronen.

An dieser Stelle hellten sich die düsteren Mienen der Zuhörer zum ersten Mal ein wenig auf, was ihn sogleich zu der Behauptung animierte, diese schrecklich seelenlosen Geräte würden selbstverständlich nur an Stellen eingesetzt, wo die Partei das Wirken lebender Lauscher nie gestatten würde, in Müllgruben, Klosetts und wo auch immer. Warum, glaubt ihr, hat die Partei sich die Mühe gemacht, sie vom anderen Ende des Erdballs herbeizuschaffen? Doch nur, um eure Würde zu schützen! Er hatte bereits an dieser Stelle den Applaus erwartet, der erst ein wenig später einsetzte, nämlich bei seinem leidenschaftlichen Ruf: Eure Ohren werden diese Geräte in ihre Grenzen verweisen!

Erleichtert atmete er auf. Seine Stirn war schweißnaß, wie er erst jetzt bemerkte. Ein wenig überstürzt brachte er seine Rede zum Abschluß, wobei er versuchte, die Leere der Phrasen durch die Pathetik seines Tons zu überspielen: Ihr seid der Stolz der Partei, ihr unersetzlicher Schatz. Nicht einmal in den Löchern, in die wir sie getrieben haben, halten unsere Feinde den Mund. Durch euch gelangt ihr Geschwätz von dort unten zu uns. Ihr, sonst niemand, seid das wahre Fundament dieses Staates.

»Eine glänzende Rede«, meinte sein Assistent, der an der Tür auf ihn wartete. »Eine wahre Symphonie! Das Kabinett des Ministers hat angerufen. Wie es aussieht, läßt sich die Sache mit dem Theater regeln.«

»Wirklich?« sagte Arian Vogli und strahlte vollends.

Als er schließlich wieder an seinem Schreibtisch saß, lag das Lächeln immer noch auf seinen Lippen. Er stützte den Kopf in die Hände und schloß die Augen. In letzter Zeit merkte er, daß er immer häufiger Pausen brauchte. Er stellte sich vor, wie die Theaterplakate an der Hauptstraße aufgehängt wurden, und döste dabei für ein paar Minuten ein. Als er wieder erwachte, kam es ihm zuerst ganz normal vor, daß das Wort »Möwe« auf dem Plakat durch »Rabe« ersetzt worden war. Er schüttelte heftig den Kopf und kam wieder zu sich, aber die Angst aus dem Traum verließ ihn trotzdem nicht. Der blinde Rabe, flüsterte er vor sich hin. Was ihm so zu schaffen machte, war, daß er immer noch nicht wußte, weshalb allen Bemerkungen und Redewendungen, die direkt oder indirekt mit einem Raben zu tun hatten, nachgegangen werden mußte.

7

Shpend Guraziu überquerte raschen Schritts den Platz der Republik, als er vor dem Schaukasten des Theaters eine Menschentraube zu erkennen glaubte. Er schloß kurz die Augen, und als er sie wieder öffnete, war die Menschenansammlung immer noch da. Schon von weitem war das bekannte Plakat mit dem weißen Fleck auf hellblauem Grund zu erkennen. Mehrmals flüsterte er mit bebender Stimme das Wort »Möwe« vor sich hin, es war wie ein Gebet, bis er schließlich auf dem Plakat – flimmernd wie eine Fata Morgana, klar wie ein Gotteszeichen – tatsächlich die Worte las: DIE MÖWE.

Seine Schritte wurden immer länger. Endlich stand er vor dem Aushang. Ja, alles stimmte. Das Wort PREMIERE war in großen Lettern aufgestempelt. Darunter standen die Namen des Regisseurs und der Schauspieler sowie die Anfangszeiten: Samstag, Sonntag, Mittwoch, Donnerstag, 19:30 Uhr.

Bei einem Blick in die Runde stellte er fest, daß jeder die Augen des anderen suchte. Er hätte seine Freude gerne mit den anderen geteilt, zum Beispiel, indem er rief: »Wie wunderbar!«, doch gleichzeitig war er versucht, zu rufen: »Geht auseinander, zeigt nicht offen, daß ihr glücklich seid!«

Eilig ging er davon, denn er fürchtete tatsächlich, die aufgekratzte Menge vor dem Aushang könne alles zunichte machen.

Lieber Gott, bitte sorge dafür, daß sie es sich nicht doch noch anders überlegen, dachte er. Er brannte darauf, im Büro die gute Neuigkeit zu überbringen, doch seine Füße trugen ihn wie von selbst zum städtischen Postamt, wo es die einzige Telefonzelle im Ort gab. Mit zitternden Fingern wählte er die Nummer des Theaters. Kann ich bitte mit Suzana Kraja sprechen? Ach, sie ist bei der Probe, natürlich... Warten Sie, sagte die Stimme am anderen Ende der Leitung. Sind Sie ein Verwandter? Bitte bleiben Sie am Apparat, ich glaube, sie ist zum Kaffeetrinken in der Cafeteria. Ich hole sie.

Ihre Stimme klang ein wenig verwischt, und sie atmete schwer, als sei sie gerannt. Hier ist Shpend, sagte er, also, Shpend Guraziu, der Ingenieur. Ich habe gerade die Plakate gesehen und wollte Ihnen gratulieren. Erinnern Sie sich an mich?

Ach, Sie sind es, sagte die weibliche Stimme. Ein kleines Lachen mischte sich gefährlich in ihr immer noch heftiges Atmen. Natürlich habe ich Sie nicht vergessen. Aber seither ist viel Zeit vergangen.

Es war der Tag, an dem sie das Stück verboten haben, sagte er und spürte, wie sich eine eiserne Klammer um seine Brust legte. Aber Sie haben mir damals versprochen, wenn sich doch noch etwas ändert...

Was soll ich Ihnen versprochen haben? Ach, doch, ich glaube, es stimmt, ich habe...

Shpend wunderte sich selbst, wie leicht ihm die Lüge über die Lippen gegangen war. Ich wünsche mir so sehr, Sie wiederzusehen, Suzana, glauben Sie mir. Seit jenem Abend denke ich nur an Sie.

Wieder mischte sich auf göttliche Weise ein kleines Lachen in ihr Atmen. Beim Gedanken, daß sie durch ihre Rolle in dem Stück einen Rang erlangte, den er selbst nie erreichen würde, spürte er einen Stich im Herzen.

Ich hoffe, Sie kommen? Erinnern Sie sich an Ihr Versprechen? Zwischen vier und sechs, vor den Proben?

Mit großem Bangen erwartete er ihre Antwort.

Gerne. Ich würde gerne kommen, sagte die weibliche Stimme am anderen Ende der Leitung. Aber vielleicht wissen Sie, vor Premieren wechseln die Probezeiten ständig...

Gut, dann warte ich eben jeden Tag zwischen vier und sechs Uhr in der Wohnung in der Rruga »Vrana Konti«, die ich Ihnen damals gezeigt habe. Hören Sie, Suzana? Jeden Tag.

Mein Schatz, sagte sie mit sehr leiser Stimme, wie im Selbstgespräch.

Shpend Guraziu wollte ihr viele Zärtlichkeiten zuflüstern, doch statt dessen wiederholte er nur mit erstickter, sich überschlagender Stimme die Hausnummer und das Stockwerk.

Als er benommen die Straße hinabging, schien ihm, den Worten »mein Schatz« hafte nicht nur eine Zärtlichkeit an, wie er sie noch nie kennengelernt hatte, sondern auch so etwas wie

Angst. Sie hatten ihm gegolten, keine Frage, aber die Distanz darin war nicht zu überhören gewesen.

Als er die Bürotür öffnete, sah er den Gesichtern seiner Kollegen an, daß die Neuigkeit bereits vor ihm angekommen war.

Sie waren sogar schon dabei, sich um Eintrittskarten zu kümmern. Edlira meinte, die ganze Stadt sei in Aufruhr. Es herrsche allenthalben eine übermäßige Anfälligkeit für sentimentale Ausbrüche. Von einer Freundin, die als Maskenbildnerin im Theater arbeitete, wußte sie, daß die Beschäftigten dort unter Tränen lachten und jubelten.

»Für die Leute ist das ein gutes Zeichen«, sagte Skënder, als Edlira hinausging, um die Bestelliste für die Eintrittskarten abzugeben. »Besonders nach all den Gerüchten über die Wanzenplage.«

Shpend Guraziu nickte geistesabwesend.

»Skënder, eben habe ich mit Suzana telefoniert. Du weißt schon, die Schauspielerin aus der ›Möwe‹.«

»Damit habe ich gerechnet«, meinte sein Kollege und langte in die Tasche. Er holte seinen Schlüsselbund hervor und klapperte theatralisch damit. »Hier sind sie, nimm sie dir, wann immer du sie brauchst.«

Offenbar rechnete er mit einem Lachen, doch Shpends Miene wurde schuldbewußt.

»Na ja, wir haben noch nichts Festes ausgemacht. Eine Zeitfrage, die ganzen Proben jetzt, du kannst es dir sicher vorstellen.«

»Macht nichts«, erwiderte Skënder, »du hast die Wohnung jeden Nachmittag zur Verfügung, wenn ich beim Billardspielen bin. Du weißt ja, um welche Zeit.«

Shpend kam um die Erkenntnis nicht herum, daß er in seiner Dankbarkeit mehr redete, als nötig war. »Merkwürdig«, sagte er. »Alles an ihr ist ungreifbar, flüchtig, verstehst du mich? Sogar die Worte ›mein Schatz‹, die sie am Telefon zu mir sagte, klangen so. Als ob sie mehr mit sich selbst gesprochen hätte als mit mir. Oder vielleicht auch mit der ganzen Welt. Und ihr Versprechen, sich mit mir zu treffen, ist ebenfalls reichlich vage geblieben.«

»Ich finde das schön«, unterbrach ihn Skënder. »Kein Datum, keine feste Zeit. Zeitlos sozusagen. Geradezu göttlich.«

So ist es auch mit dem Tod, er kommt ohne Datum und Stunde, dachte Shpend. Doch dann stellte er sich ihre auf dem Kopfkissen ausgebreiteten Haare und die durchscheinend blauen Venen ihres Halses vor und war im Nu betrunken.

Edlira kam hereingestürmt.

»Ich habe die Eintrittskarten bestellt«, rief sie fröhlich. »Shpend, du sollst sofort ins Personalbüro kommen.«

»Ich? Und warum?« antwortete dieser und schloß die Faust, um den Schlüssel zu verbergen.

»Das weiß ich auch nicht. Sie sagen nur, es sei dringend.«

Shpend Guraziu biß sich auf die Unterlippe und verließ den Raum.

»Wie wunderbar«, meinte Edlira, als sie wieder am Tisch Platz nahm. »Ich kann es noch gar nicht glauben. Ich habe Angst, daß jemand plötzlich sagt: Das Stück ist doch verboten.«

»Ach, das glaube ich kaum«, erwiderte Skënder.

»Ich weiß gar nicht, warum mein Herz so an dieser Aufführung hängt. Vielleicht, weil sie mit meiner Hochzeit zusammenfiel. Sie war das erste, wie soll ich sagen, mondäne Ereignis in der Stadt, und dann hieß es plötzlich, daß sie verboten worden war. Schrecklich!«

»Ich verstehe, was du sagen willst, Edlira«, sagte Skënder. »Aber das ist nun Schnee von gestern.«

»Ja, das denke ich auch. Wir haben es hinter uns. Es ist ein Schritt über die Grenzen des Möglichen hinaus. Die Auferweckung eines Toten, sozusagen.«

»In gewisser Weise hast du recht«, meinte Skënder.

Er schaute zur Tür, als ahne er, daß sie sich gleich öffnen würde.

»Und?« fragten beide wie aus einem Mund, als Shpend eintrat.

Er strahlte übers ganze Gesicht.

»Übermorgen erhält unsere Stadt Besuch von einer Delegation des französischen Senats«, sagte er. »Und, ihr werdet es nicht glauben, ich soll der Begleiter sein.«

»Kaum vorstellbar«, meinte Skënder. »Ein erlaubtes Theaterstück und eine französische Delegation. Zwei gute Nachrichten an einem Morgen.«

»Ja und?« rief Edlira mit zorniger Miene. »Was gibt es da zu spotten?«

»Ich spotte nicht, Edlira«, entgegnete Skënder leise. »Da müßte ich ja ein ekelhafter Dummkopf sein. Ich freue mich ebenfalls. Vielleicht sogar noch mehr als du.«

Sie schauten sich in die Augen. Edlira senkte als erste den Blick.

»Es braucht nicht viel, um ein bißchen Freude ins Leben zu bringen«, sagte Skënder, als Edlira das Zimmer wieder verlassen hatte. »Ehrlich gesagt, zum ersten Mal getraue ich mich wirklich, an so etwas wie eine Tauwetterperiode zu glauben.«

»Den gleichen Gedanken hatte ich auch«, erwiderte Shpend. »Das ist der erste Besuch aus dem Westen seit Jahren.

Man fühlt sich so schrecklich einsam, wenn man von der ganzen Welt vergessen wird.«

Skënder stand am Fenster und schaute hinaus auf die Straße. Von oben sahen die Fußgänger auf der Straße wie zusammengequetscht aus.

»Und dann gibt es ja auch noch eine dritte gute Neuigkeit.« Er warf Shpend einen spöttischen Blick zu.

Dieser griff unwillkürlich nach den Schlüsseln in seiner Tasche. Er lächelte seinen Freund dankbar an, dann schaute er auf die Uhr.

»Ich muß dringend noch zum Exekutivkomitee, um mir meine Anweisungen abzuholen«, sagte er und verließ eilig den Raum.

Als er nach einer Stunde wiederkam, strahlte er immer noch.

»Wißt ihr, was ich hier habe?« fragte er und hielt ein Blatt in die Höhe.

»Das ist eine Erlaubnis zum Bezug von Kleidern aus Sonderbeständen, oder?« meinte Skënder. Neugierig studierte er das Schreiben. »Diese antiquierte Regelung existiert also immer noch. Damit die Dolmetscher nicht so ärmlich aussehen und einen schlechten Eindruck machen, schenkt ihnen der Staat ein paar Klamotten.«

»Ja, aber inzwischen muß man sie selbst bezahlen«, meinte Shpend.

Skënder las laut vor: »Genosse Shpend Guraziu wird ermächtigt, folgende Waren aus Sonderbeständen zu beziehen: Drei weiße Hemden, ein Paar Schuhe, einen Anzug sowie einen Mantel oder eine Winterjacke.«

»Das ist ein Haufen Zeug«, sagte Shpend. »Dafür muß ich fast drei Monatsgehälter hinlegen.«

»Selbst wenn du keine Kleider brauchst, es wäre eine Sünde, die Gelegenheit nicht zu nutzen«, meinte Skënder.

Shpend schaute auf das Papier.

»Also, den Mantel oder die Jacke nehme ich auf jeden Fall«, sagte er. »Was ich habe, ist schon reichlich alt. Und die Schuhe auch. Aber einen Anzug brauche ich wirklich nicht. Wenn du willst, kannst du ihn haben.«

»Danke sehr«, sagte Skënder.

»Und was möchtest du haben?« fragte Shpend Edlira.

Die junge Frau errötete.

»Entschuldigung, ich meinte natürlich für deinen Mann.«

»Oh, nein«, sagte sie und wurde vollends puterrot.

»Also, das mußt du nicht falsch verstehen … Ich möchte einfach, daß ihr etwas davon bekommt. Aus Freundschaft.«

»Was ist mit einem von den weißen Hemden«, meinte Skënder. »Oder brauchst du alle drei?«

»Eigentlich nicht. Zwei reichen mir.«

»Du wolltest doch vor einer Woche ein weißes Hemd als Geburtstagsgeschenk für deinen Mann besorgen«, wandte sich Skënder an Edlira.

Verlegen wich sie seinem Blick aus.

»Ja schon, aber es sind nirgends welche zu bekommen«, sagte sie und bedeckte ihre glühenden Wangen mit den Händen.

»Gut, damit ist die Sache erledigt«, erklärte Shpend. »Es freut mich, daß ich euch einen kleinen Gefallen tun kann.«

Den Weg zum Warenlager legte er pfeifend zurück. Wie immer, wenn er aufgeregt war, pochten seine Schläfen. Er freute sich über die neuen Sachen, vor allem eine Winterjacke konnte er gut gebrauchen, vorausgesetzt, sie sah anständig aus. Das weiße Hemd stellte er sich unwillkürlich mit roten Lippenstiftspuren am Kragen vor. Schließlich küßten einen Frauen erst auf die Lippen und dann auf den Hals, wenn sie Sehnsucht nach einem gehabt hatten. Ich muß sie unbedingt anrufen und ihr sagen, daß ich die Franzosen begleite, dachte er, sie darf ruhig merken, daß sie es nicht bloß mit einem kleinen Ingenieur von den Stadtwerken zu tun hat. Bestimmt würde er in ihrem Ansehen steigen. Und sie würde sich freuen, wenn er mit den Ausländern in die Vorstellung kam.

Als er das eiserne Hoftor des Lagers vor sich sah, kühlte seine Begeisterung erheblich ab. An den dunkelgrün gestrichenen Staketen war ein fünfzackiger, gleichfalls eiserner, diesmal rot bemalter Stern angebracht. Es sah aus wie bei einer Kaserne oder einem Kaderbüro. Man hätte kaum erwartet, daß es dahinter alles gab, was das Herz begehrte, vor allem schöne Kleider.

Der Lagerverwalter empfing ihn mit offener Feindseligkeit. Er studierte mit demonstrativer Gründlichkeit die Genehmigung, führte sie nahe an die Augen, um sie dann mit ausgestrecktem Arm zu betrachten, wobei er ständig unverständliche Worte vor sich hin murmelte. Shpend hätte fast gefragt, ob etwas nicht stimmte. Doch wahrscheinlich behandelte dieser Mensch automatisch alle Normalsterblichen boshaft, denen das Recht zuteil wurde, an einem Ort einzukaufen, der gewöhnlich Parteisekretären und hohen Funktionären der Staatssicherheit vorbehalten war.

»Also, dann bitte, such dir etwas aus«, sagte der Verwalter schließlich und zog einen Plastikvorhang zur Seite, hinter dem an einem Gestell Kleidungsstücke, vor allem Anzüge und Mäntel, aufgehängt waren. »Aber weiße Hemden habe ich keine. Nimm eine andere Farbe, wenn du eine findest, die dir gefällt.«

»Gibt es keine Winterjacken? In der Erlaubnis steht, daß ich auch eine Jacke nehmen kann.«

Der Verwalter zuckte die Schultern.

»Was nicht da ist, gibt es nicht«, antwortete er. »Ich kann mir keine Jacke aus den Rippen schneiden.«

Shpend Guraziu merkte, wie ihm das Blut ins Gesicht stieg.

»Hör zu, wenn du dich nicht an das halten willst, was hier geschrieben steht«, er wedelte mit dem Papier in der Luft herum, weil er nicht genau wußte, wie er es nennen sollte, »wenn du dich also weigern willst, dann brauchst du es bloß offen zu sagen. Ich bin nicht zum Betteln hierhergekommen, kapiert? Ich muß eine französische Delegation begleiten und kann keine rosa Hemden brauchen. Hast du das verstanden?«

Zu Shpends Erstaunen vollzog sich in den Augen des anderen schlagartig eine Veränderung. Der gehässige Ausdruck machte einem tückischen Glitzern Platz.

»Sachte, immer nur sachte«, sagte er. »Du brauchst dich nicht so aufzuregen. Woher soll ich wissen, daß du der von den Ausländern bist?«

Shpend Guraziu hätte ihm am liebsten den Marsch geblasen: Was glaubst du denn? Daß ich hier einfach so antanze? Oder hältst du mich vielleicht für einen dieser Arschkriecher, die deinem Chef das Badezimmer richten und dann von ihm etwas dafür haben wollen?

»Also, reg dich nicht auf«, wiederholte der Verwalter. »Und entschuldige meinen Ton von vorhin. Du hättest ja aber auch gleich sagen können, wer du bist.«

Er beugte sich vor und senkte vertraulich die Stimme.

»Du hast ja keine Ahnung, wer sich hier alles blicken läßt. Na ja, was soll's! Bei dir sage ich nur: Bravo! Du gehörst zu denen, die es sich redlich verdient haben. Und keine Angst, ich besorge dir dein Hemd, du wirst staunen. Und Schuhe auch. Und eine Winterjacke.«

Er bedeutete seinem Kunden, ihm zu folgen, und verschwand im hinteren Teil des Lagers.

Gauner, dachte Shpend. Der Lagerverwalter hielt ihn bestimmt für einen Spion der Staatssicherheit. Die meisten Dolmetscher leisteten Spitzeldienste. Und jetzt kam er ihm auf die kumpelhafte Art: Alles kein Problem, wir werden die Sache schon ritzen, schließlich wissen wir beide, wen wir vor uns haben.

»Hier sind die weißen Hemden, dort die Anzüge und die Schuhe. Die Winterjacken sind erst vor einer Woche aus Österreich eingetroffen. Such dir die besten Sachen aus, Bruder, damit diese französischen Herumtreiber sehen, daß wir auch wissen, wie man sich anständig anzieht.«

Shpend konnte das heimtückische Glitzern in den Augen des anderen kaum noch ertragen. Während er Kleider und Schuhe anprobierte, schimpfte der Verwalter unentwegt über die Franzosen.

Auf dem Rückweg ins Büro ging Shpend der widerwärtige Lagerverwalter nicht aus dem Sinn. Ohne die anfängliche Grobheit hätte er wahrscheinlich an den Annäherungsversuch eines Homosexuellen gedacht. Irgend etwas steckte auf jeden Fall hinter diesem plötzlichen Ausbruch von Speichelleckerei.

Als er im Büro ankam, war Skënder noch da. Shpend nannte ihm den Preis des Anzugs und erzählte auch von dem Lagerverwalter, der ihn anscheinend für einen Spitzel der Staatssicherheit gehalten hatte.

Sein Kollege warf ihm einen nachdenklichen Blick zu. Er öffnete den Mund, sagte dann aber doch nichts. Offenbar wollte er abwarten, bis sie draußen im Freien waren.

Dort fing er tatsächlich zu reden an, mit ernstem Ton, wie immer, wenn es um gefährliche Dinge ging. Daß der Lagerverwalter Shpend für jemand vom Geheimdienst gehalten hatte, wunderte ihn überhaupt nicht. Jemand, der Ausländer begleitete, wurde von den Leuten mit anderen Augen betrachtet, voller Mißtrauen, Angst, Bewunderung, Haß, Neid oder auch Hoffnung. Manche fürchteten sich vor ihm, andere verspürten eine Art mystischer Erschütterung, so wie sie selbst bei der spiritistischen Sitzung. Auch wenn es schwer zu verstehen schien: Für die Leute gehörte er nun nämlich in eine Welt, die für sie so fern und bedrohlich war wie das Reich der Geister.

Mit finsterer Miene hörte Shpend zu. In seinem Gehirn vermengten sich qualvoll die Bilder: Suzanas seidenes Haar, der schmierige Blick des Lageraufsehers und die dünnen Regenfäden in der Nacht der spiritistischen Sitzung. Die Erkenntnis, daß man Erwartungen in ihn setzte, überlagerte für einen Moment alles andere.

Als könnte er seine Gedanken lesen, sprach Skënder es offen aus: Es kam selten genug vor, daß es eine Delegation des französischen Senats in diese trostlose Ecke verschlug. Bis zum nächsten Besuch vergingen wahrscheinlich dreizehn oder auch dreißig Jahre. Vielleicht gab es nie mehr einen. Deshalb wäre es geradezu eine Sünde, wenn man nicht…

»Also«, fragte Shpend mit erstickter Stimme, »was muß ich machen? Du bist mein bester Freund, sag es ohne Umschweife. Was soll ich tun?«

»Du solltest einfach auf deine innere Stimme hören, Shpend… Ich weiß auch nicht genau, was man tun kann. Eine Botschaft vielleicht. Und wenn es kaum mehr als ein Aufstöhnen ist. Sie sollen begreifen, daß die Leute in diesem Land sich vom Rest der Welt etwas erhoffen.«

Ein Stück Wegs legten sie schweigend zurück.

»Ich möchte nicht, daß du dich in ein Abenteuer stürzt, ohne vorher gründlich nachzudenken«, sagte Skënder. »Ich wiederhole noch einmal, das ganze ist gefährlich, mehr als gefährlich. Deshalb überlege dir alles ganz genau. Und sei vorsichtig. Sprich niemals in geschlossenen Räumen, im Hotel oder im Auto. Aber wenn du das Gefühl hast, die Botschaft könnte ankommen, dann...«

»Natürlich«, antwortete Shpend. Nur mit Mühe konnte er einen Seufzer unterdrücken.

8

Vor dem Theatereingang herrschte ein Gedränge, das weit über das normale Premierengetümmel hinausging. Arian Vogli und sein Assistent standen, als Müßiggänger getarnt, in einer Ecke und rauchten Zigaretten, ohne die Menge aus den Augen zu lassen. Es gab Leute, die mit lautem Geschrei noch eine Eintrittskarte zu ergattern versuchten, andere warteten auf Freunde, mit denen sie sich für die Vorstellung verabredet hatten, und offenbar gab es auch viele, die nur gekommen waren, um das Großereignis des Jahres wenigstens von außen mitzuerleben.

»Dort ist die Augenärztin«, flüsterte der Assistent. »Die Frau im schwarzen Mantel. Pater Nik Prela ist auch da. Auf zur Jagd!«

»Bist du sicher, daß die Jungs sie erkennen?«

»Da können Sie ganz beruhigt sein. Ich habe nur Leute mit gutem Personengedächtnis hingeschickt.«

Der Chef der Staatssicherheit mußte wieder an das Sprichwort vom blinden Raben denken, das der Grund für die Überwachung der Ärztin war, und erneut versetzte es ihm einen Stich, daß er immer noch nicht wußte, um was es dabei ging.

Ein junger Mann, der ebenfalls wie ein Herumtreiber aussah, kam langsam herangeschlendert.

»Leute, habt ihr vielleicht eine Eintrittskarte übrig?«

»Nein«, antwortete Arian Vogli, während der Assistent zu strahlen begann. »Simon, du spielst deine Rolle echt gut«, flüsterte er dem Ankömmling zu.

»Ach, du bist Simon?« sagte der Chef. »Sehr schön, da gibt es nichts zu meckern.«

Der junge Mann lachte, dann setzte er wieder die wichtigtuerische Miene von vorher auf.

»Xhemal schickt mich. Ich soll sagen, daß der Priester endlich seine Kutte an der Garderobe abgegeben hat.«

»Das wird auch Zeit«, meinte der Assistent. »Ich dachte schon, er zieht den Fetzen nicht einmal zum Schlafen aus.«

»Wir haben ihn nicht in den Saal hineingelassen«, berichtete Simon. »Strikter Befehl, erklärten wir, Überkleider sind nicht erlaubt. Theater heißt schließlich auch Lebenskultur. Und so weiter.«

Arian Vogli lachte.

»Sehr schön«, sagte er. »Richte Xhemal meinen Glückwunsch aus.«

Der junge Mann ging weg, wobei er noch mehr mit seinen langen Beine schlenkerte als vorher.

»Unsere Jungs sind ganz heiß«, meinte der Chef. »Offenbar macht ihnen die Sache Spaß.«

»Das gilt ja irgendwie für uns alle, oder nicht?« erwiderte der Assistent.

Arian Vogli wollte gerade Antwort geben, als er in der

Menge Edlira entdeckte. Sie hatte sich bei ihrem Mann eingehakt und ging eng an ihn angeschmiegt. Damals, in jener inzwischen lange zurückliegenden Sommernacht, war er in den Genuß dieses engen Körperkontakts gekommen.

Als die beiden die Treppe hinaufgingen, ließ das Neonlicht über dem Eingang ihr Gesicht blaß und fremd erscheinen. Ein schrecklicher Schmerz wühlte in Arian Vogli. Der Assistent flüsterte ihm etwas zu, doch er ignorierte ihn. Sein Blick hing am Kragen ihres braunen Pelzmantels, bis Edlira im Eingang verschwand. Dann erst wandte er sich dem Assistenten zu.

»Ich hoffe, du hast den Ingenieur Gjikondi nicht vergessen.«

»Das wollte ich ja gerade sagen. Seine Wohnung gehört zu den ersten, um die wir uns heute abend kümmern.«

Er schaute auf die Uhr.

»Die Jungs, die für die Wohnungen zuständig sind, haben strikten Befehl erhalten, Punkt 19.30 Uhr zuzuschlagen, wenn die Theatertüren geschlossen werden. Jetzt also.«

»Ich habe daran gedacht, als ich sie eben hineingehen sah. Eine hübsche Frau, nicht?«

»Sehr hübsch, da läßt sich gar nichts sagen«, pflichtete ihm der Assistent bei.

Arian Vogli konnte nur mit Mühe einen Seufzer unterdrücken.

»Wie die Zeit vergeht!« sagte er. »Ich kenne die Frau aus der Zeit, als sie in Tirana Volkswirtschaft studierte. Damals, es war im Sommer...«

Aus den Augenwinkeln stellte er fest, daß der Assistent mit offensichtlichem Widerwillen zuhörte. Die schmierige Herumtreibermütze auf seinem Kopf ließ den Augenblick noch ungeeigneter für solche Gespräche erscheinen.

Arian Vogli tat sich leid. Am liebsten hätte er den Assistenten am Ärmel gepackt und angefahren: Hör zu, auch wir müssen mal Streß abbauen. Und ein bißchen Nostalgie kann gelegentlich auch nicht schaden.

Doch dem Assistenten, dessen Atem vor lauter Jagdfieber schnell und heftig ging, war anzumerken, daß ihm der Sinn nicht nach solchen Unterhaltungen stand.

»Die Franzosen«, flüsterte er vor sich hin.

Arian Vogli schloß erschöpft die Augen. Als er sie wieder öffnete, bahnte sich das Grüppchen der Ausländer unter den neugierigen Blicken der Leute einen Weg durch die Menge.

»Da ist ja auch der Begleiter«, fuhr der Assistent mit einem höhnischen Lachen fort. »Der Herr Ingenieur Guraziu, ha, ha, ha. Da hat er sich eine wirklich hübsche Jacke ausgesucht.«

»Ich hoffe, die Jungs machen sie nicht kaputt«, sagte Arian Vogli mit müder Stimme.

Sein Assistent prustete vergnügt.

»Da brauchen unsere Jungs gar nicht mehr einzugreifen, Chef. Er hat sein Ding schon.«

»Wie das?«

»Bestimmt, es ist schon in der Jacke«, sagte der Assistent, immer noch lachend. »Haben Sie vergessen, daß im Warenlager auch jemand von uns sitzt? Ich habe dafür gesorgt, daß die Sache schon erledigt war, ehe unser Täubchen zum Abholen kam. Saubere Arbeit, oder nicht?«

»Du bist furchtbar«, sagte Arian Vogli. »Das heißt also, daß die erste ›Prinzessin‹ bei unserem Ingenieur gelandet ist. Er weiht sie sozusagen ein. Da kann man ihm nur alles Gute wünschen!«

Die beiden lachten gemeinsam, dann packte Arian Vogli seinen Assistenten am Ellbogen.

»Hör mal, ich hoffe, du hast ihn von der Liste gestrichen. Diese Jacke ist so verlockend, daß unsere Jungs womöglich nicht widerstehen können und ein zweites Gerät darin unterbringen.«

»Na ja, wenn schon soviel Wert darauf gelegt wird, die Franzosen abzuhören, sagte ich mir, dann können zwei ›Prinzessinnen‹ auch nicht schaden.«

»Du bist heute bester Laune, wie man sieht.«

Kaum waren die Franzosen im Eingang verschwunden, klingelte es zum zweiten Mal. An den Saaltüren entstand noch ein letzter kurzer Stau, dann wurden sie geschlossen. Die Menschenmenge auf dem Platz begann sich ohne Eile aufzulösen.

Sie zogen sich in den Schatten der Kastanienbäume neben der Kunstgalerie zurück, wo sie nicht weiter auffielen. Hin und wieder schauten sie zum Theater hinüber. Der still dastehende Bau wirkte nun noch düsterer.

Arian Vogli fühlte sich innerlich leer. Die Angst, die ihm in den letzten Tagen immer wieder zu schaffen gemacht hatte, meldete sich zurück. Er wandte dem Theater den Rücken zu und zündete sich eine weitere Zigarette an. Keine Frage, die Angst kam von dort drüben. Dort sind die Schneider, dachte er starr, mit ihren Listen und den »Prinzessinnen«, die nun alle ein Batterieherz hatten, das für ihr erstes, zweihundert oder tausend Stunden währendes Leben sorgen würde. Wenn es zu schlagen aufhörte, bekamen sie für ein zweites, ein drittes Leben ein neues eingesetzt. Der gleiche Körper nahm im steten Wechsel Worte oder Atemzüge unterschiedlicher Personen auf und gab sie wieder ab. Man konnte wahrhaftig von Seelenwanderung sprechen.

Wie viele Menschen würden die »Prinzessinnen« wohl den Kopf kosten?

Er sah das Publikum vor sich, das sich in dem vollen Saal vom Schicksal der »Möwe« rühren ließ. Ihr selbst seid zu bedauern, dachte er. Alle waren in ihren besten Kleidern gekommen, in Mänteln und Pelzen, die nach Parfüm dufteten. Und keiner wäre auf die Idee gekommen, daß er beim Weggehen etwas Kleines mitnehmen würde...

Diese Gedankenlosigkeit machte ihn fast wütend. In Scharen waren sie angerückt, um am Leid einer verletzten Frau teilzuhaben, dabei standen sie längst selbst auf der Abschußliste.

Das Theatergebäude mit seinen fahl leuchtenden Flurfenstern im Obergeschoß wirkte bedrohlich. Eigentlich ist es ein Doppeltheater, dachte er. Ein doppelköpfiges Ungeheuer mit zwei Bühnen, die eine vorne, die andere hinten bei der Garderobe, wo sich das eigentliche Drama abspielte.

Dort tropfte von den Scheren der Schneider inzwischen Blut.

Die Stimme des Assistenten riß ihn aus seinen Gedanken. Er hielt es nicht mehr aus, er mußte unbedingt nachschauen, was sich dort drinnen tat. Es war kein Problem für ihn, hineinzukommen. Am Hintereingang waren ihre Leute.

»Geh nur«, sagte Arian Vogli, »ich warte hier.«

Von weitem beobachtete er, wie vereinzelte nächtliche Passanten sich weiter als nötig zum Schaukasten vorbeugten, um mit erstaunten Augen zu lesen, was dort geschrieben stand.

Der Assistent kam bald wieder.

»Es läuft ganz wunderbar«, berichtete er und rieb sich dabei die Hände. »Schon elf Geräte bei der Premiere. Mehr als die Hälfte sind schon in den Kleidungsstücken untergebracht, der Rest kommt nach der Pause an die Reihe.«

»Wirklich ausgezeichnet«, antwortete der Chef. »Drei, vier

solcher Vorstellungen, und die Aktion ist über die Bühne … Was dann kommt, ist klar.«

Er dachte an den Aufruhr, den das Verbot des Stücks auslösen würde. Die ermüdenden, bis lange nach Mitternacht dauernden Versammlungen. Den Regisseur und den Leiter des künstlerischen Beirats erwarteten Strafen. Man würde sie des Liberalismus bezichtigen, in ihren Lebensläufen wühlen und ihnen sämtliche alten Sünden seit ihrer Studentenzeit oder noch früher, seit dem Gymnasium, vorhalten.

Und wenn alles vorbei war, würden sich viele Leute fragen: Warum das alles? Warum haben sie das Stück überhaupt erlaubt, wenn das Verbot sowieso von Anfang an feststand? Man hatte ja gar nicht mehr damit gerechnet, daß es überhaupt noch auf die Bühne kam. Und ausgerechnet die schlimmsten Scharfmacher, die Leute von der Staatssicherheit, hatten dann doch für die Erlaubnis gesorgt. Warum? Was machte das für einen Sinn?

Arian Vogli hatte das Gefühl, daß das Lächeln schon lange auf seinen Lippen lag. Tage- und nächtelang, ganze Wochen, vielleicht sogar Jahre würden sie sich mit dieser Frage herumschlagen. Es würde die absurdesten Vermutungen geben, aber keine würde der Wahrheit auch nur nahekommen. Keine.

Der Beifall, der gedämpft aus dem Theater herausdrang, riß ihn aus seinen Gedanken. Die Lichter im Foyer gingen wieder an. Als die ersten Besucher herauskamen, schlenderten die beiden hinüber. Am Eingang herrschte das gleiche Gedränge wie schon vor dem Beginn der Vorstellung. Die meisten kehrten nicht gleich nach Hause zurück, sondern warteten auf Bekannte, um Eindrücke auszutauschen, oder lauschten den Debatten auf dem Platz. Gelegentlich hörte man die Worte »Wunderbar!« oder »Perfekt!«. »Du hast geweint, das stimmt doch?« sagte jemand. »Vielleicht«, kam die Antwort. »Ich kann nicht leugnen, daß ich selten so ergriffen war.«

Hin und wieder schaute Arian Vogli aus den Augenwinkeln zu seinem Assistenten hinüber. Der Jagdeifer stand ihm wieder ins Gesicht geschrieben. Er führte Selbstgespräche, und wenn er in der Menge eines der Opfer entdeckte, stöhnte er auf.

Als erster kam Pater Nik Prela, gefolgt von der Augenärztin, den Franzosen mit ihrem Begleiter, einem ehemaligen Artillerieoffizier, der noch dichter als vorher an ihren Mann geschmiegten Edlira, einem Finanzinspektor und...

Die Lichter erloschen, und die Menge begann sich endlich aufzulösen.

Arian Vogli spürte plötzlich, wie erschöpft er war. Sein Assistent, dem es wahrscheinlich noch schlechter ging als ihm, rauchte eine Zigarette nach der anderen. Schweigend schauten sie den Leuten nach, die den Platz verließen.

Sie haken sich ein, lachen, tauschen Umarmungen und zärtliche Worte, dachte Arian Vogli, und keiner merkt, daß alles ganz anders ist als vor zwei Stunden... Dieses kaum knopfgroße Teil wird ihr ganzes Leben verändern... Es ist hartnäckiger als ein Tumor, läßt sie nicht mehr los, bis ich sie dann schließlich zur Strecke bringe.

»Schluß für heute«, sagte er zu seinem Assistenten. »Du kümmerst dich noch ein bißchen um die Jungs. Ich gehe nach Hause. Ich bin todmüde. Gute Nacht.«

»Gute Nacht, Chef«, antwortete der Gehilfe.

9

Der Überlandbus von Tirana kam in B. wie gewöhnlich um zehn Uhr dreißig vormittags an. Skënder vertrat sich kurz die eingeschlafenen Beine, schaute auf die Uhr, überlegte einen Moment, ob er gleich zur Arbeit gehen sollte, und beschloß dann doch, erst seine Reisetasche nach Hause zu bringen.

Schon beim Öffnen der Tür merkte er, daß tatsächlich geschehen war, was ihn die ganze Fahrt über beschäftigt hatte. Gott sei Dank, dachte. Es roch nach Zigarettenrauch und Parfüm. Er warf einen kurzen Blick auf das schnell und achtlos gerichtete Bett, dann auf den Aschenbecher voller Zigarettenstummel, von denen einige rote Lippenstiftspuren trugen, und nun seiner Sache ganz sicher, dachte er wieder: Gott sei Dank!

Er gönnte dem Freund die Erfüllung seines Traums von ganzem Herzen, und weil seine Wohnung dabei eine Rolle gespielt hatte, fühlte er sich selbst auch ein wenig beteiligt.

Er ging ins Bad und konstatierte bei der Suche nach weiteren Spuren, daß der Duschkopf sich nicht in der gewohnten Position befand. Hoffentlich haben sie wenigstens warmes Wasser gehabt, dachte er.

Gegen seinen Willen und mit einem leichten Schuldgefühl stellte er sich vor, wie die junge Frau die Spuren der Liebe von ihrem Körper wusch. Möglicherweise hätte er das Bild leichter wegdrängen können, wenn sie nicht gerade Schauspielerin und sogar die Hauptdarstellerin der »Möwe« gewesen wäre.

Bestimmt, dachte er, während er sich über das Kopfkissen beugte.

Der Duft des weiblichen Parfüms war hier stärker als anderswo. Seit Tagen beschäftigte diese Frau die Phantasie einer ganzen Stadt, und bei aller Freundschaft zu Shpend Guraziu, diese Luxusgelegenheit zur Teilhabe an seinem Glück konnte er nicht auslassen.

Das geht jetzt aber zu weit, dachte er, als er sich dabei ertappte, wie er das Kopfkissen an sein Gesicht preßte. Der Duft wirkte entspannend auf ihn. So verstärkte er noch den Druck.

Immer, wenn er samstags in Tirana ankam, befiel ihn Beklemmung. Ein dumpfes Gefühl sagte ihm, während seiner Abwesenheit habe sich etwas Schlimmes ereignet. Bei der Rückkehr nach B. hingegen erwartete ihn Frieden.

Er wünschte sich von ganzem Herzen und betete zum Himmel, daß es so bleiben möge. Dieses Kopfkissen mit dem Frauenduft verkörperte in gewisser Weise die Ruhe und den Frieden, die hier wenigstens vorübergehend herrschten. Das Stück wurde immer noch aufgeführt. Die ganze Stadt redete über die »Möwe«. Bis jetzt ging alles gut. Er atmete tief durch und schickte ein weiteres Stoßgebet zum Himmel.

Im Gebäude der Kommunalbetriebe herrschte ungewöhnlich reges Leben. In dem langen Flur, von dem auf beiden Seiten Büros abgingen, traf er Edlira. Noch ehe er sich erkundigen konnte, welche Bewandtnis es mit den Kognakgläsern auf dem Tablett in ihren Händen hatte, erklärte sie von sich aus:

»Die französische Delegation.«

»Wirklich? Kommt sie her?«

»Wir rechnen jeden Augenblick mit ihrem Eintreffen.«

Er blieb am Fenster stehen und wartete, bis sie wiederkam.

»In der Direktion fangen sie wirklich an zu spinnen«, berichtete sie. »Schon zum zweiten Mal haben sie die Gläser mit dem Kognak zurückgehen lassen.«

»Sei nicht so streng mit ihnen«, meinte Skënder. »Es war noch nie eine westliche Delegation hier.«

»Natürlich, bei den Chinesen und Kubanern ist es einfacher. Ein Lächeln, ein Blumenstrauß, ein paar Phrasen über ewige Freundschaft, und alles ist in Butter.«

Skënder ging im Büro auf und ab.

»Du mußt wirklich nicht so streng mit ihnen sein«, sagte er wieder. »Du siehst ja, ich habe auch keine Lust zum Arbeiten. Weißt du, hier herrscht eine ganz andere Atmosphäre. Als ich gestern abend einem Freund in Tirana von der Tschechow-Aufführung erzählte, für die man extra das Theater hergerichtet hat, von der ganzen Begeisterung, da hat er nur staunend den Kopf geschüttelt. Offensichtlich lebt ihr in einer anderen Welt, sagte er.«

Edlira schaute ihm fest in die Augen.

»Und wie ist die Atmosphäre in Tirana?«

Skënder zuckte die Schultern.

»Na ja, wie soll ich sagen? Ständig gibt es Versammlungen. Man redet schon von einer neuen Säuberungswelle in den beiden wichtigsten Ministerien, dem Verteidigungsministerium und dem Wirtschaftsministerium.«

»Wirklich?«

»Ja, aber was soll's? Wir brauchen uns nicht den Kopf zu zerbrechen. In der Hauptstadt wird bei allem übertrieben, im Guten wie im Schlechten, das weiß man ja. Das geht vorüber, wie alles andere vorher auch.«

Schließlich nahm Skënder doch noch an seinem Schreibtisch Platz. Dafür stand Edlira auf.

»Ich gehe noch einmal nachschauen, was sich so tut«, sagte sie.

Als sie zurückkam, wirkte sie zerstreut.

»Die Delegation ist immer noch nicht da«, sagte sie.

Eine Weile lang saßen sie schweigend an ihren Schreibtischen. Als sich ein Spatz bereits zum zweiten Mal auf dem Gitter draußen vor dem Fenster niederließ, schaute Edlira auf.

»Langsam wird es aber Zeit«, sagte sie.

Skënder warf einen Blick auf seine Armbanduhr. Draußen waren eilige Schritte zu hören. Edlira sprang auf.

»Ich glaube, sie kommen«, sagte Skënder.

Die Türe flog auf. Auf der Schwelle stand mit aufgeregtem Gesicht die stellvertretende Personalchefin.

»Wißt ihr es schon?« fragte sie, ohne die Klinke loszulassen. »Das Stück ist verboten worden.«

»Was?« sagte Edlira. Mehr brachte sie nicht heraus.

»Überall entfernt man schon die Plakate«, sagte die Frau und zog die Türe hinter sich zu.

»O nein!« stieß Edlira hervor und schlug die Hände vors Gesicht.

Skënder wollte sich eine Zigarette nehmen und zerriß dabei die Zigarettenpackung, weil ihm seine Finger nicht gehorchten.

»Wenn diese Frau auftaucht, bringt sie schlechte Nachrichten«, murmelte er.

Das Telefon klingelte bereits eine ganze Weile, als er den Hörer abnahm und sofort wieder auflegte.

Edlira schluchzte leise.

Gegen Morgen war Skënder aus einem schlimmen Traum hochgefahren, an den er sich allerdings nicht genau erinnern konnte: irgend etwas mit Rohren, durch die das Wasser toste, bis sie platzten. Er hatte ihn, ohne groß besorgt zu sein, auf unbewältigte Alltagsprobleme zurückgeführt.

»Ich war so glücklich, daß es mir fast schon wieder angst machte«, sagte Edlira unter Schluchzen.

Skënder wußte nicht, wie er sie beruhigen sollte.

»Ob Shpend wohl schon Bescheid weiß?« murmelte er vor sich hin.

Das Telefon klingelte wieder, doch keiner nahm ab.

»Ja richtig, wie soll es mit der Delegation weitergehen?« fragte sie. Es klang, als habe man sie von weit her zurückgeholt.

Er zuckte mit den Schultern. Der Verdacht, daß die Verspätung der Delegation etwas mit dem Verbot des Stücks zu tun hatte, umschwirrte ihn wie eine ekelhafte Schmeißfliege, und er mußte an das schreckliche alte Sprichwort denken: Wenn das Unheil im Anmarsch ist, öffne ihm die Tür.

»Dieses Telefon macht mich noch ganz verrückt«, beschwerte sich Edlira und stand auf, um abzunehmen. »Hallo«, rief sie fast wütend. »Shpend Guraziu ist nicht da. Er ist dienstlich unterwegs. Was? Sie wollen seine Adresse? Die Adresse seiner Familie? Und weshalb?« Sie schaute Skënder an, wobei sie die Sprechmuschel mit der Handfläche bedeckte.

»Ein Verrückter will die Adresse von Shpends Familie.«

Skënder ließ sich den Hörer weitergeben.

Am anderen Ende der Leitung schien die Frage noch einmal wiederholt zu werden.

»Shpend Guraziu hat keine Familie mehr«, sagte Skënder. »Aber warum erkundigen Sie sich danach?«

Noch ehe Skënder »Nein!« gerufen hatte, riß Edlira entsetzt die Augen auf.

»O nein«, schrie Skënder zum zweiten Mal. »Ein Autounfall? Heute mittag? Tot?«

»Wie furchtbar!« stieß Edlira hervor.

Skënder legte auf und verbarg das Gesicht in den Händen.

Edlira weinte leise vor sich hin.

Jemand stieß so heftig die Tür auf, daß man befürchten mußte, sie gehe zu Bruch.

»Habt ihr schon gehört? Shpend Guraziu…« Seine Stimme kippte nach unten. »Ach, ihr wißt es schon!«

Skënder rannte aus dem Zimmer.

»O Gott«, schluchzte Edlira, »was für ein schrecklicher Tag!«

Wieder kam einer hereingestürmt, kehrte aber sofort wortlos wieder um.

Das Telefon fing erneut zu klingeln an.

Wenig später kam Skënder zurück.

»Es ist vor einer Stunde passiert«, berichtete er mit monotoner Stimme. »Er wurde von einem Bulldozer überfahren.«

Edliras Wangen waren mit Wimperntusche verschmiert. Es fiel ihr schwer, sich auf die Details zu konzentrieren. Gegen Mittag hatte sich Shpend einen Augenblick von der Delegation getrennt, um einen Anruf zu machen. Auf dem Rückweg zum Auto war er, ohne nach links und rechts zu schauen, auf die Straße gerannt, hatte dabei den zurücksetzenden Bulldozer übersehen und war von den Raupen zerfetzt worden.

Das ist unmöglich, das kann doch nicht wahr sein! Edlira wußte selbst nicht genau, an was sie dabei dachte: den Umstand seines Todes, oder daß ihn ein Bulldozer überfahren hatte.

Sie erwartete von Skënder eine ähnliche Reaktion, doch er starrte nur auf die Fensterscheibe, als sei die Wahrheit in ihrer tückischen Glätte und Durchsichtigkeit zu finden.

Edlira konnte sich denken, was geschehen war. Wie hieß es doch in diesem gnadenlosen Sprichwort: Ein Unglück kommt selten allein! Alles hatte mit diesem verfluchten Theaterstück zu tun. Shpend Guraziu war für einen Augenblick von der Delegation weggegangen, um seine Geliebte anzurufen. Die Schauspielerin hatte ihm weinend berichtet, was geschehen war. Oder schlimmer noch, sie hatte ihn angeschrien: Ich will deine Stimme nie mehr hören! Oder: Wie kannst du es wagen, mich an so einem Tag um ein Rendezvous anzugehen? Weiß Gott, was ihre Worte gewesen waren. Er hatte aufgelegt und war völlig verstört auf die Straße gelaufen, ohne auf den Bulldozer zu achten, der mit Ausbesserungsarbeiten beschäftigt war.

Edlira weinte unentwegt, das Gesicht in den Händen verborgen. Nur einmal gelang es ihr, sich zusammenzunehmen. Sie erinnerte Skënder an den Tag, an dem Shpend jedem von ihnen zur Erinnerung etwas hatte schenken wollen. Eine Vorahnung?

Sie sprach mit erstickter Stimme, so daß nur ein Teil von dem, was sie sagte, verständlich war, aber genug, um Skënder zu veranlassen, sich wieder zum Fenster zu drehen, damit sie seine Tränen nicht sah.

*

Im Wind, der am Nachmittag immer kälter wurde, entfernten sie überall die restlichen Plakate der »Möwe«. Erst jetzt merkte man, daß man für dieses Stück mehr Plakate gedruckt hatte als für das ganze restliche Programm der Theatersaison. Manchmal hielt einer der Arbeiter einen Plakatfetzen nicht fest, so daß er ein Stück weit durch die Luft taumelte, bevor er in irgendeinem Straßengraben landete.

Ein Gaz der Inneren Abteilung fuhr rasch die Hauptstraße entlang. Von drinnen beobachtete Arian Vogli das Abreißen der Plakate. Es gab keine Menschenaufläufe, nicht einmal einzelne Gaffer.

Im Gebäude der Kommunalbetriebe herrschte auf sämtlichen Etagen ein ungewöhnlich reger Betrieb. Am Nachmittag sollte Shpend Gurazius Beerdigung stattfinden. Man hatte den zerstörten Körper noch nicht einmal entkleiden können. Die Überreste waren, so gut es ging, in einem Sarg verstaut worden, und dann hatte man schnell den Deckel geschlossen und verschraubt. Es handelte sich, so empfanden es die meisten, ganz sicher um einen der Fälle, wo es besser war, daß der Verstorbene keine Angehörigen mehr besaß, die ihn noch einmal sehen wollten.

Die Trauergäste bestiegen gegen sechzehn Uhr den Omnibus zum Friedhof.

Der Gaz der Inneren Abteilung begegnete diesem auf dem Platz der Republik. Arian Vogli erinnerte sich, daß am Vormittag jemand von einem Bulldozer zerfetzt worden war.

»Fahr am Theater vorbei«, wies er den Chauffeur an.

Der Platz vor dem großen Gebäude war noch immer so verlassen wie am Vormittag. Nur ein Neugieriger drehte, die Hand als Schirm über den Augen, den Kopf an der Glasscheibe der Eingangstür abwechselnd nach links und nach rechts.

Auf dem Friedhof versammelten sich die Menschen in einem Halbkreis um das frisch geöffnete Grab und warteten auf die Traueransprache, von der man noch nicht wußte, wer sie halten würde.

Arian Vogli ging durch das eiserne Hoftor der Inneren Abteilung. In seinem Arbeitszimmer stand kalter Zigarettenrauch, so daß er beide Fensterflügel weit öffnete.

Eiskalte Luft strömte herein. Die Fenster der gegenüberliegenden Gebäude schienen zu schielen.

Auf seinem Schreibtisch lag eine Mappe mit den Meldungen des Tages. Der Umgekommene war Ingenieur bei den Städtischen Werken gewesen. Er las laut den Namen: Shpend Guraziu. Er war sich sicher, daß er ihn schon einmal gehört hatte. Shpend Guraziu, sagte er noch einmal, und in diesem Augenblick fiel ihm ein, daß Edlira ebenfalls bei den Stadtwerken arbeitete, und seine Gedanken wandten sich ihr zu.

Zitternd vor Kälte, schaute Edlira auf den mit einem roten Seidentuch bedeckten Sarg, der neben dem Grab stand. Obwohl sie sich dagegen wehrte, mußte sie ständig an den Leichnam darin denken. Alle hatten ihn zu der frisch erworbenen Jacke beglückwünscht. Nun nahm er sie mit unter die Erde, blutbeschmiert und von den Raupen eines Bulldozers zerfetzt.

In seinem Büro erkundigte sich Arian Vogli derweilen bei seinem Assistenten, ob die Abhöraktion in der Wohnung der Eheleute Gjikondi etwas erbracht habe. Der Assistent verließ den Raum und kam gleich darauf mit einer Tonbandspule zurück. Es ist, wie Sie schon vermutet haben, sehr unterhaltsam, sagte er, während er Arian Vogli das Band hinhielt. So? gab sein Chef fast verächtlich zurück. Die Aufzeichnung stammt aus der Nacht der Theaterpremiere. Ach, dann kann ich mir schon denken, was los war. Übrigens, du kannst jetzt gehen, ich möchte mir das Band alleine anhören.

Nach der kurzen Ansprache des Kaderleiters am Grab hatte Skënder den Eindruck, daß auch von ihm als engstem Freund des Verblichenen ein paar Worte erwartet wurden. So gab er sich einen Ruck und brachte mit einiger Mühe eine kurze Rede zustande. Dabei suchte sein Blick unter den Trauergästen unentwegt nach der Hauptdarstellerin der »Möwe«.

In seinem Büro saß Arian Vogli mit halbgeschlossenen Augen vor dem Tonbandgerät. Wie schön du heute bist, sagte Edliras Mann. Wirklich? antwortete sie. Das hat bestimmt mit der Vorstellung zu tun. Sie hat mich richtiggehend aufgewühlt. Man hörte sie im Schlafzimmer umhergehen... Dann er: Hast du heute Lust? Sie: Ja, mehr denn je ... Er: Also dann. Ein letztes Rascheln, wahrscheinlich beim Ablegen der Unterwäsche. Das Geräusch von Küssen und ein erstes weibliches Stöhnen ...

Ohne die Augen zu öffnen, mit einem schmerzlichen Zug um die Lippen, hörte Arian Vogli, was die Frau zwischen immer heftigeren Atemstößen sagte: Wirklich wunderbar ... das Theater zum ersten Mal geheizt ... die Leute in ihren schönen Kleidern ... nach so langer Zeit. Und so ... so ... wie wunderbar ... noch ein bißchen ... o Gott ... ach ...

Seine Fingernägel gruben sich schmerzhaft in seine Handfläche. Er hörte ihr letztes Aufstöhnen, dann ein Schluchzen. Dann übertönte ein Knarren des Bettes die weiteren Worte. Ein Feuerzeug klickte.

Auf dem frischen Erdhügel wurden Kränze niedergelegt. Alle versuchten, wenigstens aus den Augenwinkeln den Schriftzug auf der Schleife der französischen Delegation zu lesen: *»Paix à son âme.«*

Gib mir bitte auch eine Zigarette, hörte man sie wieder sagen. Ich bin heute abend so glücklich. Er: Ich muß an den Nachmittag denken, als wir zum ersten Mal miteinander geschlafen haben. Es war, ja, es war wie heute ... Sie: Heute war es ... besser. Er: Ich habe dich nie nach dem ersten Mann in deinem Leben gefragt. Sie: Ach, daran will ich nicht mehr denken, und heute schon gar nicht. Er: Warum? Sie: Das weiß ich selber nicht ... Weißt du, ich will dir bestimmt nichts vormachen, du bist der erste und einzige und solche Sachen. Es ist einfach so, daß ich nicht daran denken möchte. Er: Das war, soweit ich weiß, in deinem ersten Jahr an der Uni. Sie: Ja ... und er war Sekretär des Jugendverbands. Eine Art Star, der Schwarm aller jungen Mädchen. Er: Warst du noch Jungfrau?

Sie: Natürlich... Aber frag jetzt bitte nicht weiter... Das alles hat sich auf einem anderen Planeten abgespielt.

Die Leute bewegten sich auf den Friedhofsausgang zu und lasen dabei die Inschriften auf den marmornen Grabplatten links und rechts des Weges. Edlira hatte plötzlich weiche Knie. Die Angst, die sie bisher als Klumpen in ihrem Magen empfunden hatte, breitete sich nun im ganzen Körper aus. Sie drehte sich nach Skënder um, weil sie ohne jemand, der sie stützte, zusammenzubrechen fürchtete.

So ist das also, Edlira. Du willst nicht einmal mehr an mich denken, überlegte Arian Vogli. Er spulte das Band zurück, hörte sich ein paar Stellen noch einmal an, dann saß er eine Weile lang mit gesenktem Kopf da.

Dumpfer Zorn stieg in ihm auf, der sich nicht nur gegen Edlira richtete, sondern die ganze Welt einschloß. Daneben verspürte er aber auch eine gewisse Genugtuung. Er hatte dieser Stadt einen Traum geschenkt und ihn ihr dann wieder weggenommen. Erst hatte er die Leute fliegen lassen, nun würde er zuschauen, wie sie alle vermoderten. Kein Zweifel, die Heerschar seiner Wanzen, dieses schreckliche Zwergenbataillon, machte ihn mächtiger, als er erwartet hatte. Er konnte an Stellen vordringen, die für alle anderen unerreichbar waren. In sämtliche Höhlen, sogar in ihre Vagina, um zu belauschen, was sich in der feuchten Finsternis abspielte, in die er einmal leichtfertig seinen Samen vergossen hatte.

Draußen wurde es Abend. In dem frisch zugeschütteten Grab begann Shpend Guraziu wie jeder Leichnam, in Stille und Dunkelheit zu vermodern.

10

Nicht zum erstenmal kam es ihm so vor, als sei die Beleuchtung in seinem Büro ungenügend. Er schaute von der Akte auf, in der er las, rieb sich die Augen und hielt sie dann eine Zeitlang geschlossen. Ehe er weiterlas, machte er die zweite Lampe über dem Tisch und sogar die Wandlampen an, die gewöhnlich nur bei Versammlungen brannten. Trotzdem kam ihm sein Büro immer noch zu dunkel vor.

Wahrscheinlich schaffen sie es wieder einmal nicht, die Stromspannung hoch genug zu halten, dachte er.

Draußen herrschte schlechtes Wetter. Seit Mitternacht rauschte ununterbrochen Regen nieder, doch Arian Vogli wußte, daß der Tag auch noch trübe sein würde, wenn es zu regnen aufgehört hatte.

Seit einiger Zeit versuchte er den Rat eines Freundes zu befolgen, nämlich morgens bei Arbeitsantritt nicht gleich mit dem Abhören der aufgezeichneten Gespräche zu beginnen, obwohl es ihm keineswegs leichtfiel. Er war in Gedanken ständig bei den Wanzen und konnte sich auf keine andere Arbeit konzentrieren, weil er fürchtete, zu spät von etwas Wichtigem zu erfahren, was verhängnisvolle Folgen haben konnte. Dabei beteuerte sein Assistent ihm ständig, das sei schlechthin unmöglich, weil er von solchen Fällen unverzüglich unterrichtet werde. Bei dem Franziskanerpater habe man ihm ja auch sofort Bescheid gegeben.

Es lag nun schon zwei Tage zurück, daß der Pater morgens um vier Uhr auf einer Kiesbank am Flußufer erschossen worden war. Er war das erste Opfer der »Prinzessinnen«. Man hatte blitzschnell zugeschlagen. Mit Prinzessinnen ist eben nicht zu spaßen! So hatte es der Assistent ausgedrückt.

An dem Tag, als die betreffende »Prinzessin« aus der Kutte des Franziskaners entfernt worden war, hatte der Assistent, als ahne er, daß sie Außergewöhnliches erwartete, selbst am ersten Abhören teilgenommen und dann mit verstörter Miene an Arian Voglis Bürotür geklopft. Kommen Sie, das müssen Sie sich anhören, sagte er leise und mit zitternder Stimme. Eine ganz schreckliche Sache! Was ist denn los? fragte Arian Vogli, der sich wunderte, denn sein Mitarbeiter überbrachte ihm Erfolgsmeldungen sonst mit strahlendem Gesicht. Je schwerwiegender die eingefangene Äußerung war, desto besser seine Laune. Wirklich, eine schreckliche Geschichte, wiederholte der Assistent. Geht es gegen »ihn«? fragte Arian Vogli, wobei er mit dem Finger zur Decke zeigte, wie immer, wenn vom großen Chef die Rede war. Der Assistent schüttelte den Kopf. Nein, es war noch viel, viel schlimmer.

Nämlich etwas ganz und gar Außergewöhnliches: eine Taufe.

Arian Vogli dachte darüber nach, als sie die Treppe in den Tonbandraum im Untergeschoß hinuntergingen.

Nicht nur sie beide, auch die Techniker, die alles vorbereitet hatten, unterhielten sich in gedämpftem Ton, als befinde man sich in einem Tempel.

Die aufgezeichneten Worte des Priesters klangen kräftig, ja geradezu schallend, als habe die Kuppel der Kirche, in der er einst Messen gelesen hatte, ihren Hall auf seine Stimme übertragen. »Ich taufe dich auf den Namen des Vaters, des Sohnes und des Heiligen Geistes!«

Die biblische Tauformel, dachte Arian Vogli. Sofort ging ihm durch den Kopf, was er von seinen Lehrern im Gymnasium und den Professoren an der Universität, aus Kulturbeiträgen im Radio sowie allen möglichen Quizsendungen im

Fernsehen wußte: Bei dem ersten in albanischer Sprache niedergeschriebenen Satz handelt es sich um die Taufformel in einem ansonsten lateinisch abgefaßten Hirtenbrief des Bischofs von Durrës, Pal Engjëlli, aus dem 15. Jahrhundert.

»Der erste in albanischer Sprache niedergeschriebene Satz«, erklärte Arian Vogli, nachdem er die Stelle wiederholt abgehört hatte. »Der absolut erste«, wiederholte er, wobei er sich in der Runde umblickte. Doch die übrigen Anwesenden starrten nur immer das Tonbandgerät an, und als Naum sich ihm schließlich zuwandte, entdeckte er in seinen Augen nichts anderes als die Frage: Ja und?

Nichts, dachte der Chef und sagte laut:

»Gebt sofort der Zentrale Bescheid.«

Der Befehl, den er von oben erhalten hatte, ließ keinen Raum für Auslegungen: Der heimliche Vollzug religiöser Riten ist einer Verschwörung gleichzusetzen und muß unverzüglich gemeldet werden.

Als drei Tage später von der Zentrale die Verhaftung des Täufers und die Verhängung der Todesstrafe gegen ihn angeordnet wurde, erkannte Arian Vogli, daß sein Blick in die Runde und der Hinweis auf den ersten Satz in albanischer Sprache den bisher einzigen Moment in seinem Arbeitsleben bezeichneten, an dem er ernsthaft versucht gewesen war, einen Befehl zu umgehen.

Er machte den anderen keinen Vorwurf, daß ihnen der versteckte Hinweis entgangen war. Schließlich hatte nur er albanische Sprache und Literatur studiert, und die kurze Verführung zum Ungehorsam war offenbar ein letzter Tribut an seine längst vergangene Studentenzeit.

Später versuchte er sein Gewissen damit zu beruhigen, daß es schließlich keine Rolle spielte, ob der erste oder der einmillionste albanische Satz jemandem den Tod gebracht hatte. Trotzdem, dieser Grundstein wenigstens hätte nicht mit Blut befleckt werden dürfen, dachte er im unangenehmen Bewußtsein, damit ein Tabu zu berühren.

Als der Franziskanerpater morgens um vier Uhr auf der Kiesbank erschossen wurde, war es noch nicht richtig hell. Der Chef starrte die verschlissene Kutte an, in deren Saum zwei Wochen lang das tödliche Instrument eingenäht gewesen war. Mit merkwürdig leichten Schritten ging der Priester über den Kies. Bleib stehen, brüllten sie ihn an, und er gehorchte. Seine letzten Worte sprach er mit zum Himmel gerichtetem Blick aus: »Erbarmen, o Herr!« Offensichtlich dachte er dabei nicht an sich selbst, sondern an den Rest der Anwesenden.

Auf dem Rückweg im Gaz 69 erkundigte sich der Assistent, wie er die letzten Worte des Hingerichteten in seinem Bericht an die Zentrale interpretieren solle, als Zeichen der Reue oder als feindlichen Appell. Schreib einfach hin, was er gesagt hat, antwortete der Chef. Es gibt sowieso immer nur Ärger mit solchen Sprüchen.

Als sie in der Inneren Abteilung eintrafen, brach gerade der Tag an. Der Assistent kochte starken Kaffee. Arian Vogli verlangte, ihm die »Prinzessinnen« zu zeigen, die aus Kleidungsstücken entfernt worden waren und nun für neue Einsätze hergerichtet wurden.

»Wo ist die des Priesters?« fragte der Chef.

Der Assistent zeigte mit dem Finger darauf. Kalt wie ihre Schwestern funkelte sie in dem mit rotem Samt ausgelegten Etui. Nun, nachdem sie ihr tödliches Werk getan hatte, wartete sie darauf, mit einem neuen Magnetband gefüttert zu werden.

Tagelang nahm Arian Vogli nicht am Abhören der Aufnahmen teil, bis schließlich sein Verlangen danach größer war als je zuvor. Wenn er im Büro ankam, brachte man ihm zusammen mit dem Morgenkaffee das Tonbandgerät. Erst lauschte er sitzend, dann erhob er sich und ging wütend im Büro auf und ab. Unverbesserliche Schwatztanten, knurrte er vor sich hin, warum könnt ihr auch das Maul nicht halten. Ihr braucht euch wahrhaftig nicht zu wundern, wenn es euch schließlich erwischt.

Er war sich nicht sicher, ob ihm ein Ende des ständigen staatsfeindlichen Geflüsters lieber gewesen wäre oder seine weitere Ausbreitung. Man wußte ja noch nicht einmal genau, was die Zentrale wollte. An manchen Tagen schien dort Mißstimmung zu herrschen, weil man es noch immer nicht erstickt hatte, dann wieder kamen Beschwerden, es sei zu wenig davon eingefangen worden.

Arian Vogli hatte auf eine gewisse Abstumpfung durch Gewöhnung gehofft, doch das Gegenteil war der Fall, die Sache erregte ihn immer mehr. Dem Freund, der ihm geraten hatte, seinen Arbeitstag nicht mit dem Anhören der Bänder zu beginnen, erklärte er, inzwischen sei er machtlos dagegen, es sei wie eine Droge, und bekam zu hören: Genau, gerade deshalb ist es so gefährlich.

Es hatte ihn viel Willenskraft gekostet, wenigstens bis zum Mittag zu warten. Doch andernfalls hätten sich die Akten bald bis zur Decke gestapelt.

Ach, hör doch auf, dich selber zu betrügen, schalt er sich, als er sich wieder einmal bei Nachforschungen wegen der schlechten Beleuchtung ertappte. Es geht dir doch nur darum, nicht weiterlesen zu müssen und endlich zum Abhören der Tonbänder übergehen zu können.

Laß die Tricks, jawohl, murmelte er vernehmlich, rieb sich anfeuernd die Hände und öffnete das Dossier mit den Berichten über die Vorfälle der letzten Nacht. In einem Heuschuppen am Stadtrand war eine unbekannte männliche Leiche aufgefunden worden. Der Botschaftsrat der griechischen Vertretung in Tirana war nach den Beobachtungen eines mit der Sichtüberwachung von außen betrauten Agenten bei einer Übernachtung im Touristenhotel dadurch aufgefallen, daß er häufig und in einem verdächtigen Rhythmus das Licht in seinem Zimmer ein- und ausgeschaltet hatte. Im Heizraum der Lederfabrik war aus noch ungeklärten Gründen ein Brand ausgebrochen, um Mitternacht hatten sich in der Bar »Freiheit« ein paar Betrunkene gestritten, wobei der Ausdruck »Verschwinde bloß, dreckiger Spitzel!« gefallen war, und bereits am frühen Morgen hatte die Schauspielerin Suzana K. ein am Abend zuvor bestelltes Taxi bestiegen, das sie nach Tirana bringen sollte. Außerdem war eine Gymnasiastin vergewaltigt worden. Damit hatte es sich dann.

Nichts Besonderes, dachte Arian Vogli, eine ruhige Nacht, wie schon die ganze Woche. Im Theater jagten sich immer noch die Versammlungen. Der Direktor und der Parteisekretär waren abgesetzt worden, und den Regisseur der »Möwe« hatte man zur Umerziehung durch produktive Arbeit in eine landwirtschaftliche Genossenschaft geschickt, doch mit diesen Maßnahmen wollte man sich noch nicht zufriedengeben. Man bohrte und bohrte: Weshalb war ausgerechnet dieses Drama auf den Spielplan gesetzt worden, worin wurzelte diese Entscheidung? Dann forschte man nach den Wurzeln der Wurzeln, und nach ewig langem Debattieren stieß man schließlich auf einen neuen Aspekt, den niemand bisher berücksichtigt hatte, womit alles von vorne anfing.

Der Druck war immer stärker geworden, besonders als sich Suzana K. geweigert hatte, zur Strafe dafür, daß sie den Verführungen der »Möwe« unterlegen war, als Zweitbesetzung die

Rolle des Mädchens im Drama »Das Mädchen aus den Bergen« zu übernehmen. Zunächst hatte man dies mehr als einen Ausrutscher betrachtet, schließlich warf der westliche Starkult seinen Schatten auch nach Albanien herüber, bis einer der Schauspieler, jener, der gerade zum neuen Parteisekretär gewählt worden war, empört ausrief: Was, ein Ausrutscher? Nein, keineswegs, das war nichts anderes als ein offenes Aufbegehren gegen die Parteilinie!

Das hatte eine Lawine von Beschuldigungen gegen Suzana K. ausgelöst (natürlich sind ihr die bürgerlichen Fräuleins lieber als die heroischen Töchter unserer Landbevölkerung ...), doch sie beharrte stur darauf, ihre Weigerung habe überhaupt nichts mit Aufbegehren zu tun, sondern nur mit einem ganz privaten Kummer. Ja, ja, deinen privaten Kummer kennen wir schon, rief jemand, und nun begann man sie ungehemmt moralischer Verfehlungen zu bezichtigen. Zum allseitigen Erstaunen räumte sie unter Tränen ein, bei der kurzen Affäre mit einem Bauingenieur, der nun nicht mehr unter den Lebenden weile, sei sie vielleicht tatsächlich der trügerischen Lockung eines Lebens à la Hollywood erlegen. Dieses Geständnis machte beim Vertreter des örtlichen Parteikomitees einen guten Eindruck, so daß er in einem seiner Redebeiträge darauf hinwies, hier habe man es mit einer wahrhaft marxistisch-leninistischen Ausdeutung intimster menschlicher Regungen zu tun.

Ach, Suzana K., dachte Arian Vogli, als er alles noch einmal gemächlich durchlas. Erst gibst du zu, daß du mit dem bedauernswerten Ingenieur eine Affäre hattest, und dann machst du dich auch noch um vier Uhr morgens im Taxi auf den Weg nach Tirana. Er schüttelte bedauernd den Kopf. Ein klarer Fall, hier provozierte jemand seinen eigenen Untergang.

In dem Bericht über das Stadttheater hatte der Assistent alle

Stellen rot unterstrichen, an denen die Innere Abteilung erwähnt wurde. Jene, die sich besonders eifrig für die Aufführung der »Möwe« eingesetzt hatten, versuchten ihr Engagement mit dem demonstrativen Wohlwollen der Organe der Diktatur des Proletariats zu rechtfertigen, welche in klarem Wissen um den Charakter des Schauspiels nicht nur auf Einwände verzichtet hatten, sondern sogar... Laßt gefälligst die Organe der Diktatur des Proletariats aus dem Spiel, wurden sie von anderen angeschrien. Aber selbst wenn es so wäre, wo es um Prinzipien geht, hören wir nur auf die Partei und sonst niemand.

Arian Vogli lächelte. In seiner privaten Welt, dem Garten hinter dem Haus, beobachtete er manchmal stundenlang die Ameisen, die um ihren Bau herumwuselten. Sie brachten Strohhalme oder Krumen, eilten wieder davon, kamen mit neuen Strohhalmen und Krumen zurück, liefen einander in den Weg, und bei alledem kümmerte es sie überhaupt nicht, daß ihnen jemand von oben zusah. Wenn ihm langweilig wurde, schüttete er Wasser über den Bau oder bedeckte ihn mit Erde, um sich dann mit einem eingefrorenen Lächeln an ihrer heillosen Verwirrung zu ergötzen.

Arian Vogli schaute auf die Uhr. Es wurde bald Mittag, also Zeit für die »Prinzessinnen«. Gleich würde der Assistent mit dem Tonbandgerät und zwei Tassen Kaffee erscheinen, um mit ihm zusammen die Bänder abzuhören.

Als das erste Band durchgelaufen war, zündeten sie sich beide noch eine Zigarette an, und der Assistent sagte in entschuldigendem Ton: Na ja, leider wieder nur das übliche Zeug.

Der Chef zuckte resigniert mit den Schultern.

Drei Wochen nach dem Verbot des Stücks war die Stadt immer noch wie gelähmt. Wir alle sind verletzte Möwen, so hatte es eine Krankenschwester ausgedrückt.

»Ich hätte nie geglaubte, daß ein Theaterstück die ganze Stadt in einen solchen Zustand versetzen kann«, sagte er nachdenklich.

»Ja wirklich, das ist unglaublich«, antwortete der Assistent. »Ein Komet hätte weniger Aufsehen erregt...«

»Ein Komet?« lachte der Chef. »Auf was für Ideen du immer kommst. Es ging doch nur um eine Möwe.«

»Ich stelle mir inzwischen eine andere Frage«, sagte der Assistent. »Beim ersten Mal haben wir das Problem mit den ›Prinzessinnen‹ wunderbar gelöst, alle sind an den Mann gebracht worden. Aber wie machen wir das beim zweiten und beim dritten Mal?«

»Keine Sorge, Naum, es wird uns schon etwas einfallen. Wir könnten ein Konzert geben lassen, zum Beispiel. Oder eine Ballettvorstellung...«

Der Assistent war sichtlich beglückt, daß er sich so ungezwungen mit seinem Chef unterhalten durfte.

»Wissen Sie, wie man die ›Wanzen‹ inzwischen nennt? ›Ohren des Todes‹.«

»Ach ja? Kein schlechter Einfall.«

Wirklich kein schlechter Einfall, dachte er. Er sah zum soundsovielten Mal den auf dem Kies liegenden Leichnam des Paters vor sich. Unter der Kutte schaute ein dünnes Bein hervor.

»Zungen können töten«, sagte er und zündete sich eine weitere Zigarette an, die er schon seit längerem zwischen den Fingern drehte. »Sagt man in eurer Gegend nicht so?«

»Ja, sicher, es gibt viele solcher Sprüche bei uns. Trotzdem, erst seit ich diese Arbeit mache, habe ich begriffen, wieviel Zungen mit dem Staat zu tun haben...«

»Etwas so Kleines und Weiches bringt uns alle um den Verstand. Das wolltest du doch sagen, Naum, oder nicht?«

»Mehr oder weniger.«

Das kleine rosa Ding hatte eine ganze Stadt in Angst und Schrecken versetzt. Auf der Universität hatte Arian Vogli eine Vorlesung über die Entstehung der Sprachen gehört. In ihrer Gesamtheit waren sie ihm stets als ein Ozean erschienen, eine Art weltumfassender Träne.

»Nicht ohne Grund lautet einer der schrecklichsten Flüche: Möge deine Zunge verdorren!« sagte er nachdenklich.

Der Assistent zog die Stirn in Falten.

»Ich möchte nicht verhehlen, daß mir diese Verwünschung beim Abhören immer häufiger entschlüpft«, sagte er.

»Möge deine Zunge verdorren«, wiederholte Arian Vogli, wobei er die Augen zusammenkniff, wie immer, wenn er versuchte, zum Kern einer alten Redensart vorzudringen. Er war sich ziemlich sicher, daß man diesen Fluch inzwischen auch auf ihn verwendet hatte.

»Ich habe ganz vergessen, es Ihnen zu sagen«, meinte Naum. »Ich glaube, ich bin hinter dieses Sprichwort mit dem Raben gekommen.«

»Ach, tatsächlich?«

Der Assistent holte tief Luft.

»Offensichtlich streuen Staatsfeinde das Gerücht aus, die Sehkraft unseres Führers habe nachgelassen.«

»Ach, tatsächlich?« sagte Arian Vogli erneut.

»Ich weiß es von einem unserer Leute.«

»Hm«, machte der Chef, wobei er es vermied, seinen Assistenten anzusehen.

»Als ich das hörte, wurde ich unheimlich wütend«, sagte Naum. »Was ist das bloß für ein niederträchtiges Land, sagte ich mir, für ein undankbares Volk. Wie kann man sich bloß zu so etwas hinreißen lassen? Also, *er,* der Große, hat schon

Grund, immer wieder erzürnt zu sein. Feuer soll über es kommen! Ich weiß, es ist nicht richtig, das ganze Volk mit den Staatsfeinden gleichzusetzen, aber ich war wirklich ganz außer mir. Alles habe ich verflucht, die Menschen, ihre Häuser, ihre Seelen. Ich mag jetzt noch gar nicht daran denken. Ihre Zungen sollen verdorren, ja, das ist meine Meinung. Aber das reicht noch nicht. Es müßte die Zunge ganz Albaniens sein, bei all dem Gift, das von ihr tropft.«

Damit sind wir ja gerade beschäftigt, mein Freund, dachte Arian Vogli.

Er goß ein wenig kalten Kaffee in seine Tasse und trank in kleinen Schlucken.

Ja, Zungen können töten, dachte Arian Vogli, während er beobachtete, wie der Zorn langsam aus dem Gesicht seines Assistenten wich. Und Ohren ebenfalls. Er begann zu zittern.

11

Drei Jahre waren seitdem vergangen, obwohl noch immer der gleiche Frühwinter zu herrschen schien, mit den gleichen Wolken am gleichen wäßrigen Himmel.

Wie schnell die Zeit vergeht, sagten die Leute beim Morgenkaffee. Praktisch alle sagten es, sogar jene, die eigentlich das Gegenteil glaubten: daß die Zeit sich schrecklich dahinschleppte.

Tatsächlich hatte niemand eine klare Vorstellung davon, ob die Zeit seit jenem Herbst … jenem Herbst, als … nun schneller oder langsamer vergangen war.

Schon lange redete kein Mensch mehr von den Wanzen. Doch in die Köpfe der Leute hatten sie sich so eingebrannt, daß sie auch jetzt, nachdem das Fieber verflogen war, noch immer zum festen Inventar gehörten, wenn sie inzwischen auch ein stilles Dasein am Rand der Aufmerksamkeit führten.

Die meisten nahmen die Wanzen als Mischung aus totem Gerät und lebendem Wesen wahr, winzig klein, insektenartig, form- und geschlechtslos, so daß die Leute abwechselnd »er«, »sie« oder »es« verwendeten, wenn sie von einer sprachen.

Der Vergleich mit einem Insekt hatte sich geradezu aufgedrängt. »Wespe«, »Mücke«, »Bremse«, endlich »Wanze«, das waren die Bezeichnungen, auf die man zurückgriff, wegen des leichten Summens, des lästigen Um-die-Ohren-Schwirrens und schließlich Zustechens. Aus schwer nachzuvollziehenden Gründen (vielleicht spielte der Wintereinbruch eine Rolle, der mit dem Verschwinden der Insekten verbunden war) rückte dann wieder der Gerätecharakter in den Vordergrund. Die Flügel bildeten sich zurück, das Summen erstarb, und obwohl sie sich nicht ganz und gar in Instrumente verwandelten, wurden vorübergehend »Horcher« daraus.

Dieses alte Wort, jemand oder etwas bezeichnend, das unberechtigt lauscht, schien für das furchtbare Gerät wie geschaffen und die ganze Zeit nur auf seine diesbezügliche Verwendung gewartet zu haben.

Die Menschen sahen im Lauf der Zeit ein, daß sie für den Rest ihres Lebens mit den »Horchern« oder »Wanzen« würden auskommen müssen. Man fand sich damit ab wie mit allem, was die Unterdrückung und Bedrohung durch den Staat ausmachte, und nur gelegentlich, wenn das Gehirn die erlaubten Grenzen einmal zu überschreiten wagte, dünkte einen, man habe es mit einem Unheil geradezu kosmischen Ausmaßes zu tun.

Die Welt war um ein Geräte-Insekt reicher. Das jedes Wort

aufschnappte, selbst wenn man flüsterte. Gleich einem fliegenden Boten trug es die menschliche Stimme hinauf an die Spitze des Staates. Und im Unterschied zu anderen Insektenarten, deren Evolution Millionen von Jahren gedauert hatte und die alle viel älter waren als die menschliche Rasse, setzte sich diese Gattung im Verlauf von wenigen Tagen durch.

Bewußt oder instinktiv regelte jeder sein Verhältnis zu den Wanzen. Manche entschieden sich für eine gleichgültige Haltung: Ich bin nicht gegen den Staat, deswegen kann der Staat auch nicht gegen mich sein, folglich bleibt in meinem Leben alles gleich, mit oder ohne Wanzen. Andere vermochten sich aus einer tiefen Erstarrung nicht zu befreien. Sie schlichen durch ihre Wohnungen, machten jedesmal »Ssscht!«, wenn sie fürchteten, jemand im Raum schneide womöglich ein riskantes Thema an, benutzten unentwegt das Sprichwort »Reden ist Silber, Schweigen ist Gold« und verständigten sich überhaupt nur noch im Flüsterton. Was bei wieder anderen nichts als Verachtung hervorrief. Sie taten just das Gegenteil, bis dahin, daß sie ihren Zorn an Kleidungsstücken ausließen, die sie für mögliche Verstecke der tückischen Apparate hielten. Sie packten sie in die Waschmaschine und stellten den Kochwaschgang ein, um sie danach brutal zu bügeln, in der Hoffnung, die Wanzen würden von dem heißen Eisen zerquetscht wie Läuse. Wenn sie fertig waren, lachten sie vergnügt und erleichtert, ehe sie wieder von tiefster Verzweiflung befallen wurden.

Viele Menschen zerbrachen an den Wanzen. Sie lebten mit ihnen nicht nur zusammen wie mit Haustieren, ihre demütige Unterwerfung unter die »Staatsinsekten«, wie sie ein Zoologe genannt hatte, entlud sich sogar in hemmungsloser Gefühlsseligkeit. Sie bedachten die Dinger mit zärtlich verkleinernden Endsilben, nannten sie, weiß der Teufel, warum, »die Armen«, hatten ständig Angst, sie zu beschädigen, und waren bereit, sie zu pflegen und zu hegen, so wie einst gepeinigte Heilige, die zu Boden gefallene Maden aufhoben und wieder an ihre Wunden setzten, damit sie auch ausreichend Nahrung fanden.

Diese Menschen erklärten landauf, landab, sie empfänden die Präsenz der Gerätewesen an ihren Körpern nicht nur keineswegs als störend, sondern zögen sogar ein Wohlgefühl daraus. Der Staat, der arme, liebe, kleine albanische Staat solle ruhig wissen, daß sie nicht das mindeste gegen ihn einzuwenden hatten.

Wenn sie den Mantel oder Pelz ablegten, in dem sie eine Wanze vermuteten, wurden sie sofort unruhig. Am liebsten wären sie geradewegs zum Staatssicherheitsdienst gegangen, um dort zu bekunden: Wir haben den Mantel keineswegs aus schändlichem Argwohn abgelegt, es liegt uns nichts ferner, als euch Genossen Verdruß zu bereiten, aber leider ist es inzwischen so warm geworden, daß wir sonst arg ins Schwitzen kämen.

So waren also jene drei Jahre vergangen, unversehens und mit allerlei Kümmernissen und Sorgen.

*

Edlira kam mit bedrückter Miene aus dem Büro der Personalchefin zurück. Skënder wartete, bis Nikolla, der sich wie gewöhnlich zum Austausch der morgendliche Neuigkeiten bei ihm eingefunden hatte, aus dem Raum gegangen war, bevor er sich nach der Ursache erkundigte.

Die junge Frau konnte nur mit Mühe ein Schluchzen unterdrücken.

»Ich bin zur Inneren Abteilung vorgeladen.«

Ihr Kollege fuhr zusammen.

»Ach ja?« sagte er dann in gespielt gleichgültigem Ton. »Und weshalb? Hat man dir einen Grund genannt?«

Was für eine unsinnige Frage! Skënder überlegte, wie er seinen Fauxpas korrigieren konnte.

Edlira schaute ihn mit Tränen in den Augen hilfesuchend an.

»Was meinst du, um was wird es wohl gehen?«

So hätte er es eigentlich selbst formulieren müssen.

Er zuckte die Schultern.

»Keine Ahnung! Meistens ist es das, woran man am wenigsten denkt. Aber du solltest dir keine Sorgen machen. Heutzutage wird man schnell zur Inneren Abteilung vorgeladen.«

»Ich weiß nicht, wie ich es meinem Mann beibringen soll.«

Er biß auf dem Filter der Zigarette herum, die zwischen seinen Lippen hing.

»Hast du es eilig? Wann mußt du denn dort sein? Und bei wem?«

»Um ein Uhr. Wo und bei wem, weiß ich nicht. Das wird man dir dort schon sagen, hat die Personalchefin gemeint.«

»Auf jeden Fall ist es eine menschliche Zeit«, sagte er und versuchte ein Lächeln.

Aus den Augenwinkeln betrachtete er ihr hübsches Gesicht. Es sprach nicht nur Angst daraus, sondern auch etwas, das man lodernde Empörung hätte nennen können.

Tatsächlich empfand Edlira beides, und zu ihrem Erstaunen war die Wirkung belebend.

Er hat es also endlich gewagt, dachte sie. Seit vielen Jahren wartete sie darauf, daß Arian Vogli ihr die Krallen zeigte, und natürlich hatte sie darüber nachgedacht, wie sie ihm in seine Schranken weisen konnte. Zerbrich dir nur nicht den Kopf, hatte ihr Mann gemeint. In Fällen wie dem deinen sind Mächtige verwundbar.

Das alles lag natürlich lange zurück, und dafür, daß er sich die ganze Zeit aus ihrem Leben herausgehalten hatte, war sie manchmal sogar dankbar.

Aber nun brach wohl doch der Wolf in ihm durch. Sein Pech, versuchte sie sich Mut zu machen.

Sie konnte sich vage an diverse Fälle erinnern, wo hohe Funktionäre wegen Frauengeschichten des Amtsmißbrauchs bezichtigt und bestraft worden waren. In diesem Punkt war der albanische Staat fast erschreckend unparteiisch. Es gab keinerlei Nachsicht für Kader, und je höher ihre Funktion und je verdienstvoller ihre Vergangenheit, desto härter fiel die Strafe aus. Ich kann mir wirklich nicht vorstellen, daß er so verrückt ist, es wirklich zu wagen, sagte sie sich bereits zum zehnten Mal, doch plötzlich spürte sie, wie sich irgendwo zwischen Herz und Magen etwas in ihr zusammenkrampfte. Und wenn sie sich irrte?

Plötzlich war es vorbei mit ihrem ganzen Mut. Sie redete sich ein, ihr ehemaliger Freund habe sie nur vorladen lassen, weil er etwas von ihr wollte, und anstatt die Sache locker zu nehmen, tat sie das Gegenteil, steigerte sich hinein, war gekränkt, empört, aufgebracht, ohne zu realisieren, daß diese Möglichkeit verglichen mit vielen anderen noch das geringste Übel gewesen wäre.

»Was mag nur der Grund sein?« fragte Skënder bereits zum dritten Mal.

Sie hörte ihm nur mit einem Ohr zu. Bei genauer Betrachtung konnte sie froh sein, wenn der örtliche Chef der Staatssicherheit sie nur deshalb vorladen ließ, weil er mit ihr anbändeln wollte. Dann herrschte wenigstens Klarheit. Sie dachte inzwischen sogar über einen milderen Ersatz für den scharfen Tadel nach, den sie sich zurechtgelegt hatte (Da wagst es wirklich, deine Stellung zu mißbrauchen, um mich einzuschüchtern!), etwa: Hör zu, Arian, du weißt so gut wie ich, daß die Sache endgültig vorbei ist.

Edlira fiel auf, daß Skënder häufiger auf die Uhr schaute als sie selbst. Kurz nach zwölf Uhr holte sie den Spiegel aus der Tasche, zog ihre Lippen nach, puderte ihre Wangen und stand auf.

»Geh die Sache ganz ruhig an«, sagte Skënder, der sie bis zur Tür begleitete. »Glaub mir, ich habe wirklich kein schlechtes Gefühl.«

Beide schauten unwillkürlich zum leeren Schreibtisch von Shpend Guraziu hinüber, und Edlira mußte daran denken, wie schnell die drei Jahre seit seinem Tod vorübergegangen waren.

Skënder küßte sie noch aufs Haar, und gleich darauf entfernte sich das Klappern ihrer Absätze draußen auf dem Gang.

Bevor sie das Gebäude verließ, schaute sie noch einmal kurz in den Spiegel, und die Frage, ob er sie wohl hübsch finden würde, erschien ihr auf einmal ganz natürlich, obgleich sie sich in jeder anderen Situation dafür geschämt hätte.

Das Durcheinander in ihrem Kopf löste sich auch auf der Straße nicht auf. Sie schlug sich mit dem Verdacht herum, daß man sie vorgeladen hatte, um sie zu Spitzeldiensten zu zwingen, machte sich Sorgen wegen ihres Mannes, und immer wieder überlegte sie, wie sie ihn anreden sollte, als »Genosse Arian« oder einfach »Arian«, wie früher.

Viel früher, als sie erwartet hatte, und auf jeden Fall lange vor der vereinbarten Zeit fand sie sich vor dem Sitz der Inneren Abteilung wieder. Ungläubig schaute sie auf ihre Armbanduhr. Das rote Backsteingebäude schien sie regelrecht angesaugt zu haben.

Als sie gerade in eine Seitenstraße einbiegen wollte, um die verbleibenden fünfzehn Minuten totzuschlagen, sah sie plötzlich die Schauspielerin Suzana K. aus dem eisernen Eingangstor kommen.

Sofort begannen ihre Wangen zu glühen. War sie womöglich aus dem gleichen Grund vorgeladen worden wie die einstige Hauptdarstellerin der »Möwe«? Schon zum zweiten Mal an diesem Vormittag mußte sie an Shpend Guraziu und an das denken, was wenige Wochen vor seinem Tod über die Affäre mit der Schauspielerin gemunkelt worden war. Das war ja furchtbar! Ging man womöglich davon aus, daß sie ebenfalls ein Verhältnis mit Shpend Guraziu gehabt hatte, nur weil sie Bürokollegen gewesen waren? Wie peinlich!

Sie schaute noch einmal zurück zu der Schauspielerin, um sich zu vergewissern, daß sie es tatsächlich war. Die leicht gebeugte Gestalt mit dem Kopftuch und der großen Sonnenbrille ging schnell davon. So stellte man sich Sünderinnen vor.

Armer Shpend Guraziu, daß sie dich noch nicht einmal nach dem Tod in Ruhe lassen können, dachte sie. Träge trieben ein paar Erinnerungen in ihrem Kopf herum, ohne sich zu einem Gedanken zu verdichten: ihre ersten Ferien am Strand von Durrës vor vielen, vielen Jahren, ein paar merkwürdig aussehende Vögel, die kreischend über dem Meer kreisten, und die Worte ihres Onkels Lazar, manche behaupteten, Möwen seien nichts anderes als die Seelen ertrunkener Seeleute.

Die Zeit wollte einfach nicht vergehen.

*

In seinem Büro schaute Arian Vogli auf die Uhr. Das Gesicht seines Assistenten, der über das Gerät gebeugt saß, spiegelte die ganze Mühe, um nicht zu sagen, den Schmerz wider, den es ihm bereitete, den Inhalt des Tonbands zu verstehen.

»Was redet der für ein Albanisch, zum Teufel«, sagte er bereits zum zehnten Mal. »Ich verstehe kein Wort.«

»Es lohnt sich nicht, das Band dauernd abzuspielen«, setzte er hinzu. »Man versteht beim hundertsten Mal so wenig wie am Anfang.«

Was Arian Vogli seit langem angstvoll erwartet hatte, nämlich die Verkümmerung der Sprache, vollzog sich in den letzten Monaten in rasantem Tempo. Erste Anzeichen waren bereits vor drei Jahren, unmittelbar nach dem ersten Einsatz der chinesischen Wanzen, wahrzunehmen gewesen, ohne noch deutlich aufzufallen. Die Krankheit der Sprache hatte sich anscheinend im Innern ausgebreitet, bevor sie offen ausgebrochen war. Nun ließ sie sich nicht mehr übersehen.

Zuerst hatten die Belauscher aus Fleisch und Blut etwas bemerkt. Sie beschwerten sich ständig. Ihre Ohren, so erklärten sie, seien absolut in Ordnung, erst vor kurzem hätten sie den HNO-Arzt aufgesucht, trotzdem komme es vor, daß sie kein Wort verstünden.

Was ihre Ohren aufschnappten, ergab entweder gar keinen Sinn oder ließ tausend Interpretationen zu, nur keine vernünftigen.

Die nämliche Klage kam von Beamten, die Tonbänder auszuwerten hatten. Die Aufnahmequalität war großartig, jedes Wort deutlich zu hören, doch es ließ sich kein Zusammenhang erkennen. Es gab ganz neue, bislang unbekannte Ausdrücke, unerklärliche Beinamen, eigentümliche Wortverbindungen, so daß man gelegentlich mit dem Geschnatter eines Irren konfrontiert zu sein glaubte.

Kann es denn sein, überlegte Arian Vogli oft, daß eine Sprache, die angeblich seit dreitausend Jahren existiert, im Verlauf von nur drei Jahren so verwildert? Was hatte er sich an jenem regnerischen Tag, als die Kisten mit den Wanzen endlich in B. eingetroffen waren, nicht alles versprochen?

Inzwischen schien besagter Tag ein Jahrhundert zurückzuliegen, während die denkwürdigen Ereignisse ein paar Wochen danach sich manchmal erst gestern abgespielt zu haben schienen.

Nach der »Wanzeritis«, wie sie die ersten, tiefgreifenden Folgen des Wanzeneinsatzes nannten, befand sich die Stadt, wie nicht anders zu erwarten gewesen war, in einer Art Lähmungszustand. Die Menschen unterhielten sich immer seltener, und ihre Sprache wurde schwerfällig und schleppend wie bei Opfern einer Apoplexie.

Manchmal fürchtete Arian Vogli, diese Entwicklung werde so lange weitergehen, bis der letzte Bürger der Stadt zum unheilbaren Stotterer geworden war.

Doch als der Winter zu Ende ging, kehrte das Sprachvermögen der Menschen überraschenderweise zurück, wenn auch leichte Veränderungen festzustellen waren. Was man zunächst als Verfall betrachtet hatte, war offenbar nichts anderes gewesen als eine spontane Abwehrmaßnahme gegen die akustische Überwachung.

Es hatte ihm stets nur ein müdes Lächeln entlockt, wenn von den Unterschieden zwischen den beiden Hauptdialekten des Albanischen im Norden und im Süden gesprochen worden war. Die eigentliche, geradezu abgrundtiefe Kluft verlief nämlich zwischen dem oberen, im Alltagsleben vorherrschenden Albanisch und dem anderen, unterirdischen. Staatsfeinde behaupteten sogar, allein drunten in den Kellern spreche man menschlich, während die Oberflächensprache unter dem Druck des Kommunismus dahinsieche und verdorre.

Nun bröckelte unter der Wirkung der Wanzen zum ersten

Mal die sture Widersetzlichkeit in den unteren Regionen. Nach all den Jahren schienen sich beide Sprachen endlich aufeinander zuzubewegen. Man konnte den Eindruck gewinnen, das obere Albanisch habe doch noch geheime Kanäle gefunden, um in die dunklen Keller hineinzutropfen. Dagegen wurde die Sprache von unten, die seit vierzig Jahren mit ihrer Stiefschwester Schabernack trieb, auf einmal ängstlich und begann Schminke aufzulegen wie diese.

Wahrhaftig ein erstaunlicher Vorgang, den die als »Wanzen« bezeichneten kleinen Teufel da bewirkt hatten. Arian Vogli beobachtete die Entwicklung neugierig, beinahe fasziniert. Nach der Verschmelzung des nördlichen mit dem südlichen Albanisch vollzog sich die Vereinheitlichung nun auch in einem Bereich, wo die Fronten bisher gänzlich unversöhnlich erschienen waren.

Allerdings währte die Freude nur kurz. Das untere Albanisch erwachte aus dem Schockzustand, wischte sich die Schminke wieder ab und wählte als neue Verteidigung den Rückzug. Das war die Geburtsstunde eines dritten Albanisch, das sich Arian Vogli immer mehr als Hexe präsentierte, die ihn wohl noch lange quälen würde. Gelegentlich hatte er den Verdacht, diesen Wechselbalg selbst erschaffen zu haben, so daß nur er ihn in einem Zweikampf auf Leben und Tod besiegen konnte.

»Daran läßt sich jetzt auch nichts ändern, Naum«, sagte er und schaute auf die Uhr. »Die Frau von Ingenieur Gjikondi müßte eigentlich inzwischen da sein. Ich möchte unter vier Augen mit ihr sprechen.«

»Zu Befehl«, sagte der Assistent und stand auf.

*

Sie war hübscher, als er sie in Erinnerung hatte, und wirkte abwesend. Er hätte wahrscheinlich an jene scheinbar ursachenlosen Melancholie gedacht, wie sie (selten allerdings in den ersten Ehejahren) jungen Frauen gelegentlich eigen ist, wenn er nicht besser informiert gewesen wäre.

»Nehmen Sie Platz, Edlira«, sagte er in ruhigem Ton. »Sie sind sicher mit unangenehmen Erwartungen hergekommen und waren böse auf mich.«

Sie lächelte bitter.

»Das möchte ich nicht leugnen.«

»Dann möchte ich Ihnen sofort versichern, daß ich mich durch nichts dazu hinreißen lassen würde, mein Amt zu mißbrauchen, und bei Ihnen zuletzt.«

Sie biß sich auf die Unterlippe. Vielleicht hätte sie sich bedanken sollen, doch es fiel ihr schwer, die richtigen Worte zu finden.

»Eigentlich habe ich Sie nur rufen lassen, um Ihnen mitzuteilen, daß Sie sich keine Sorgen machen müssen.«

»Sorgen machen? Weshalb denn?«

Er überlegte einen Moment.

»Hören Sie mir bitte genau zu, Edlira. Wenn Sie mein Büro verlassen, wird Sie im Büro gegenüber eine Beamtin befragen. Doch Sie müssen sich keine Sorgen machen. Es handelt sich um eine reine Routineangelegenheit.«

Die junge Frau saß mit gerunzelter Stirn da.

»Ich verstehe nicht ganz«, sagte sie mit entschlossener Stimme. »Wieso muß man mich befragen? Also, darf ich das bitte wissen?«

»Natürlich«, antwortete er, wobei er ein Blatt Papier aus einem Ordner nahm. »Die Fragen beziehen sich auf einen Sachverhalt, der auf den ersten Blick nicht weiter wichtig erscheint. Es geht um eine Person, die nicht mehr am Leben ist, genauer gesagt, um den Ingenieur …, ach ja, den Ingenieur Shpend Guraziu.«

O Gott, dachte sie und merkte, daß sie rot wurde. War nicht genau dies ihre Befürchtung gewesen, als sie eben Suzana K. hatte weggehen sehen?

»Und, was ist mit ihm?« Sie bemühte sich, ruhig zu wirken.

Er lächelte zerstreut.

»Ich habe ja bereits gesagt, es ist nichts Wichtiges. Ihnen wird es wahrscheinlich sogar lächerlich erscheinen. Von unserer Beamtin werden Sie Genaueres erfahren, aber ich möchte es Ihnen schon einmal kurz umreißen: Es handelt sich um eine Überprüfung post mortem. Dazu gehören natürlich verschiedene Dinge. Kurz gesagt, man wird Sie wie andere auch nach der Kleidung des Verstorbenen fragen. Das heißt …«

Er las etwas auf dem Blatt, dann sprach er mit derselben gleichgültigen Stimme weiter:

»Das heißt, nach der Oberbekleidung, die er aus einem Sonderdepot bezog, als man ihm die Aufgabe übertrug, eine französischen Delegation zu begleiten.«

»O Gott«, entschlüpfte es Edlira, »das kann nicht sein!«

»Was?«

»Reden Sie von dem weißen Hemd, das ich ihm als Geburtstagsgeschenk für meinen Mann abgekauft habe? Wegen eines Hemdes machen Sie so einen Aufstand?«

»Ich bitte Sie, Edlira, wie ich bereits sagte, handelt es sich um eine Routineuntersuchung.«

»Sie sollten sich wirklich schämen«, sagte sie mit erhobener Stimme. »Ist es ein Verbrechen, wenn man einem Arbeitskollegen ein weißes Hemd abkauft? Soll das ein staatsfeindlicher Akt sein? Das glauben Sie doch nicht im Ernst, Arian!«

»Langsam, Edlira«, sagte er. »Es geht nicht um ein Hemd. Vielleicht hören Sie mich erst einmal an.«

»Ich denke gar nicht daran. Man kauft ein Hemd als Geburtstagsgeschenk, und drei Jahre später wird man zum Staatssicherheitsdienst vorgeladen und soll Rechenschaft dafür ablegen ... Das gibt es doch gar nicht! Merken Sie nicht, wie schrecklich... wie traurig das ist. Sie können das Hemd gerne wiederhaben. Mein Mann hat es nie angehabt, es ist noch wie neu. Ich gehe gleich und bringe es Ihnen.«

Sie merkte selbst, daß sie dummes Zeug redete, und begann zu schluchzen.

Dreimal stand Arian Vogli auf, ging zu ihr, umarmte sie mitfühlend, küßte zärtlich ihre feuchten Wangen und ihr braunes Haar – aber nur in Gedanken, denn sein bleischwerer Körper verweigerte ihm den Gehorsam.

Wie festgenagelt saß er auf seinem Stuhl, hörte sie weinen und dachte dabei: Meine Kalte, meine Versehrte...

Vor drei Jahren, diesmal kurz nach der Premiere, hatte er sich noch einmal dazu hinreißen lassen, sie beim Liebesakt mit ihrem Mann zu belauschen. Mit einem Schwund hatte er gerechnet, doch es war ein regelrechtes Erlöschen. »Ich kann nicht, Bardh, versteh mich bitte, es tut mir leid«, sagte sie, und dann in bestimmtem Ton, aber mit tränenerstickter Stimme: »Nein!«

Arian Vogli hatte Triumph empfunden. Sein Gymnasiastentraum, einmal in die Rolle von Lermontows kaukasischem Dämon zu schlüpfen, war schließlich doch noch in Erfüllung gegangen: Auch er hatte sich im Dunkeln ins Bett der Angebeteten geschlichen, um ihr Flüstern zu belauschen. Und nicht nur dies, er hatte ein Theaterstück dazu benutzt, ihr Begehren zu steigern, um es dann vermittels der gleichen Aufführung zu ersticken. Bis zum Frühjahr, wenn nicht länger, würde ihre Kälte andauern.

Nach ein paar Wochen hatte er sich bei seinem Assistenten nach dem Fortgang der Abhöraktion bei den Gjikondi erkundigt und die Antwort erhalten: Es gibt nichts Neues, höchstens, daß es bei den beiden immer schlechter läuft. Tatsächlich war, wie meistens nach solchen Ereignissen, allenthalben ein emotionaler Frosteinbruch zu verzeichnen gewesen, und zwar hauptsächlich beim weiblichen Teil der Paare.

Auch im Frühling war bei Edlira keine Erwärmung eingetreten, und im darauffolgenden Frühjahr immer noch nicht. Ihr Mann benutzte bereits den Begriff »Frigidität« und riet zum Besuch eines Psychiaters.

Doch kalt war auch Arian Voglis Triumph.

Er ließ sie eine Weile weinen, ehe er ihr noch einmal versicherte, sie habe nichts zu befürchten.

»Wissen Sie, Edlira, auch wir haben unsere Bürokratie«, sprach er dann mit einer Stimme weiter, die ihr verändert, müder geworden schien. »Und natürlich auch unsere Schwierigkeiten. Man verlangt oft Unmögliches von uns.«

Sie verstand nicht, was er damit sagen wollte. Was sie jedoch, wenn auch nur verschwommen, begriff, war etwas anderes: Mehr als Verständnis schien er Mitleid von ihr zu erwarten.

Als sie merkte, daß es Zeit war, zu gehen, stand sie auf, ordnete mit der Hand ihre Frisur, weil sie aus unerfindlichen Gründen den Eindruck hatte, sie säße nicht mehr, und verließ das Zimmer.

Mit geschlossenen Augen horchte er auf das Klappern ihrer Absätze, bis er sicher war, daß sie die richtige Tür gefunden hatte.

Meine Versehrte, dachte er erneut. Er liebte sie offenbar

noch immer, und vielleicht sogar mehr als zuvor, wenn auch auf eine andere, kalte Art.

Die Verbände, an die er beim Begriff »Versehrung« unwillkürlich gedacht hatte, weiße Verbände, wie sie sowjetische Filmhelden um die Köpfe trugen, spürte er plötzlich auf seiner eigenen Haut, so wie kurz zuvor eine leichte Liebkosung, die er sich nun als die ihre vorstellte...

Das Klopfen an seiner Bürotür erschien ihm barbarisch.

»Ich habe zu tun«, rief er. Er wollte gar nicht wissen, von wem die Belästigung ausging. Sein Assistent bestand jedoch darauf, es ihm zu erklären. Xhelo Vranishti war wieder einmal erschienen, ein Kriegsveteran mit Narrenfreiheit, der ihm ständig auf die Nerven ging.

»Er behauptet, er könne die Sache nur mit Ihnen besprechen«, erklärte Naum schulterzuckend.

»Dieser Idiot«, murmelte der Chef. Er zog mehrere Grimassen, als probiere er aus, ob sein Gesicht noch zu einem Lächeln fähig war, und nickte dann.

»Nun, was führt dich her, Onkel Xhelo? Diese ganze Mühe, die du dir gemacht hast...«, sagte er mit besonders lauter Stimme, wie immer, wenn er einen Greis vor sich hatte.

»He, die wollten mich nicht zu dir vorlassen«, beschwerte sich der Veteran. »Ich weiß schon, ein paar von diesen jungen Schnöseln paßt der alte Xhelo nicht. Er geht uns ganz schön auf die Nerven, werden sie wohl sagen. Wann bricht er sich endlich den Hals? Aber keine Sorge, eines Tages muß auch ich gehen. Dann habt ihr endlich eure Ruhe.«

Die Stimme des Alten bebte vor Rührung.

»Was sagst du denn da, Onkel Xhelo, du weißt doch, wie sehr wir dich schätzen«, beteuerte Arian Vogli.

Der Alte schneuzte sich in ein gewaltiges Taschentuch.

»Jetzt hör mal zu, mein Junge. Ich habe da ein Anliegen, aber ich will, daß du dich darum kümmerst, ich meine, persönlich.«

»Schieß los, Onkel Xhelo, ich verspreche dir, ich werde mein Möglichstes tun. Willst du eine neue Waffe? Eine tschechische Pistole, zum Beispiel, neuester Typ? Oder eine italienische? Bestimmt hast du an eine italienische gedacht.«

»Nein, nein«, winkte der Alte ab.

Irgendwann kommt er an und verlangt eine Kalaschnikow, dachte Arian Vogli.

Er hätte sie ihm gegeben, nur um ihn sich vom Hals zu schaffen.

»Nein, ich will keine Waffe«, erklärte der Alte. »Davon hab ich genug. Ich will was anderes.«

Er hob das Hinterteil vom Stuhl, zwinkerte mit dem rechten Auge und streckte den Kopf zu Arian Vogli herüber. Offensichtlich ging es um ein wichtiges Geheimnis. »Ich will einen von euren Apparaten, eines von diesen Teufelsdingern, so 'ne Wanze, wie ihr sie, glaub ich, nennt.«

»Was?«

Arian Vogli fing an zu lachen, lachte immer lauter, bis der Damm endgültig brach und er sich vor Lachen schüttelte, aufstehen und mit den Armen wedeln mußte und das Lachen schließlich in ein Kreischen überging. »Was? Wie?« gelang es ihm, dazwischen hervorzustoßen.

»Ach«, sagte er schließlich, »so habe ich in meinem Leben noch nicht gelacht.«

»Da gibt es überhaupt nichts zu lachen!« erklarte der Veteran mit finsterer Miene.

»Entschuldige, Onkel Xhelo, natürlich gibt es da nichts zu lachen. Mich interessiert ja nur, wozu du das Ding brauchst.«

»Das ist meine Sache. Sag einfach, du bekommst sie oder du bekommst sie nicht.«

»Also, Onkel Xhelo, wenn du zum Beispiel den Verdacht hast, daß in einer Wohnung oder an einem anderen Ort verbotene Dinge geredet werden, dann mußt du es uns nur sagen, wir sorgen dann auf der Stelle dafür, daß ein Gerät hinkommt.«

Der Alte schüttelte verächtlich den Kopf.

»So was erwarte ich von deinen Spionen, die werden schließlich dafür bezahlt. Mit solchen Sachen gibt sich ein Xhelo Vranishti nicht ab.«

»Dann erzähl mir doch einfach, wozu du die Wanze brauchst«, versuchte Arian Vogli mit sanfter Stimme die Wogen zu glätten.

»Ich will sie zu meinem Vergnügen«, erwiderte der Alte in festem Ton. »Xhelo Vranishti hat sich gedacht: Ich brauche so was zu meinem Vergnügen. Vielleicht gibt es mich ja morgen nicht mehr, aber heute bin ich noch da und will meinen Spaß haben. Schließlich verlange ich keinen Palast, sondern bloß so einen kleinen Knopf!«

»Na ja, Onkel Xhelo, da mußt du mich auch verstehen. Dieser Knopf, wie du sagst, also dieser kleine Apparat, das ist ein Staatsgeheimnis. Niemand darf ...«

»Es gibt nur einen Xhelo Vranishti in unserer Partei«, fiel ihm sein Gegenüber ins Wort. »Erfüll mir diesen letzten Wunsch, dann kann ich ruhigen Gewissens von dieser Welt gehen.«

Arian Vogli schaute ihn die ganze Zeit unverwandt an. Die Stimme des Alten hatte einen schmerzlichen Unterton, der ihm bis dahin nicht aufgefallen war. Und auf einmal glaubte er den Grund für das merkwürdige Ansinnen zu kennen. Bestimmt ging es um die Ehre des Alten. Wahrscheinlich hatte er den

Verdacht, daß eine der Schwiegertöchter oder die Frau eines seiner Enkel fremdging. Auf dem landesweiten Kongreß der Staatssicherheitsorgane vor zwei Jahren war so ein Fall zur Sprache gekommen. Jemand hatte Wanzen mißbräuchlich für persönliche Zwecke eingesetzt.

Es fiel ihm nicht schwer, durch freundliches Zureden die Wahrheit aus dem alten Mann herauszuholen. Sie war überraschend genug. Xhelo Vranishti brauchte die Wanze nicht, um seine Ehre zu verteidigen oder einen Seitensprung aufzudecken. Er wollte das Abhörgerät bei einem seiner Kameraden, dem Veteranen Arif Duka, zum Einsatz bringen, mit dem er im Krieg im gleichen Bataillon gekämpft hatte, er selbst als Kommandant, Arif als politischer Kommissar. Xhelo hatte schon lange den Verdacht, daß dieser bei abendlichen Gelagen, vom Raki stimuliert, Xhelo Vranishtis kriegerische Verdienste herabsetzte. Dies verdarb ihm den Lebensabend. Es war schlimmer als die schmerzenden Knochen, das Reißen in den Gliedern. Ohne den treulosen Kameraden entlarvt zu haben, wollte Onkel Xhelo diese Welt nicht verlassen...

Schließlich trat der Veteran den Heimweg an. Arian Vogli war nicht mehr nach Lachen zumute. Wie schnell die Wanzen zum festen Bestandteil des menschlichen Lebens geworden waren, konnte einen schon überraschen. Man mochte glauben, sie seien durch die Ohren unter die Haut gewandert und hätten sich von dort, Fleisch und Knochen zernagend, im ganzen Körper ausgebreitet.

Daß die Jüngeren dadurch in Aufregung versetzt wurden, ließ sich gut verstehen. Aber ein Dinosaurier des Krieges wie Xhelo Vranishti? Nun fehlte nur noch, daß die kleinen Dinger zum Gegenstand epischer Balladen wurden wie früher Feen oder Elfen.

Obwohl, so erstaunlich ist es eigentlich gar nicht, dachte er. In den alten Liedern des Nordens erwarben die Helden übernatürliche Kräfte, indem sie sich mit Elfen zusammentaten oder sich mit Feenmilch stärkten. Xhelo Vranishti hatte etwas Ähnliches verlangt: Er bedurfte der übernatürlichen Kräfte der Wanzen, um seinen Rivalen niederzuringen.

Fast unglaublich, dachte Arian Vogli.

Feen, Elfen, Wanzen. Der neue Begriff gesellte sich auf die harmonischste Weise zu den alten. Unwillkürlich begann er, volksliedhafte Verse zu schmieden:

Es kroch eine Wanze aus dem Gewand,
Sie trug die Botschaft übers ganze Land.

Abrupt stand er auf und begann im Zimmer herumzulaufen. Er versuchte, an andere Dinge zu denken, an Edlira zum Beispiel, besonders an die Sanftheit ihres Blickes beim Abschied, wurde jedoch durch alle möglichen Eingriffe gestört. Aus der Zentrale rief man wegen der Geschichte mit Shpend Guraziu an, außerdem gab es einen anonymen Brief mit Anschuldigungen gegen einen hohen Funktionär, zwei bislang unaufgeklärte Morde und schließlich die Wanzen selbst, die, nachdem sie das sexuelle Begehren der Frauen gelähmt und die Sprache verstümmelt hatten, nun in den Kreis der albanischen Kleingötter aufgenommen zu werden verlangten.

Ihr kleinen Teufel, ihr könnt nie genug bekommen, dachte er halb amüsiert, halb verdrossen. Sie bildeten sein treues Heer, durch sie wuchsen ihm übernatürliche Kräfte zu. Arian Vogli und die vierzig Wanzen. Hm!

Er mußte lächeln. Weil er das Bedürfnis verspürte, einen Augenblick auszuruhen, setzte er sich auf seinen Stuhl und stützte das Gesicht in die Hände. Vor seinem inneren Auge zogen die Wanzen vorbei, einmal als eine Gruppe von Leibwächtern, dann wieder als Meute von Hunden mit leise klingelnden Glöckchen um den Hals.

Sie hielten zu ihm. Im Kampf würden sie gewiß für ihn in die Bresche springen.

In welchem Kampf? Diese Frage ließ ihn erschrocken auffahren. Offenbar war er eingedöst. Noch ganz benommen streckte er die Hand nach dem Klingelknopf aus, um sich einen Kaffee zu bestellen. Im Kampf mit der Stadt, wahrscheinlich. Mit den Menschen ganz allgemein. Doch vor denen hatte er keine Angst. Eine andere Macht ließ ihn erschaudern. Sie stand über den beiden anderen, über dem Staat.

Er klingelte, verlangte dann aber anstatt einer Tasse Kaffee die komplette Akte »Guraziu«.

*

Edlira ging eilig den Gang hinunter, doch als sie im Büro ankam, war niemand da. Im Nachbarbüro ebenfalls nicht. Skënder wird mit Nikolla weggegangen sein, dachte sie.

Sie wühlte eine Weile in den Papieren auf ihrem Schreibtisch, dann griff sie in ihre Handtasche und holte den kleinen Spiegel hervor, als habe sie ihn zwischen den Akten gesucht.

Bestimmt hatte er den Wunsch verspürt, sie zu küssen. Wie sonst ließ sich erklären, daß sie den Eindruck hatte, ihr Lippenstift sei verschmiert.

Skënder kam herein und starrte verwundert auf den Spiegel in ihrer Hand.

»Na ja, so schlimm kann es ja nicht gewesen sein, oder?« sagte er schließlich.

»Schlimm nicht, aber völlig überflüssig«, antwortete sie. »Verrückt, würde ich sagen. Das war wenigstens mein Eindruck.«

Er hörte aufmerksam zu, ohne sie ein einziges Mal zu unterbrechen. Die beiden steilen Falten auf seiner Stirn blieben unbeweglich, selbst als sie ihm mitteilte, man werde auch ihn vorladen.

»Ermittlungen wegen Kleidern, deren Besitzer seit drei Jahren unter der Erde liegt«, sagte er schließlich nachdenklich, »das ist sehr seltsam, gelinde gesagt.«

Ihr Blick hing an seinem schwarzen Anzug.

»Mir kam das alles vor wie die Schnapsidee von ein paar Bürohengsten, die nichts Besseres zu tun haben«, sagte sie nach einer kurzen Pause. »Daß man den Kampf gegen die Korruption hierzulande auf einmal so ernst nimmt, kann ich mir wirklich nicht vorstellen.«

»O nein«, antwortete er, »da steckt bestimmt etwas anderes dahinter.«

»Und was?« fragte sie. Ihre Stimme klang auf einmal brüchig.

»Irgend etwas ist im Gange«, meinte er. »Von Nikolla weiß ich, daß gestern die beiden Leute vorgeladen wurden, die den Toten beziehungsweise das, was von ihm übrig war, im Sarg unterzubringen hatten.«

»Tatsächlich?«

»Und du sagst, du hast die Schauspielerin, mit der er damals eine Affäre hatte, aus dem Gebäude kommen sehen? Das heißt, sie forschen in alle Richtungen nach.«

»Was haben denn die Probleme beim Verstauen der Leichenteile im Sarg mit der Schauspielerin zu tun? Oder mit den Kleidungsstücken, die wir von ihm bekommen haben?«

»Darüber grüble ich auch nach«, antwortete er. »Aber daß irgend etwas nicht stimmt, ist offensichtlich.«

Obwohl er mit dem Rücken zu ihr am Fenster stand, merkte sie, wie durcheinander er war.

»Du sagst, sie wollten unbedingt wissen, was er an dem Abend anhatte, als er die Franzosen ins Theater begleitete«, sprach er langsam weiter. »Bestimmt wurden die Leute vom Beerdigungsdienst das gleiche gefragt. Genau wie der Bulldozerfahrer und die anderen Augenzeugen. Wahrscheinlich geht es um eine ganz normale Sache. Man bezeichnet das, glaube ich, als ›Opferidentifizierung‹.«

Er drehte sich plötzlich um, und sie sah, daß er blaß war.

»Niemand hat Shpend Gurazius Leichnam noch einmal zu Gesicht bekommen. Vermutet man womöglich, daß er noch lebt?«

»Shpend am Leben? Auf was für Ideen du kommst!« sagte sie.

Er hatte sein Gesicht wieder dem Fenster zugedreht, wohl um zu vermeiden, daß sie sah, was darin vorging. In Wahrheit hatte er den tatsächlich weit hergeholten Verdacht nur geäußert, um einen anderen wegzudrängen: daß Shpend Guraziu umgebracht worden war!

In den vergangenen drei Jahren hatte er sich ständig gefragt, ob es Shpend Guraziu vielleicht doch gelungen war, den französischen Senatoren eine Botschaft zu übermitteln. Nächtelang hatte er »Radio France Inter« gehört, um vielleicht einen Hinweis zu erhalten, eine Antwort, auch wenn sie noch so vage war, oder wenigstens eine Andeutung. Er wußte genau, daß er die Nadel im Heuhaufen suchte, ohne deshalb die Hoffnung aufzugeben. Doch es hatte des heutigen Tages bedurft, um den furchtbaren Verdacht so schmerzhaft zu machen wie einen Messerstich. War Shpend leichtsinnig gewesen, hatte der Staatssicherheitsdienst die Botschaft abgefangen? Hatten sich die Senatoren im Hotel verplappert? Hatte die Staatssicherheit, um eine französische Antwort zu verhindern, in einer Art Panikreaktion sofort die vermeintlich einzige Verbindung gekappt, indem sie Shpend Gurazius Leben beendete? Verbrecherbanden verfuhren so, um ihre Spuren nach der Tat zu verwischen.

Ach was, widersprach er sich selbst. Der albanische Staat mochte heimliche Kontakte mit dem Ausland fürchten wie der Teufel das Weihwasser, aber er war abgebrüht genug, um nichts zu überstürzen. Wahrscheinlich wäre gewesen, daß man Shpend Guraziu die Haut schichtenweise abzog, um Einzelheiten herauszubekommen. Außerdem, wieso sollten sie drei Jahre nach seinem Tod die Ermittlungen neu aufrollen, wenn sie ihn selbst umgebracht hatten?

Nein, völlig unmöglich, dachte er.

Aber warum dann? Am liebsten hätte er die Frage laut hinausgeschrien.

Neue Vermutungen, eine verrückter als die andere, zuckten durch sein Gehirn. Vielleicht hatte man Shpend Guraziu verhaftet, nachdem er aus dem Auto gestiegen und zur Telefonzelle gegangen war, und sein Tod war erfunden worden, das heißt, der Bulldozer hatte einen anderen überfahren, vielleicht auch eine Puppe in Shpends Kleidern, um ungestört Informationen aus ihm herausfoltern zu können. Nach drei Jahren in der Hölle war er zusammengebrochen und hatte zu reden begonnen.

Nein, wirklich, schalt er sich erneut und bat den Toten heimlich um Verzeihung. Mochte er in Frieden ruhen.

»Nein«, sagte er dann laut und drehte sich zu Edlira um. »Es muß etwas sein, das wir nicht durchschauen. Vielleicht ist es auch wirklich undurchschaubar.«

Sein Blick war leer. Er dachte: Eine spiritistische Sitzung vielleicht... Nun wäre sie nötiger gewesen denn je.

Er stellte sich die flackernden Kerzen vor, hörte die Stimme des Mediums, das Shpend Guraziu bat, seinen Freunden einen Hinweis zu geben.

Seine Beklemmung stieg.

Wahrscheinlich würden sie einer nach dem anderen in diesem finsteren Nirgendwo verschwinden.

*

In seinem Büro schaute Arian Vogli das Dossier »Shpend Guraziu« noch einmal durch, ehe es per Eilboten an die Zentrale abging.

Es enthielt das alte Protokoll, das man vor drei Jahren aufgenommen hatte, nachdem bemerkt worden war, daß die »Prinzessin« Nr. 017B fehlte. Man hatte alles unternommen, um ihr Verschwinden aufzuklären. Erst war verifiziert worden, daß die Zielperson, als sie der Tod ereilt hatte, wirklich mit dem Gerät überwacht worden war, und man hatte seine Wohnung nach der Jacke westlicher Herkunft durchsucht, in der nach übereinstimmender Aussage des Geheimdiensttechnikers V. M. und des Kleiderdepotverwalters die »Prinzessin« versteckt gewesen war. Ergebnislos.

Daraufhin hatte man vier weitere Zeugen vernommen: den Bulldozerfahrer, der unverschuldet den Tod der Zielperson verursacht hatte, den Fahrer des Autos, in dem die französische Delegation unterwegs gewesen war, und zwei Beschäftigte des Straßenbauunternehmens, die sich am Ort des Geschehens befunden hatten. Alle bezeugten, daß die Zielperson im Moment ihres Todes die bewußte Jacke getragen hatte – eine braune Jacke ausländischer Herkunft, wie der Bulldozerfahrer meinte, eine österreichische Jacke, wie der Chauffeur erklärte, eine dunkelbraune ausländische Jacke nach Aussage der Straßenarbeiter.

Drittens. Die beiden Angestellten der Bestattungsabteilung des kommunalen Dienstleistungsbetriebs, deren Aufgabe es gewesen war, den zerfetzten Leichnam in den Sarg zu legen, hatten ohne jedes Zögern ausgesagt, angesichts der Unmöglichkeit, ihn zu entkleiden, hätten sie ihn in den Sarg getan, wie er war, mit Jacke und allem. Einmal verschlossen, sei der Sarg nicht mehr geöffnet worden, das Opfer also logischerweise samt Kleidern und der »Prinzessin« Nr. 017B begraben worden.

Viertens. Da all diese Ermittlungen zur Zeit der »ersten Ernte der Prinzessinnen«, also drei Wochen nach dem Tod und der Beisetzung des Opfers angestellt worden waren, hatte man die Akte »Verlust der ›Prinzessin 017B‹« wegen »außergewöhnlicher Gründe und Umstände« für geschlossen erklärt.

Das zweite, nach der Wiederaufnahme der Sache angefertigte Protokoll war ausführlicher. Es enthielt sowohl die Schilderungen der ursprünglichen Zeugen, die noch einmal befragt worden waren, als auch die Aussagen neuer Zeugen, nämlich der Garderobenmitarbeiter des Theaters und der Schauspielerin Suzana K., mit der das Opfer zum Zeitpunkt des Vorfalls eine kurze Liebesaffäre unterhalten hatte. Ferner wartete man noch auf die Darstellungen zweier Bürokollegen, an die das Opfer im Sonderlager erworbene, aber nicht benötigte Kleidungsstücke verkauft hatte.

Klar und eindeutig, dachte Arian Vogli beim erneuten Durchlesen des Schlußsatzes: »Unwiderlegbar erwiesen ist, daß das Gerät zusammen mit dem Opfer begraben wurde.«

Eindeutig und viel ausführlicher als nötig, dachte er. Jedermann, der bei Verstand war, mußte auf den ersten Blick erkennen, daß man sich mit dem verkauften Anzug und Hemd überhaupt nur abgegeben hatte, um den Eindruck zu erwecken, daß wirklich jeder Eventualität nachgegangen worden war.

Seufzend schloß er die Akte. In den letzten drei Jahren hatte die Sache alle verrückt gemacht. Die Leute ganz oben eingeschlossen.

Seiner Meinung nach gab es für die Zentrale, die alles wußte und bestimmte, keinen Grund, so durchzudrehen, auch wenn er gelegentlich ein gewisses Verständnis für »die da oben« aufbrachte: Wo alles Gift des Landes abgeladen wurde, war es bestimmt nicht leicht, den Durchblick zu behalten.

Drei Jahre, dachte er wieder, fast ungläubig. Jede »Prinzessin« war inzwischen mehrfach ausgesät und wieder geerntet worden (beziehungsweise trächtig gewesen und niedergekommen, wie sein Assistent es auszudrücken pflegte), hatte viele Menschen ins Gefängnis oder Internierungslager gebracht, manchmal ganze Familien, und eine Stadt dazu veranlaßt, sich einer wahrhaft alptraumartigen Sprache zu bedienen, und »die da oben« waren immer noch nicht zufrieden. Dauernd fanden sie ein Haar in der Suppe und beschwerten sich. Heute fielen sie über irgendeinen armen Schlucker her, und keiner wußte, was ihnen morgen wieder für ein Blödsinn einfiel.

Arian Vogli schaute eine Zeitlang auf die nassen Dächer hinaus. Dunkle Rauchschwaden quollen aus den Schornsteinen. Was hätte den Zorn der Stadt besser ausdrücken können?

Der Geburtstag des Führers rückte näher. Wie jedes Jahr rechnete man im Vorfeld mit einer Zunahme der Verbreitung feindseliger Gerüchte. Wie Dachrinnen das Regenwasser würden die Wanzen die Flut menschlicher Hetztiraden auffangen. Vierundzwanzig Stunden am Tag, ohne Pause. Manchmal, wenn er nachts im Bett lag, glaubte er, das kratzende Geräusch laufender Tonbänder zu hören.

Sie woben die Fäden des Schicksals wie einst die Parzen.

Manchmal war er noch wütender als die Stadt und hätte am liebsten gebrüllt: So haltet doch endlich das Maul, ihr geschwätzige Bande!

Er döste ein und sah sich einen Augenblick lang als zerlumpten Mönch an der Spitze einer langen Schlange seiner Wanzen, dann als Anführer des Kinderkreuzzugs auf dem Weg zum Grabe Christi.

Was für ein blödsinniger Traum, dachte er kopfschüttelnd.

Er rief seinen Assistenten, übergab ihm das Dossier und sagte:

»Sorge dafür, daß die beiden noch fehlenden Aussagen aufgenommen werden, und schicke es dann auf dem schnellsten Weg an die Zentrale.«

»Zu Befehl, Chef«, antwortete der Untergebene.

An der Tür blieb er stehen, weil er wußte, daß seinem Chef üblicherweise noch eine Anweisung einfiel.

Er irrte sich nicht.

»Hör zu, Naum«, sagte Arian Vogli, »bis die Zentrale in dieser Sache endlich Ruhe gibt, nimm alle in Bearbeitung, die Kontakt zum Opfer hatten. Tag und Nacht«, setzte er noch dazu.

Der Assistent nickte.

12

Das dröhnende Knattern, das in Wellen herabdrang, bewirkte, daß die meisten Passanten einen Augenblick stehenblieben und nach oben schauten. In den beiden Cafés in der Innenstadt gingen die Leute ans Fenster, um zu erkunden, was es mit dem

Geräusch, das sich im ersten Moment wie fernes Gewittergrollen angehört hatte, wirklich auf sich hatte.

Der Himmel war wolkenverhangen und gab nichts außer den Motorengeräuschen preis. An den Tischen fing man an, darüber zu diskutieren, wann der letzte Hubschrauber in B. gelandet war. Vor drei Jahren, meinten einige, doch die meisten konnten sich einfach nicht mehr daran erinnern.

Manche hatten Mühe, ihre Unruhe zu verbergen. Sie winkten den Kellner heran, bezahlten eilig und machten sich auf den Weg nach Hause. Andere, vor allem solche, die sich mit schriftlichen Beschwerden oder Anzeigen an das Zentralkomitee gewandt hatten und seither einer Antwort entgegenfieberten, bestellten sich noch einen zweiten Kaffee und schlürften ihn mit glänzenden Augen, wie jedesmal, wenn davon geredet wurde, es gebe wichtige Neuigkeiten aus der Hauptstadt.

Skënder Morina ging zum Fenster und suchte den Himmel ab, doch die Flugmaschine war nirgends zu sehen. Aus irgendeinem Grund fürchtete er sich vor Edliras Frage: »Was ist das für ein Hubschrauber?«

Schließlich kam sie, und er zuckte die Schultern.

»Er kreist seit zehn Minuten über der Stadt, ohne zu landen«, sagte er leise. »Wahrscheinlich ist das Wetter schuld.«

Seit er zur Inneren Abteilung vorgeladen worden war, ließen ihn die bösen Ahnungen nicht los. Wie Hunderte anderer argwöhnte er insgeheim, der Hubschrauber sei seinetwegen gekommen.

Noch jemand hatte seinen Schreibtisch verlassen und war ans Fenster getreten, um mit den Augen den Himmel abzusuchen: Arian Vogli. Er allein wußte, weshalb der Hubschrauber nach B. kam. In die unbestimmte Beklemmung, die er bei ihm auslöste, mischte sich das wütende Verlangen, so schnell wie möglich den Insassen gegenüberzustehen, um ihnen den Marsch blasen zu können, und beide Gefühle wurden überlagert von dem insgeheimen Wunsch, der Hubschrauber möge abstürzen und am Boden zerschellen.

Die Zentrale hatte sich, nachdem die Akte »Shpend Guraziu« dort eingetroffen war, entgegen aller Erwartung keineswegs beruhigt, sondern die Aufregung war sogar noch größer geworden. Vor zwei Stunden hatte man ihm nach ein paar unfreundlichen Telefongesprächen mitgeteilt, eine Ermittlungsgruppe sei bereits unterwegs, um die Angelegenheit an Ort und Stelle zu untersuchen.

Eine ganze Ermittlungsgruppe wegen einer einzigen verlorenen »Prinzessin«? Das Verschwinden einer echten Erbprinzessin hätte bestimmt weniger Staub aufgewirbelt, war ihm seinem Assistenten gegenüber herausgerutscht. Doch schnell hatte er begriffen, daß das Schimpfen keine Erleichterung verschaffte, sondern alles nur noch verschlimmerte.

Zum soundsovielten Mal blätterte er seine Kopie der Akte durch und stellte betroffen fest, daß bestimmte Passagen, die ihn noch vor kurzem zuversichtlich gestimmt hatten – etwa: »Nachdem die Bestattung des Gegenstands zusammen mit dem Leichnam zweifelsfrei festgestellt worden war, wurde einvernehmlich auf die Weitersuche verzichtet, zumal der Eindruck in der Öffentlichkeit vermieden werden sollte, die Organe der Staatssicherheit verhielten sich wie Hyänen, die in Gräbern wühlen« –, nun auf einmal das Gegenteil bewirkten.

Das Knattern des Hubschraubers wurde für kurze Zeit so laut, daß die Fensterscheiben bebten. Ihr wollt mich verunsichern, dachte Arian Vogli, paßt nur auf, daß ihr euch da nicht vertut.

Er wünschte sich nun ganz unverhohlen, daß sie abstürzten.

Der wolkenverhangene Himmel schien auf seiner Seite zu sein. Als das Motorengeräusch einmal leiser wurde, hätte er am liebsten gerufen: Haut ab nach da, wo ihr hergekommen seid, und brecht euch dort das Genick! Wenn der Hubschrauber nur verschwand, würde sich alles regeln.

Doch dann kam das Knattern wieder, bedrohlicher als je zuvor. Müde setzte er sich an den Tisch, stützte den Kopf in die Hände und wartete.

Eine halbe Stunde später standen sie im Zimmer, noch finsterer und furchtgebietender, als er befürchtet hatte. Daß sie seinetwegen bei schlechtem Wetter hatten fliegen müssen, war ihrer Laune offenbar nicht gerade zuträglich gewesen.

Was sie vorzubringen hatten, war auch nicht angenehmer. Die Zentrale verlange von ihm mehr Ernsthaftigkeit im Umgang mit dem Fall »Prinzessin 017B«. Schließlich ging es nicht um eine gewöhnliche Abhöraktion, sondern um eine Botschaft innerer Feinde, die vor drei Jahren vermittels französischer Senatoren an die NATO und den ganzen Westen gesandt worden war. Obwohl es deutliche Hinweise auf die Botschaft und womöglich auch eine Antwort gab, hatte man es nicht für nötig befunden, die Zentrale zu unterrichten. Das war einzig seiner Nachlässigkeit zuzuschreiben. »Sie gaben den Faden aus der Hand, der uns an die Quelle des Übels geführt hätte. Anstatt sich ernsthaft Sorgen zu machen, schickten Sie uns einen beschönigenden Bericht nach dem anderen, spielten die Sache herunter und verstiegen sich sogar zum Gebrauch von Ausdrükken, wie sie in intellektualistischen Damenzirkeln üblich sind. Ich meine die Sache mit den Hyänen.« Und so ging es weiter.

Eine gewisse Versteifung des Halses bei gerecktem Kinn, die Arian Voglis Gesicht einen Ausdruck von Sturheit verlieh, war das erste, was sich verlor, als er sich zu rechtfertigen begann. Er empfand auf einmal Schuldgefühle. Die ganz Entrüstung zerstob, die er aufgebaut hatte, um sich Mut zu machen, mit der er ihnen ins Gesicht hatte schleudern wollen: Was soll das überhaupt? Ich leide seit drei Jahren wie ein Hund, opfere mich auf für unsere große Sache, umgeben von Haß und Feindseligkeit, und nun ernte ich Vorwürfe statt Anerkennung, nur wegen einer einzigen knopfgroßen Wanze. Das ist nicht gerecht!

»Ich habe Schuld auf mich geladen«, sagte er statt dessen tonlos. »Doppelte Schuld! Nicht nur, daß ich zuließ, was geschehen ist, ich habe auch die Folgen unterschätzt.«

Er machte eine Pause. Als eine Reaktion ausblieb, fuhr er fort:

»Natürlich bin ich bereit, alles zu tun, um diese Schuld zu tilgen. Bitte sagen Sie mir, was Sie von mir erwarten.«

Die Fremden schauten einander an.

»Nichts«, sagte einer von ihnen. »Jetzt ist es ohnehin zu spät.«

Arian Vogli wurde flau im Magen.

»Wie meinen Sie das?« fragte er mit brüchiger Stimme.

Er wußte, daß sie ihn weiter anstarrten, obwohl er nicht aufschaute, um sich zu vergewissern.

»Die Wanze ist verloren, und auch sonst ist es zu spät. Das meine ich damit.«

Natürlich, dachte er. Es ist zu spät. Der tote Ingenieur ist längst verwest... Und der kleinen Prinzessin geht es nach drei Jahren unter der Erde bestimmt auch nicht gut...

Er mußte immer wieder an das Gespräch denken, während das Hubschraubergeräusch sich am Himmel entfernte.

»Sie fliegen weg«, sagte Edlira, die am Fenster stand und zum Himmel hinaufschaute.

Die Leute waren wieder am Straßenrand stehengeblieben

oder hingen in den Fenstern, um herauszufinden, in welche Richtung der Hubschrauber sich entfernte. Unmöglich zu sagen war hingegen, ob es Gutes oder Schlechtes zu bedeuten hatte, daß er so schnell wieder davonflog.

»So eine Eile«, sagte Skënder Morina, ohne sich von der Stelle zu rühren.

*

In seinem Büro knackte Arian Vogli mit den Fingern. Bevor die Motorengeräusche verebbten, war noch ein kurzes Aufheulen zu hören, das seinen Ohren weh tat.

Er saß da und empfand nichts als Leere. Als hinge er über einem tiefen Abgrund. Dann schalt er sich: Idiot!

Er hatte sich wirklich wie ein Idiot benommen. Wie hatte er nur glauben können, der Haß des Staates auf alle, die von seinen Geheimnissen erfuhren, könne nicht ihn, sondern nur die anderen treffen!

Ohne das Knattern des Hubschraubers lastete der Himmel noch schwerer.

Sein Assistent klopfte bereits zum zweiten oder dritten Mal.

Er blickte ihn unverwandt an, ohne mitzubekommen, was er ihm zu berichten hatte. Schließlich erwachte er aus seiner Erstarrung und sagte:

»Das kleine Ding kostet mich wahrscheinlich den Kopf. Nie hätte ich so etwas für möglich gehalten.«

Der Assistent schaute ihn entsetzt an. Schließlich sagte er:

»Es ist noch viel zu früh, um davon reden zu können, daß es jemand den Kopf kostet.«

»Meinst du?«

Der Assistent erinnerte sich noch genau an die Vorgänge vor drei Jahren, mit denen alles angefangen hatte. Der Verlust einer Wanze war ihnen vertretbar erschienen, obwohl es sich um eine »Prinzessin« handelte. Einer der Beamten hatte gemeint: »Aber es ist doch eine ›Prinzessin‹!« Und seine, Naums, Antwort war gewesen: »›Prinzessin‹ hin oder her, wir können nichts daran ändern, soll er sie doch in die andere Welt mitnehmen.« Daraufhin hatte ein dritter Kollege die Bemerkung mit den Hyänen gemacht.

Arian Vogli trommelte mit den Fingerspitzen rhythmisch auf den Tisch. Tatsächlich gingen ihm die Worte »Der tote Ingenieur ist längst verwest« nicht aus dem Kopf. Es war wie der Refrain eines Lieds, wobei der Nachname Guraziu oder »schwarzer Vogel« gelegentlich das Wort »Ingenieur« ersetzte.

»Hör zu«, unterbrach er den Redefluß seines Assistenten schließlich. »Besorge mir so schnell wie möglich die technische Dokumentation der ›Prinzessinnen‹.« Kurz darauf blätterte er wütend in dem Heft.

»Soll er sie doch in die andere Welt mitnehmen«, hatte sein Assistent gesagt. Es fiel Arian Vogli sehr schwer, sich von der Vorstellung zu lösen, daß der Tote nun mit der kleinen Wanze am Körper durch das Chaos floh, verfolgt von ihrer finstern Schar.

Fieberhaft blätterte er in dem Heft. Die »Prinzessinnen« waren unempfindlich gegen Regen, Schnee und Stöße aller Art. Sie vertrugen Temperaturen von sechzig Grad minus bis sechzig Grad plus.

Wo sie sich jetzt befindet, ist es sehr, sehr kalt, dachte Arian Vogli. Plötzlich hatte er das Bedürfnis, zu schreien: Du entkommst mir nicht! Egal, wo sie sich verkrochen hatte, sie würde ihm nicht entkommen. Er war bereit, Himmel und Hölle in Bewegung zu setzen, um sie zu bekommen. Wenn es sein mußte, würde er alle Hyänen in den Schatten stellen.

Steh auf, Dämon, dachte er. Zeige dich.

Mittlerweile glaubte er selbst daran, daß sein menschliches Äußeres über zweiunddreißig Jahre hinweg nur mit Mühe den wahren Kern zu verbergen vermocht hatte. Es konnte kein Zufall sein, daß er seit seinem vierzehnten Lebensjahr von nichts anderem träumte als von der erhabenen Einsamkeit des lermontowschen Dämons.

Der Assistent stand wie versteinert da und bemühte sich, zu begreifen, was mit seinem Chef los war.

Arian Vogli hob den Kopf und sagte etwas Unglaubliches, gefolgt von etwas absolut Verrücktem. Der Assistent starrte ihn an. In seinem Blick mischten sich Angst und Bewunderung, als habe er den Teufel persönlich vor sich.

*

Was danach geschah, entzog sich einer genauen Beschreibung, in der betreffenden Nacht wie in allen späteren Zeiten. Denn in den Köpfen aller, die dem Ereignis beiwohnten, gab es Phasen der Erstarrung, die Zeit hörte auf, normal zu fließen, so daß es in den einzelnen Gehirnen zu Momenten des Stillstands, der Beschleunigung oder der Rückwärtsbewegung kam.

Diese Unregelmäßigkeit beeinflußte nachhaltig die Wahrnehmung des Vorgangs: er trieb durch den Nebel wie eine Eisscholle, einem Alptraum ähnlicher als einem realen Ereignis.

Arian Voglis Befehl, so schnell wie möglich den städtischen Friedhofsverwalter samt zwei Totengräbern herbeizuschaffen, die Kolonne von Fahrzeugen der Inneren Abteilung, die sich rasch auf den Friedhof zubewegte, die Menschenansammlung an Shpend Gurazius Grab (links und rechts davon wirkten die Grabsteine mit den eingemeißelten Namen anderer Toter im Licht der Scheinwerfer wie eine Schar Schaulustiger), das Gebell der Hunde im nächsten Dorf, Erinnerungen an die Hatz auf Diversanten oder Jagdausflüge hoher Funktionäre, vernebelt das ganze noch zusätzlich durch die mangelnde oder doch stark beschränkte Kenntnis der Gründe für den verrückten Aufmarsch, all dies ließ bei einigen der Anwesenden den Eindruck entstehen, man nehme an einer Verfolgungsjagd teil, wobei der Verfolgte ein Übeltäter, ein wildes Tier oder ein Gespenst sein konnte, vielleicht aber auch alles gleichzeitig.

So stark war dieser erste Eindruck, daß er auch noch beherrschend blieb, als man endlich begriffen hatte, was sich dort abspielte, und völlig feststand, daß sich im Zentrum des blendenden Scheinwerferlichts kein verwundeter Staatsfeind und auch kein wildes Tier befand, sondern ein Grab.

Daneben wurde eine Plane aus geteerter Leinwand ausgebreitet. Der Friedhofsverwalter, dessen Taschenlampe noch immer brannte, sagte etwas zu den Totengräbern, die anderen standen zitternd vor Kälte da und starrten auf das Grab. Man wartete noch auf den Chef.

Wegen des schlechten Wetters kam es Arian Vogli so vor, als bewege sich das Fahrzeug vom Typ Gaz 69 nicht auf einer Autostraße, sondern durch Wolkenbänke hindurch auf den Friedhof zu. Das ging nicht nur ihm so. Noch Jahre später beharrte einer der Totengräber darauf, das Fahrzeug sei vom Himmel herabgeschwebt wie der Erzengel Gabriel.

Arian Vogli erteilte den Befehl, und man begann, das Grab zu öffnen. Man hörte Schaufeln auf Steine treffen, Seufzer ertönten, die manchmal wie Gebete klangen, dann sagte jemand mit dünner Stimme: »Vorsicht!« Die Totengräber waren auf die Planken des Sarges gestoßen, der von der Erdlast zerquetscht worden war. Es ist unmöglich, den Sarg zu bergen, sagte jemand, der ins Grab hineingestiegen war. Er ist eins geworden mit den Gebeinen und der Erde. Arian Vogli erwachte aus seiner Erstarrung. Dann holt die Gebeine mitsamt der Erde heraus.

Er hörte, wie sein Befehl zwei oder drei Mal weitergegeben wurde, und außerhalb seiner selbst mutete er ihn recht seltsam an. Holt die Gebeine mitsamt der Erde heraus, hier ist die Plane.

Der Haufen dunkler Erde auf der geteerten Leinwand wurde immer größer. Die Knochen dazwischen waren schwer zu erkennen. Das Erdreich ist feucht, dachte Arian Vogli. Gut für die Verwesung des Leichnams, aber nicht für die Wanze. Ach, kleine Prinzessin, seufzte er vor sich hin. Kleine tote Prinzessin.

Als man meinte, genug von dem Lehm herausgeholt zu haben, hob man die Plane an den Ecken an und trug sie mit Mühe zum Lastwagen.

Während der Rückfahrt hörte man wieder die Dorfhunde bellen.

*

Im Laboratorium der Inneren Abteilung warteten schweigende Techniker mit bis zu den Ellbogen reichenden Gummihandschuhen.

Sechs Mann waren nötig, um die schwere Plane abzuladen und ins Labor zu bringen. Man begann sogleich, die Erde mit den Knochen durch ein Sieb zu geben.

Arian Vogli beobachtete die fieberhaft arbeitenden Techniker mit vor der Brust verschränkten Armen. Du kannst die Zähne noch so fest zusammenbeißen, dachte er, als er den Totenschädel sah, ich entreiße dir dein Geheimnis dennoch.

Gelegentlich überlief ihn ein Zittern. Die Kälte des Friedhofs war in seine Knochen gedrungen.

Kurz nach Mitternacht entdeckte einer der Männer den ersten Jackenknopf, was allen Mut machte. Eine halbe Stunde später war die »Prinzessin« gefunden.

Mit aufgerissenen Augen starrte Arian Vogli auf das winzige Gerät, ohne begreifen zu können, weshalb er sich überhaupt nicht freute. Die anderen, die um ihn herumstanden, schauten stöhnend vor Erschöpfung auf ihre Hände und dann einander an. Erst jetzt nahmen sie wahr, daß alles ringsum, der Fußboden des Labors, die Tische, sie selbst, mit Lehm verschmiert war. Doch das kümmerte niemand. Mit bleichen Gesichtern standen sie fast regungslos um das Tonbandgerät herum und warteten.

Als das winzige Gerät gesäubert war, fühlte sich Arian Vogli erneut schuldig, nur war das Gefühl diesmal noch quälender. Die kleine, leidende, verstoßene, so viele Jahre unter der Erde vergessene »Prinzessin« schien nur zurückgekehrt zu sein, um Sühne einzufordern.

Vergeblich schüttelte er den Kopf, um die Müdigkeit und die bösen Gedanken loszuwerden. Das mit bösen Vorahnungen vermischte Schuldgefühl wurde so stark, daß er fast laut gesagt hätte: Vergib mir, Prinzessin, meine Herrin!

Auch die anderen waren sehr aufgeregt. Die Hände des Technikers, der sich mit dem Gerät abmühte, zitterten. Er drückte ständig auf Knöpfe, beugte sich hinunter, horchte auf die Geräusche und spulte das Band dann, leere Stellen überspringend, vor.

Sie hatten fast schon die Hoffnung verloren, als auf einmal zwischen Kratzen und Rauschen die ersten Stimmen herauszuhören waren, verzerrt, erstickt, Stimmen aus dem Jenseits.

Arian Vogli runzelte die Stirn. Unwillkürlich warf er einen Blick zum Schädel des Toten hinüber, als wolle er wie ein

Taubstummer an den Mundbewegungen erkennen, was er mit dem Gehör nicht erfassen konnte.

Doch der achtlos unter die Erde gebrachte Schädel hielt die Zähne fest zusammengepreßt.

»Offenbar ist das Tonband feucht geworden«, murmelte einer der Techniker.

»Das ist nach einer so langen Zeit unter der Erde nicht weiter verwunderlich«, meinte Naum.

Arian Vogli brachte sie mit einer Handbewegung zum Schweigen. Man hörte immer noch die pappigen Schattenstimmen. Man konnte nichts verstehen, immerhin aber erkennen, daß die Unterhaltung zweisprachig geführt wurde.

Alle schauten sich voll Hoffnung an. Das tiefe Loch war wenigstens nicht leer. Das Chaos würde etwas freigeben, das stand fest.

Ein langgezogenes Kratzen oder eher Kreischen, eine Art Gebrechen, an dem die Aufzeichnung litt, rief Schmerz und zusätzliche Falten auf den Gesichtern hervor.

»Das sind Autogeräusche«, erläuterte der Techniker.

»Spul weiter«, wies ihn Arian Vogli an.

Gleich darauf kam wieder ein Gespräch. Eine der Stimmen war weiblich.

»Ich glaube, das ist diese Schlampe, die Schauspielerin«, meinte einer der Beamten.

Wieder brachte ihn der Chef durch eine Handbewegung zum Schweigen. Etwas wie ein Stöhnen war zu hören. Dann wieder die Stimme der Frau, genauso verzerrt wie die anderen.

»Noch ein Stück weiter«, befahl der Chef.

Etwas, das klang wie ein Sturzregen, dauerte sehr lange. Dazwischen hörte man vereinzelte Rufe und ein Rauschen, das von weit her zu kommen schien.

»Beifall«, sagte der Techniker in verächtlichem Ton. »Wahrscheinlich ist das die Premiere der ›Möwe‹.«

Arian Vogli schloß die Augen, nur so konnte er sich den betreffenden Abend in Erinnerung rufen. Menschen tauchten vor ihm auf, weit entfernt, mit dem verharschten Schnee einer anderen Epoche bedeckt. Nicht, daß sie das Theater betraten oder verließen, sie irrten nur immer im Halbdunkel umher.

Auf sein Zeichen hin spulte der Techniker das Band weiter. Es waren nur noch vereinzelte Wörter zu hören, und er fühlte sich an seine Jugend erinnert, als er versucht hatte, sich die ungeheuren Weiten des Alls vorzustellen, in denen vereinzelte Himmelskörper funkelten.

»Die Nacht«, sagte der Techniker und schaute den Chef fragend an.

Es dauerte besonders lange, bis sie die Nacht hinter sich hatten. Die Unterhaltung, die am Morgen folgte, war relativ gut zu verstehen, wenigstens kam es ihm so vor, nachdem er sich an die verzerrte Wiedergabe einigermaßen gewöhnt hatte. Sie wurde erneut in zwei Sprachen geführt, und Arian Vogli, der an der Universität ein paar Brocken Französisch gelernt hatte, glaubte die Worte »aidez nous« herauszuhören.

»Geh ein Stück zurück«, sagte er in harschem Ton. »Und dreh lauter.«

Die Körper strafften sich. Alle beugten sich über das Gerät.

Nun, da die Stimme des Toten lauter ertönte, klang die Einsamkeit des Grabes, aus dem sie kam, noch stärker durch. Arian Vogli stellte fest, daß auch die anderen unwillkürlich zu dem lehmverschmierten Totenschädel hinüberschauten.

Stärker verwest als der dazugehörende Körper, wurde die Stimme nun wieder schleppend, sie erinnerte an das Lallen eines Menschen mit gelähmter Zunge. Arian Vogli war sich nun nicht mehr sicher, daß er die Worte »aidez nous« wirklich gehört hatte. Wahrscheinlich war es nur eine Einbildung gewesen.

Aus dem Gerät drangen wieder die Geräusche eines fahrenden Autos. Dann schlug eine Tür, und der Tote war wieder zu hören. Er rief: »Hallo, hallo!«

Es folgten ein dumpfes Geräusch wie von einem Aufprall und der deutlich vernehmbare Schrei: »Ahhh!«

»Das ist der Augenblick, in dem der Bulldozer ihn tötet«, sagte der Techniker.

Sie spielten die Stelle mehrmals ab, und jedesmal schien der Schrei des Toten lauter zu werden.

Dann hörte man die Stimmen der Leute, die bei dem Verunglückten zusammenliefen, dazu die Sirenen des Krankenwagens und des Polizeiautos.

Alles scheint aus dem Jenseits zu kommen, dachte Arian Vogli erstarrt. Sogar die Ärzte und die Polizei.

Sie übersprangen ein großes Stück, um sich die Beerdigung anzuhören. Da das Mikrophon sich nun im Sarg befand, war alles stark gedämpft: die Schritte der Menschen im Trauerzug, die Trauerreden, schließlich das Scharren, als die Kiste ins Grab hinabgelassen wurde. Erdbrocken polterten auf die Bretter, und dann trat eine Stille ein, die tiefer nicht hätte sein können. Arian Vogli dachte: Nun weiß ich, warum man von Grabesstille spricht...

Wie erstarrt hörte er sich dieses Nichts bis zum Ende an. Er war vermutlich der erste Mensch auf der Welt, der die Stille des Todes, festgehalten auf einem Tonband, in Händen hielt. Das war fast, als hätte er selbst das Schattenreich dort unten besucht.

Die Bronzeuhr an der Wand schlug zweimal. Zwei Uhr morgens. Der 13. Oktober hatte begonnen.

Alle, die bei ihm waren, trugen düstere Mienen zur Schau. Er öffnete den Mund, um etwas zu sagen, aber seine Zunge fühlte sich so schwer an wie die des Toten. Er mußte daran denken, daß sie sich als Kinder oft vom Stottern eines Freundes hatten anstecken lassen.

Gebt oben Bescheid. Er legte sich die Worte zurecht, ehe er sie aussprach. Dabei war er sich nicht völlig klar, was er mit »oben« meinte: die Zentrale oder den Himmel.

13

Schnee Mitte Oktober! Der Vorsitzende der Kommission für die Erfassung und Verwaltung der Geschenke zum Geburtstag des Führers rieb sich die Augen. Dann ging er mit einem unsicheren Lächeln auf den Lippen zum Fenster. Schon zum zweiten Mal an diesem Nachmittag sah er Schneeflocken.

Seit Tagen quälten ihn Schwindelanfälle und Schlieren vor den Augen, doch das war bei weitem nicht das Schlimmste in dieser verrückten Woche.

Täglich trafen aus allen Teilen des Landes neue Geschenke ein.

Die Anweisungen waren unmißverständlich: Alles war anzunehmen, egal, woher und von wem es kam – Parteiorganisationen, Privatpersonen, Ämtern, Jungen Pionieren, alten Jungfern, U-Boot-Besatzungen, Altersheimbewohnern, Wachturmsoldaten, ehemaligen Priestern, reuigen Huren, Häftlingen. Erstmals wurden sogar Geschenke aus Irrenhäusern akzeptiert. Es hieß, der Arzt H., ein Jugendfreund des Führers, habe diesen dazu überredet. Was anonyme Sendungen anbetraf, die meist von Gegnern des Systems stammten (seit Jahren enthielten die Päckchen vor allem ausgeschlagene Zähne und Stücke von Stacheldraht), so wurden diese sogleich zur Spurensicherung in die Laboratorien des Innenministeriums verbracht.

Der Kommissionsvorsitzende holte tief Luft. Als er vor zwei Wochen seine Bestellung in dieses Amt erhalten hatte, war ihm von jedermann gratuliert worden! Und obgleich er es nicht offen ausgesprochen hatte: Nun schien ihm auch die Erfüllung seines jahrelangen Traums, zum Stellvertreter des Vorsitzenden der Akademie der Wissenschaften ernannt zu werden, in den Bereich des Möglichen gerückt zu sein.

Das war ziemlich voreilig gewesen, wie er schnell eingesehen hatte. Im Zwielicht des Nachmittags wirkten die gestapelten Geschenke fast feindselig. Von kaltem höhnischem Grau waren nicht nur die von den Künstlern eingesandten Porträts und Büsten des Führers, sondern auch Stickarbeiten, alte silberbeschlagene Waffen, zweisaitige Lauten und selbstgefertigte Doppelflöten. Sogar die klassischen Geschenke, mit denen man nach allgemeiner Einschätzung am wenigsten falsch machen konnte, Gedichte und Dramen einheimischer Schriftsteller oder des Führers eigene Werke in fremden Sprachen, wirkten nun irgendwie zweifelhaft.

Auch die übrigen Gaben waren trotz ihrer andersgearteten Natur nicht geeignet, ihn zu beruhigen. Der Glasbehälter mit dem ersten Erdöl aus einer zu Ehren SEINES Wiegenfestes neu erschlossenen Lagerstätte, ein Stücklein Eisen vom ersten Guß, das erste Roggenbrot von einem Acker im Gebirge, der erste Barren Gold ... ER sagte wahrscheinlich: Nun reicht es aber, seit vierzig Jahren die gleichen Geschenke, langsam bin ich es leid, gibt es denn nichts anderes? Bei dem Goldbarren war sogar noch Schlimmeres möglich. Was soll das? Bin ich denn Bankier? Glauben die, ein bißchen Gold macht mir Eindruck?

Außerdem ist das nur Wasser auf die Mühlen der Staatsfeinde, die böswillig behaupten, daß ich…

Für den Kommissionsvorsitzenden lauerten die Gefahren überall, mochte es um eine im Amphitheater von Durrës gefundene antike Statuette gehen, um Teppiche, den Hammel mit gewundenen Hörnern, das einzige lebende Wesen unter lauter Sachen, das von einer Kugel durchbohrte Buch, diverse Haarsträhnen, Äpfel, das Baklava aus hundertvierzig Schichten Blätterteig, das eine Greisin aus SEINER Heimatstadt Gjirokastra gebacken hatte, all die Kaffeemühlen, Tabakspfeifen oder auch die dichterischen Versuche von Blinden.

Er fühlte sich ganz verloren. Auch wenn von IHM nichts Böses drohte, die anderen würden ihn nicht in Ruhe lassen. Es würde anonyme Briefe geben, Getuschel.

In den letzten Wochen hatte er sich ohne Absicht viele Feinde gemacht. Minister stritten sich darum, Geschenke überbringen zu dürfen. Der Verteidigungsminister beschwerte sich wie üblich über die Kulturministerin, diese über den Wirtschaftsminister, und beide gemeinsam über den Außenminister. Die allgemeine Zwietracht hatte auch die Bezirkskomitees der Partei erfaßt, die Veteranenverbände, die griechische Minderheit. Und der ganze Ärger wurde bei ihm abgeladen. Man verlangte von ihm, bereits kategorisierte Geschenke abzuwerten, um dem eigenen mehr Gewicht zu geben. Man ließ nichts unversucht, um Geschenke von anderen in Verruf zu bringen, ob es sich nun um Pfeifen aus den Wurzelknollen der Baumheide oder eine nach vierzig Jahren aus der Schulter eines Veteranen geholte Kugel handelte. Oder, weiß der Teufel, was sonst noch.

Sein Blick wanderte zu den erstaunlichen, manchmal geradezu unglaublichen Geschenken, die aus den Nervenheilanstalten des Landes eingetroffen waren. Manche hätten einen selbst inmitten des schlimmsten Schreckens in lautes Gelächter ausbrechen lassen, andere zeugten von einer extremen Weltzurückgezogenheit. Doktor H. hatte auf der Erfassung dieser Geschenke bestanden, also sollte er auch die Verantwortung dafür übernehmen.

Er seufzte wieder, tiefer noch als zuvor. Wenn es überhaupt jemand in Albanien gab, der unantastbar war, dann war es Doktor H., der einzige verbliebene Vertraute des großen Chefs. Es hieß, die beiden säßen stundenlang in einem abgeschiedenen Raum der Villa zusammen, ohne daß jemand wußte, was sie dort taten. Manche behaupteten, der Doktor lese französische Gedichte vor, andere, er lese aus dem Kaffeesatz.

Wenn dieser endlose Nachmittag nur endlich vorüber gewesen wäre! Gelegentlich war die Glocke am Halsband des einsamen Widders zu hören. Das Tier tat ihm leid. Dann schaute er auf seine Armbanduhr. Die Frau ließ auf sich warten. Durch das hohe Fenster konnte man ein Stück des großen Boulevards sehen. Die Straßenlaternen brannten bereits, obwohl es noch nicht dunkel wurde. Angeblich wollten sie auf ein großartiges Fest verzichten, doch man hatte einen ganz anderen Eindruck. Das Ereignis warf, wenn auch noch ohne feste Konturen, seinen Schatten voraus, anheimelnd zwar, aber auch mit einem Beigeschmack von Gefahr.

Er setzte sich in einen Sessel und versuchte, sämtliche Gedanken aus seinem Kopf zu vertreiben. Dabei döste er ein. Was ihn aus dem Schlummer gerissen hatte, ein Geräusch an der Tür oder die Glocke des Widders, hätte er nicht sagen können. Immerhin war er bereits auf den Beinen, als die Frau eintrat.

In höflichem Ton wie immer informierte sie ihn darüber, daß sie leider nur sehr wenig Zeit habe. Das verstehe ich natürlich, sagte er, an einem Tag wie diesem...

Sie ging langsam zwischen den Geschenkstapeln hin und her, hörte sich schweigend seine kurzen Erklärungen an und gab nur gelegentlich selbst einen Kommentar ab. Heute sollten wir uns auf ein paar besonders eindrucksvolle Geschenke beschränken, die anderen präsentieren wir ihm später. Natürlich, antwortete er. Dieses Porträt gefällt mir. Das reicht dann aber auch, andere Gemälde sind nicht nötig. Vielleicht noch eine Skulptur? Nein, nein, für die Skulpturen haben wir später noch Zeit. Schauen Sie, diese beiden Äpfel hier sind etwas ganz Einfaches, und trotzdem läßt er sich durch solche Geschenke immer wieder anrühren. Und den Nelkenstrauß nehmen wir auch dazu! Immerhin stammt er von den Albanern aus der Diaspora.

Sie blieb vor dem Baklava stehen und las das Begleitschreiben.

»Dieses Geschenk wird ihm ganz besonders gefallen«, erklärte sie. »Was von alten Frauen kommt, rührt ihn immer ganz außerordentlich, weil er dann an seine selige Mutter denken muß. Und die greise Gönnerin stammt auch noch aus dem alten Geschlecht der Hankonaten! Wußten Sie, daß diese Familie nicht weit von seinem Geburtshaus entfernt wohnt? Schön, sehr schön, nur...«

Sie zögerte einen Moment, ehe sie weitersprach.

»Nun ja, vielleicht sollte man das Begleitschreiben weglassen, in dem es heißt, es sei das letzte Baklava der alten Dame gewesen.«

»Da haben Sie gewiß recht«, beteuerte der Kommissionsvorsitzende, holte ein kleines Notizbuch aus seiner Jackentasche und machte einen Vermerk darin.

Lange Freude war ihm nicht beschieden, denn auf ihrer Stirn erschien plötzlich eine steile Falte.

»Was soll der Goldbarren hier? Wer kommt denn auf solch verrückte Ideen?«

Die Erklärung bereitete viel Mühe, weil sie gar nicht richtig zuhörte.

Es dauerte eine Weile, bis ihr Zorn wieder abgeflaut war. Als sie bei den Geschenken der Jungen Pioniere ankamen, vor allem aber bei den Grußbotschaften der Seismologen und der Akteure des Opern- und Balletttheaters, besserte sich ihre Laune sichtlich, und geradezu vergnügt war sie, als sie vom Versprechen einer Sippe des fahrenden Volkes erfuhr, zu Ehren des Führers an seinem fünfundsiebzigsten Geburtstag in einer Kleinstadt seßhaft zu werden und sich sogar mit Personalausweisen ausstatten zu lassen.

Sie begutachtete auch noch eine Reihe anderer Geschenke: auf achthundert Prozent angereichertes Chrom, ein Quintett in e-Moll für Streicher, geschnitzte Hirtenpfeifen, Stickwerk, Erdöl, doch merkte man, daß sie nicht mehr ganz bei der Sache war. Offenbar hatte sie es eilig, denn sie schaute ständig auf die Uhr.

»Mit den Geschenken aus den Gefängnissen gebe ich mich nicht ab«, erklärte sie. »Ehrlich gesagt, wenn es nach mir ginge, würden sie alle zurückgewiesen. Er ist viel zu gutmütig. Sollen sie die Sachen eben schicken, hat er gesagt.«

»Ich verstehe«, sagte der Kommissionsvorsitzende. »Er wollte den Häftlingen eine Freude machen.«

Sie waren inzwischen hinten in der Ecke bei den Geschenken aus den Nervenheilanstalten des Landes angekommen.

»Um diese Sachen hier soll sich der Doktor kümmern«, sagte sie ziemlich schnippisch. »Er behauptet ständig, sie enthielten verborgene Hinweise. Na, meinetwegen!«

Ehe sie sich verabschiedete, verfügte sie noch, daß es ein

Hauptgeschenk nicht geben solle. Sie sei dafür, am Abend das Baklava zu servieren, da dadurch gewissermaßen das Volk in seiner Gesamtheit repräsentiert werde. Außerdem möge man bitte den Nelkenstrauß aus der Diaspora und die in Brasilien veröffentlichte Ausgabe seiner Werke überreichen. Was das von einer Kugel durchbohrte Buch anbelange, wolle sie noch einmal mit dem Innenminister Rücksprache nehmen.

»Und was ist mit der Wirtschaft?« fragte er ängstlich.

»Hm, da haben Sie recht. Nun ja, suchen Sie einfach selbst etwas aus. Aber, wenn ich offen sein darf, der Glasbehälter mit dem ersten Erdöl erscheint mir nicht sehr geeignet, auch wenn er in einer Plastikhülle steckt.«

Er lächelte.

»Wie Sie sicher wissen, hat der geschätzte Herr Minister, als Quelle 103 das erste Erdöl lieferte, vor Freude ein paar Schlucke davon getrunken.«

»Ja, aber danach lag er eine Woche im Krankenhaus. Und hat auch noch den Märtyrer gespielt«, sagte sie verdrossen.

Er schaute ihr nach, wie sie, nachdem sie ihm zum Abschied die Hand gegeben hatte, mit trippelnden Schritten davonging.

Ziemlich erleichtert drehte er sich um und betrachtete eine Weile die Gaben im Saal, auf die sich der erste Schleier der Dämmerung legte.

Es waren gewaltigen Berge, über die sein Blick schweifte. Der Widder, der sich erstaunlicherweise die ganze Zeit ruhig verhalten hatte, läutete wieder mit seiner Glocke. Aus müden Augen betrachtete der Kommissionsvorsitzende die Teppiche, das durchbohrte Buch, die Theaterstücke, den Goldbarren, der immerhin keinen allzu großen Ärger ausgelöst hatte, und seufzte neuerlich. Beim Anblick des fast schwarzen Erdöls in dem Glasbehälter mußte er an den Minister denken, der sich hatte hinreißen lassen, davon zu kosten. Verrückt, dachte er. Was wäre bloß los, wenn es ihm alle nachmachen und zum Beispiel Mineralien verschlucken oder weiß der Teufel was trinken … Gegen seinen Willen stellte er sich den Innenminister mit einer Büchse voll Blut in den Händen vor.

Er schüttelte den Kopf, um den makabren Gedanken daraus zu vertreiben, konnte seine Hand aber nicht daran hindern, daß sie heftig seine Lippen abwischte.

*

Die Frau ging derweilen die Straße entlang, gefolgt von ihren Leibwächtern und der schwarzen Limousine. Sie wohnte keine zweihundert Meter vom Zentralkomitee entfernt, und trotz des schlechten Wetters hatte sie Lust verspürt, das kurze Stück zu Fuß zurückzulegen.

Obgleich im Erdgeschoß erst die Hälfte der elektrischen Kerzen des Kronleuchters brannte, herrschte in dem großen Haus bereits eine festliche Atmosphäre. Weiter hinten, in einer der Schwiegertöchter-Wohnungen, erklang Musik. Der Chef-Leibwächter erhob sich von seinem Stuhl. Die Frage, wo sich ihr Mann befinde, beantwortete er in gedämpftem Ton:

»Er hat sich mit dem Doktor zurückgezogen.«

Schon wieder, dachte sie und schaute auf die Uhr. Dann erkundigte sie sich nach »Zalo«, wie sie das Double aus Gründen, an die sich niemand mehr erinnerte, im engeren Kreis nannten.

Der Chef-Leibwächter wies mit dem Kinn auf eine der Türen.

Die Frau trat ein, ohne anzuklopfen. Vor einem Spiegel waren zwei Maskenbildner mit den Haaren des Mannes beschäftigt, der ihren Gatten beim Bankett am Abend eventuell vertreten würde.

Noch war nichts endgültig entschieden, aber ihr war nicht wohl in ihrer Haut. Es war das erste Mal, daß der Doppelgänger versuchsweise bei einem Abendessen eingesetzt werden sollte.

Seit vier Tagen unternahm er regelmäßig Autofahrten innerhalb und außerhalb der Hauptstadt. Ebenso hatte man sich seiner relativ häufig bei abendlichen Spaziergängen am Meer bedient, besonders im letzten Sommer. Doch mit Ausnahme eines Treffens mit Angehörigen der griechischen Minderheit in den Dörfern Südalbaniens hatte man noch keinen öffentlichen Auftritt mit ihm gewagt. Sie selbst war strikt dagegen gewesen, ihn bei dem Bankett heute abend einzusetzen. Sie war in letzter Zeit ein wenig abergläubisch, und ihr Gefühl riet ihr ab, ausgerechnet am Geburtstag ihres Mannes dieses Experiment zu wagen. Es kam ihr schäbig vor, und sie mußte an seine Mutter denken, die, wäre sie noch am Leben gewesen, bestimmt gesagt hätte: An seinem Geburtstag nicht! Man holt sich kein Gespenst zum Abendbrot an den Tisch.

Im Spiegel waren die Augen des Doubles zu erkennen, müde, fragend. Etwas wie ein schlechtes Gewissen war in den Pupillen festgefroren.

Seit dem letzten Sommer in Durrës fand, sooft sich ihre Blicke trafen, eine kalte Entladung statt, für die es auf dieser Welt keine Bezeichnung gab. Die Blicke waren, ohne direkt feindlich zu sein, das Gegenteil von freundlich.

Das ganze Ungemach hatte mit dem Satz ihres Mannes begonnen: Fahr nach Durrës und betrüge mich mit meinem Schatten.

Das war gewesen, als sie zwei Wochen Urlaub am Ohrit-See in Ostalbanien gemacht hatten. Sein persönlicher Sicherheitsdienst hatte jedoch, wie in letzter Zeit üblich, die Information ausgestreut, er halte sich an der Küste auf, in Durrës. Jeden Abend brannte in der Villa Licht, Dienstfahrzeuge fuhren vor, Kuriere kamen und gingen. Und um alles noch überzeugender zu machen, ließ man den Doppelgänger gemächlich am Meer spazierengehen.

Ende der zweiten Woche machte im verbotenen Strandsektor ein Gerücht die Runde, das den Innenminister veranlaßte, sich persönlich an dem Gebirgssee im Osten einzufinden. Es war den Leuten aufgefallen, daß der große Chef stets nur allein auftrat. Bisher hatte er noch nie ohne seine Frau Urlaub gemacht ... Es mußte dringend etwas unternommen werden ... Und so war sie nach Durrës gefahren, um dem Gerede entgegenzuwirken.

In der abendlichen Dämmerung war sie zum ersten Mal in ihrem Leben Arm in Arm mit einem fremden Mann am Ufer entlangspaziert.

Es war ein sehr seltsames Gefühl, eine Mischung aus kalter Verachtung und Entsetzen. Manchmal hatte sie den Eindruck, neben der leeren Hülle ihres Mannes zu gehen, und sie hätte wahrscheinlich gelacht, wäre die Sache nicht so traurig gewesen.

Ein Leben lang war sie ihm treu gewesen, um ihn dann mit irgendeinem Schmierendarsteller gleichsam scheinzubetrügen.

Alles lief unnatürlich ab, wie in einem Spiegel betrachtet. Durch den Stoff des schwarzen Mantels spürte sie, wie der Schattenmann zitterte. Lästig wie eine Stechmücke schwirrte in ihrem Kopf der Gedanke herum, daß sie möglicherweise einmal die Frau dieses hohlen Gebildes sein würde. Ihre Mutter hatte als erste geäußert, wenn es dem Herrn einmal gefalle, ihren Mann abzuberufen, sei es vielleicht das beste, den Tod geheimzuhalten. Trotz ihrer zornigen Antwort: »Das ist doch

Blödsinn, Mama!« hatte sich die alte Frau von ihrem Standpunkt nicht abbringen lassen. Das sei nicht nur in ihrem und der Kinder Interesse, sondern zum Wohl des ganzen Staates. Andere hätten es schließlich ebenso gemacht.

Trotzdem wurde sie die Idee, wie sie später erkannte, nicht los. Andere hatten es auch so gemacht, und zwar nicht nur in alten Zeiten. Die japanischen Kommunisten hatten den Tod ihres Ersten Sekretärs Tokuda fast zwanzig Jahre lang geheimgehalten. Bei Mao wußte man immer noch nicht, ob er tatsächlich bis zu seinem offiziellen Todestag am Leben gewesen war. Manchmal, vor allem, wenn sie schläfrig war, schien ihr, ein Teil des Führungspersonals der internationalen kommunistischen Bewegung modere bereits unter der Erde, während Doppelgänger in ihre Rolle geschlüpft waren. Bei manchen waren es vielleicht schon die Doubles der Doubles, und auf sie würden wieder andere folgen, ein wahrer Alptraum. Wie sonst hätte sich die rapide, einer biologischen Mutation vergleichbare Degeneration der kommunistischen Nomenklatur in den letzten Jahren erklären lassen.

Die Frau bemerkte plötzlich, daß die Maskenbildner die Arbeit eingestellt hatten, vermutlich, weil sie auf eine Bemerkung von ihr warteten.

Wortlos schlug sie die Tür hinter sich zu.

*

Das Double seufzte erleichtert auf. Die Hände der Maskenbildner entspannten sich. Von allen, die ihnen in die Arbeit hineinreden konnten, fürchteten sie diese Frau am meisten. Ständig hatte sie etwas auszusetzen, einmal sah ihr der Doppelgänger zu alt, dann wieder zu jung aus.

Dieser wußte nie genau, wie er sich verhalten sollte. Beteuerte er seine Dankbarkeit für das Vertrauen, das man ihm entgegenbrachte, erweckte er womöglich den Eindruck, daß er unter seiner Rolle litt, bekundete er das Gegenteil, also Stolz und Selbstbewußtsein, so konnte das ebenfalls zu Mißverständnissen führen. Man würde behaupten, ihm sei der Kamm geschwollen und er schmücke sich mit fremden Federn. Ihm war nicht entgangen, wie nervös SEINE Leibwächter waren, wenn sie bei ihm Dienst taten. Einmal war er richtiggehend ins Auto hineingestoßen worden, und bei anderer Gelegenheit hatte er einen von ihnen flüstern hören: »Dieser Trottel kommt sich tatsächlich wie der Chef vor.« Am erschütterndsten war es aber für ihn gewesen, als er den stellvertretenden Chef-Leibwächter leise zu seinem Kollegen hatte sagen hören: »Manchmal würde ich ihm am liebsten den Hals umdrehen.« Und damit nicht genug: »Ehrlich, wenn dem großen Chef etwas zustoßen sollte, ist dieser Typ hier der erste, den ich mir vornehme. Dann mache ich Hackfleisch aus ihm.«

Am liebsten hätte er sich umgedreht und nach dem Grund erkundigt, so betroffen war er.

Auch jetzt hatte er den Eindruck, daß ihn die Maskenbildner reichlich grob anfaßten, und tat sich selber leid: Was bin ich doch für ein armer Hund!

Aber bei wem sollte er sich beschweren? Der Chef-Leibwächter verhielt sich ihm gegenüber genauso abweisend wie alle anderen, und nach den Spaziergängen am Strand zu urteilen, empfand die Frau des Führers nur Haß für ihn.

Diese Spaziergänge waren das Schlimmste gewesen, was er jemals durchgemacht hatte. Als sie sich bei ihm einhakte, wurden seine Knie ganz weich. Zuerst war es ein ganz angenehmes Gefühl. Die Sonne war eben untergegangen, und über dem Meer lag immer noch ein rosa Schleier. Ohne recht nachzudenken, begann er zu reden. Es war nichts Besonderes, er sprach vom Abend und vom Meer, doch ihre Antworten waren so schroff, daß er schnell wieder den Mund hielt. Er war ganz verzweifelt. Wahrscheinlich war die Unterhaltung zu banal für sie, wahrscheinlich war sie daran gewöhnt, daß ihre Gesprächspartner geschliffene Gedanken von sich gaben. Er entschuldigte sich mit leiser Stimme, und die Frau fragte zurück: »Warum?«

Es war bereits das zweite Mal, daß sie »warum« gesagt hatte, und er war völlig verwirrt. In seinem Kopf ging alles durcheinander, er war zu keinem klaren Gedanken mehr fähig. Es ist eine so ungeheure Ehre für mich, wollte er sagen, daß...

Seit er Double geworden war, hatte er nicht mehr mit seiner Frau geschlafen. Er wußte, daß er dies auf keinen Fall sagen konnte, allein der Gedanke daran schien ihm verwerflich. Außerdem hatte sich die Sache für seine Frau ganz anders dargestellt. Als sie von seiner neuen Arbeit erfuhr, erglühte sie geradezu, wer weiß, was ihre weiblichen Instinkte und Sinne so anregte. Seine Gefühle dagegen erkalteten. Sie empörte sich, beleidigte ihn sogar manchmal auf die gröbste Art: Du meinst wohl wirklich, du bist der Führer, alter Spinner! Dann wieder versuchte sie es mit gutem Zureden: Ich finde, du könntest dich ruhig ein bißchen zusammenreißen. Bitte, komm zurück auf den Boden der Tatsachen! Er versuchte sich zu rechtfertigen: Es handele sich in seinem Fall keineswegs um Dünkel oder Angeberei, er könne einfach nicht. Vielleicht sei es ja das Alter. Sie widersprach heftig: Auch im Alter träten solche Erscheinungen nicht ganz plötzlich auf. Wütend fügte sie hinzu: Ich bin dir wohl nicht mehr gut genug! Du würdest wohl lieber mit den Genossinnen des Politbüros schlafen! Oder womöglich sogar mit seiner Frau! Rede, du Unglücksmensch, würdest du das gerne tun?

Es dauerte einige Wochen, bis beide begriffen hatten, daß nichts mehr zu retten war.

Gewiß hatte er Bedauern empfunden, aber auch eine so gelassene wie tiefe Befriedigung. Daß es soweit gekommen war, zeigte schließlich, daß er nicht nur die leere Hülse war, die zufällig dem Führer glich, sondern daß er eine innere Beziehung zu ihm entwickelt hatte. Eine Beziehung, deren Wert ihm gerade darin zu liegen schien, daß niemand davon wissen durfte.

An all dies mußte er denken, als er mit SEINER Frau am Ufer des adriatischen Meers spazierenging.

»Sag etwas«, befahl sie ihm. »Sonst meint man noch, wir hätten uns gezankt.«

Da hatte sie recht. Von den Terrassen und Balkonen der Regierungsvillen aus beobachteten garantiert Dutzende von Augenpaaren ihren Spaziergang. Wenn nicht mit bloßem Auge, so doch mit dem Fernglas konnte man erkennen, wenn sie sich anschwiegen.

Bestimmt hatte sie recht. Trotzdem fiel es ihm schwer, Worte zu finden. Wie, wenn er nur so tat, als ob er redete, also nur die Lippen bewegte. Wie ein Gespenst...

Die Maskenbildner waren fertig. Er fürchtete, gleich werde die Tür wieder aufgehen und sie hereinkommen.

*

Die Frau befand sich jedoch ein paar Räume weiter, in ihrem Arbeitszimmer. Es war bereits sechs Uhr und ihr Mann immer noch mit dem Doktor zusammen. Aus den Wohnungen der Schwiegertöchter waren gelegentlich gedämpfte Geräusche zu hören. Sie konnte sich gut vorstellen, wie die beiden vor dem Spiegel saßen und sich zurechtmachten, jede mit glühendem Neid auf die andere in den Augen.

Wie immer vor offiziellen Feiern oder Festessen fiel es ihr schwer, sich zu konzentrieren. Sie war zornig auf die Schwiegertöchter und Doktor H., und überdies fiel ihr auch noch ein, daß es allmählich Zeit wurde, der Direktion für Presse- und Verlagswesen den Marsch zu blasen, die es zugelassen hatte, daß in einer ganzen Reihe von Gedichten Lady Macbeth erwähnt worden war.

Sie schaute auf die Uhr. War Doktor H. völlig verrückt geworden? Den Verdacht hatte sie schon lange, aber heute wurde er zur Gewißheit. Das Bankett begann in einer Stunde, und er hielt es immer noch nicht für nötig, endlich zu verschwinden.

Sie zwang sich, an etwas anderes zu denken.

Eigentlich hatte ihr Gatte alles richtig gemacht. Skënderbeg, ihr aus dem Norden stammender Nationalheld, hatte sich eine Frau aus dem Süden genommen, und ihr aus dem Süden stammender Mann eine Frau aus dem Norden. Im Spiegel war ihr der Blick des Doppelgängers furchtsam erschienen. Ahnte er etwas? Geh und betrüge mich mit meinem Gespenst, hatte ihr Mann im Sommer gesagt. Man konnte ihr manches vorwerfen, aber nicht, daß sie je vom Pfad der Tugend abgewichen wäre.

Sie trat vor den Spiegel. Geraldine, König Zogus ungarische Gemahlin, war vor ihrer Flucht nicht mehr dazu gekommen, einen Empfang im Brigadenpalast zu geben, nie hatten die Spiegel dort das blasse Funkeln ihres Diadems zurückgeworfen. Das war sehr beruhigend.

Schuldbewußt fuhr sie herum, als es an der Tür klopfte.

»Der Innenminister ist am Telefon.«

Die Worte des Ministers gingen in seinem heftigen Schnaufen fast unter.

»Entschuldigt, daß ich euch an einem Tag wie diesem stören muß, aber...«

»Macht nichts«, fiel sie ihm ins Wort. »Ich wollte dich selber anrufen, aber ich bin nicht dazu gekommen. Hör zu, wenn es um das Buch mit dem Kugelloch geht: Ich habe gesagt, daß das schon da war.«

»Ach so, das...«, gab er zurück. »Deswegen habe ich dich aber nicht angerufen. Das heißt, wegen der Geschenke schon. Ich habe mir nämlich gedacht, er sollte einmal etwas anderes bekommen, etwas wirklich Rares... also, ich finde gar nicht die richtigen Worte, um es auszudrücken.«

»Da machst du mich aber neugierig«, meinte sie.

»Es wird ihm bestimmt gefallen«, sagte er. »Er wird sich schrecklich freuen.«

»Glaubst du wirklich?«

»Ja, natürlich, ich bin mir ganz sicher. Hör zu, ich bin einer Verschwörung auf die Spur gekommen. Vielleicht der übelsten überhaupt, bisher. Ein Appell an den Westen!«

»Ach, tatsächlich?«

»Den Beweis haben wir in der Hand. Ein Hubschrauber bringt ihn gerade nach Tirana. Er kann jeden Augenblick eintreffen.«

»Warte mal«, unterbrach sie ihn. »Du meinst, die Neuigkeit kann ein Geschenk ersetzen? Oder ist die Neuigkeit selbst das Geschenk?«

»Nein, natürlich nicht«, antwortete er. »Was der Hubschrauber bringt, ist etwas... sagen wir, Greifbares... Ich erkläre es dir... Also, eigentlich ist uns ein Toter zu Hilfe gekommen. Wir haben seine Stimme, wollte ich sagen. Wir haben sie aus der Erde geholt. Aus seinem Grab.«

»Da läuft es mir ja kalt den Rücken hinunter«, sagte sie und dachte dabei: Hat dieser Mensch den Verstand verloren?

»Mit anderen Worten: Wir haben den Appell an den Westen«, fuhr der Minister fort. »Der Tote hat ihn vor drei Jahren einer französischen Delegation zugespielt.«

»Aber…«

»Du wirst natürlich sagen, spinnt der, was sollen wir mit einer Leiche?« Am anderen Ende der Leitung hörte man den Minister lachen. »Wir haben alle seine Mitverschwörer. Die ganze Gruppe ist aufgeflogen. Sie werden jeden Augenblick verhaftet.«

»Ich verstehe.«

Der Minister berichtete Einzelheiten, und nach jedem seiner Sätze sagte sie:

»Ach, so ist das?«

»Bald ist die Stimme hier bei uns«, sprach der Minister weiter. »Man könnte sagen, uns ist ein Gespenst ins Netz gegangen.«

»Du hattest recht, da wird er sich bestimmt freuen«, sagte sie. »Er hat sich mit dem Doktor zurückgezogen, aber ich versuche, ihn so schnell wie möglich zu informieren.«

Sie stellte sich den Helikopter vor, der durch die eben angebrochene Nacht flog, um dem Minister zu bringen, was dieser »ein Gespenst« nannte, und war sich nicht sicher, ob es wirklich Grund gab, sich zu freuen.

*

Mit trippelnden Schritten machte sie sich auf den Weg zu dem Zimmer, in dem sich ihr Gatte aufhielt, blieb aber nach der zweiten Kehre des Flurs stehen. Möglicherweise war es besser, wenn sie noch etwas wartete.

Ohne lange nachzudenken, öffnete sie die Tür, hinter der sich das Double befand, um zu schauen, wie weit die Vorbereitungen waren. Offenbar hatten die Maskenbildner ihre Arbeit beendet, denn er war allein. Bekümmert und schuldbewußt schaute er sie an. Er sah aus wie jemand, der befürchtet, den anderen ihr Fest zu verderben.

Sie wollte etwas zu ihm sagen und suchte nach den passenden Worten, ohne sie zu finden. Es bedurfte einiger Übung, mit einer leeren Hülse zu reden.

Er ahnte wohl, was in ihrem Kopf vor sich ging, denn er seufzte tief, als sie die Tür wieder schloß.

Üblicherweise ließen sie ihn im Zimmer warten, ohne ihm zu sagen, was sie mit ihm vorhatten. Manchmal erfuhr er erst im letzten Augenblick, was er tun mußte. Man brachte ihn zum Auto und gab ihm während der Fahrt ein paar knappe Erklärungen. Einen Hund würde man besser behandeln, dachte er, aber ohne Zorn.

Auch heute würde es ihm wahrscheinlich nicht anders ergehen. Sie würden ihn in das große schwarze Auto setzen und zum Brigadenpalast fahren, wo er sich bis zum Ende des offiziellen Banketts in irgendeinem abgeschiedenen Winkel bereitzuhalten hatte, es sei denn, ER, sein Herr, verspürte plötzlich ein Unwohlsein und zog es vor, sich beim Essen vertreten zu lassen. Obwohl er diesen Fall lange trainiert hatte, fürchtete er sich davor. Er würde bestimmt keinen Bissen hinunterbringen und den Wein verschütten, weil das Glas in seiner Hand zitterte. Nein, er zog es wirklich vor, in einem Hinterzimmerchen zu warten, so wie im vergangenen Jahr, anstatt bei dezenter Musik an einer langen Tafel mit funkelndem Geschirr zu sitzen, mitten im Scheinwerferlicht, umgeben von den Mitgliedern des Politburos. Wenn man ihn schon wie einen Hund behandelte, dann war es auch besser, man ließ ihn eine einfache Speise aus dem Napf löffeln…

Das Selbstmitleid trieb ihm Tränen in die Augen. Doch er

nahm sich zusammen, um seine Maske nicht zu verderben. Außerdem hatte er wohl auch nicht das Recht, Tränen über ein Gesicht fließen zu lassen, das gar nicht ihm selbst gehörte.

Seine Schultern bebten. Es fiel ihm schwer, seine Rührung unter Kontrolle zu bekommen. Was sie an ihm hatten, würden sie wahrscheinlich erst merken, wenn er eines Tages die für ihn vorgesehene Rolle spielte. Wie immer, bereitete ihm der Gedanke an seine mögliche Ermordung seltsamerweise nicht nur Kummer, sondern löste auch eine Art freudiger Trunkenheit aus, gefolgt von einem Anflug rebellischen Geistes. Bestimmt bereuten sie einmal, wie sie mit ihm umgesprungen waren, wie sie ihn beleidigt und erniedrigt, allein gelassen hatten, während sie sich selbst vergnügten, aber dann war es zu spät, viel zu spät. Nicht ausgeschlossen, daß sogar ER, sein Herr, zu seiner heimlichen Beerdigung kam und mit Tränen in den Augen vorwurfsvoll die versammelten Politbüromitglieder anschaute: Wer von euch wäre wohl bereit gewesen, mir diesen Dienst zu erweisen?

Wieder übermannte ihn die Rührung. Er, der einfache Angestellte des Gewerkschaftsverbands, war mit fünfundsechzig Jahren, im Rentenalter, dazu ausersehen worden, das Sterben als größten Reichtum seines Lebens zu begreifen. Seine Aufgabe war es nun, im entsprechenden Moment wie ein Blitzableiter den gewaltsamen Tod eines anderen auf sich zu ziehen und an dessen Stelle zu sterben.

Die Politbüromitglieder gingen ihm nicht aus dem Sinn. Er stellte sich vor, wie sie ihn bei einem Bankett zu verhöhnen begannen, weil sie seine Rolle durchschaut hatten. Er würde sie in ihre Schranken verweisen, ja sogar Katz und Maus mit ihnen spielen, selbst wenn es nur für zwei Stunden war: Du dort, was hast du am Tisch zu grinsen, und du da drüben, wann lernst du endlich, wie man mit Messer und Gabel umgeht?

Die Momente des Aufbegehrens waren kurz, die Verbitterung über die Politbüroprominenz dagegen dauerhaft. Sie mochten IHM, dem Herrn und Meister, nützliche Ideen liefern, Fabriken für ihn bauen oder gelegentlich Verschwörungen aufdecken, doch für seine Aufgabe, an des Führers Statt den Tod zu erleiden, taugten sie nicht.

Das genügte, um ihn stolz zu machen. Es war ja gewiß nicht leicht, diese Bürde zu tragen.

Manchmal schwangen sich seine Gedanken so hoch hinauf, daß die dünne Luft sie trübte. SEIN Tod – ein gewaltiger, endzeitlicher, von einer ganzen Nation kaum zu tragender – sollte seinem ganz gewöhnlichen Menschenleib aufgebürdet werden, und dieser würde der Last natürlich standzuhalten wissen.

Dieser Megatod würde kommen, um sich seinen Körper gewissermaßen zu borgen... Die Seele indessen...

Seine Gedanken zerflossen vollends im Nebel.

Einmal war seine Frau entsetzt aus dem Schlaf aufgefahren und hatte gefragt: Um Gottes willen, was wird aus dir, wenn er stirbt?

Den Rest der Nacht hatten sie schlaflos zugebracht. Ihm war sofort das alte Sprichwort in den Sinn gekommen: Wenn die Eiche fällt, fallt auch ihr Schatten. Seine Frau hatte immer wieder unter Tränen gestammelt: Das ist nicht gerecht, das ist eine Sünde vor dem Herrn.

Er bemühte sich, sie zu beruhigen, redete und redete, merkte aber schnell, daß sein schlichter Verstand für solche geistigen Hochgebirgstouren nicht geschaffen war. Er kletterte und kletterte, doch war ein bestimmter Punkt erreicht, kam er ins Rutschen. So sei es ihm nun einmal vom Schicksal bestimmt, erklärte er zunächst, dann zog er kühne Parallelen zum alten Gewohnheitsrecht, dem Kanun, in dem geschrieben stehe, das

Haus des Albaners gehöre dem Gast und Gott. Dies gelte auch für seinen Körper, der vor allem dem ANDEREN gehöre, als Gast und Gott.

Hier verhedderten sich seine Gedanken erneut. Er behauptete, die Abmachung gelte zwar für ein gewaltsames, jedoch keinesfalls für ein natürliches Ableben. Seine Frau ließ trotzdem nicht locker: Was geschah, wenn SEIN letztes Stündlein schlug? Er zuckte die Schultern: Quäl mich nicht mit solchen Fragen. Doch dann fing er an, sich selbst zu quälen. Die beste Lösung wäre wohl gewesen, das Double kehrte, wenn es seine Pflicht getan hatte, ins normale Leben zurück, das heißt zu den täglichen Treffen mit seinen Rentnerfreunden im Café »Stundenschlag«. Darauf freute er sich schon jetzt. Doch war fast damit zu rechnen, daß sie ihm das Fetzchen Leben, das ihm noch blieb, nicht gönnten, sondern ihn seelenruhig umbrachten, einfach so, aus Mißgunst oder um das Geheimnis zu hüten. Nicht ausgeschlossen war auch, daß sie SEINEN Tod geheimhielten und ihn seine Rolle weiterspielen ließen. Das war allerdings die komplizierteste Variante, und sie barg zahlreiche Unwägbarkeiten und Gefahren. Das wäre ja ein einziges Durcheinander, schlimmer als auf dem Theater, sagte er zu seiner Frau. Ich meine dieses Stück vom König Ödipus. Was redest du denn da? beschwerte sie sich. Was hat denn dieser Bordellkram damit zu schaffen? Na ja, antwortete er, in diesem Bordell weiß auch keiner mehr richtig, wer der Vater ist und wer der Sohn, wer die Mutter und wer die Ehefrau.

Puh, stieß seine Frau hervor und stand auf, um ein Schlafmittel einzunehmen. Er kehrte zur wahrscheinlichsten Möglichkeit zurück: daß er von Staatsfeinden gemeuchelt wurde. Das war der Kern seiner Rolle, dafür hatte man ihn gedrillt. Es war wie bei den Nerzen, die man nur züchtete, um aus ihrem

Fell teure Pelzmäntel zu machen. Wenn es soweit war, würde man ihm genauso das Fell abziehen. Sei still, beschwerte sich seine Frau, rede kein so schreckliches Zeug. Doch auch wenn er sich auf die Zunge biß und nicht aussprach, was in ihm vorging, seine Gedanken ließen sich nicht aufhalten. Wie würden sich die beiden Tode wohl miteinander verstehen, sein eigener, gewöhnlicher Tod und der Tod des ANDEREN, jener mächtige Herr von irgendwoher? Vermutlich würde er sein bescheidenes Pendant verächtlich zur Seite schieben, um sich der Doppelgängerseele zu bemächtigen, und erst später, während der Reise durch den Äther, zornig feststellen, daß er einer Täuschung aufgesessen war. Da glaubt man, einen Adler gefangen zu haben, und in Wirklichkeit ist es nur ein armer Kauz!

Leichte Schritte draußen auf dem Gang rissen ihn aus seinen Gedanken. Vor seiner Tür hielten sie an, doch er ging nicht öffnen.

Die große Wanduhr zeigte, daß das Bankett bald begann. In der Ferne war bereits zum zweiten Mal ein dumpfes Knattern zu hören. Ein Flugzeug vielleicht.

*

Die Frau war vor der geschlossenen Tür stehengeblieben. Er mokiert sich über Mao, weil der sich in einer Höhle verkrochen hat, und macht mit dem Doktor dasselbe, dachte sie. Es kam nicht oft vor, daß sie wütend auf ihn war.

Sie legte das Ohr an die Tür, aber drinnen war nichts zu hören. Womöglich hat er beschlossen, nicht an dem Bankett teilzunehmen. Sie dachte an die fischartig starren Augen des Doubles im Spiegel und war ein wenig beruhigt.

Drinnen schaute der Diktator zur Tür, ohne etwas zu sagen.

Auf dem Tisch lagen, achtlos hingeworfen, Röntgenbilder und ärztliche Befunde.

An allen waren kleine Zettel mit dem Namen der betreffenden Person festgeklammert. Fast die Hälfte der Politbüromitglieder und Minister war vertreten.

»Du meinst also, die Geschenke der Verrückten haben eine besondere Bedeutung«, sagte der Diktator nach langem Schweigen.

»Fraglos«, antwortete Dr. H. »Ob es sich nun um Zeichnungen oder niedergeschriebene Träume handelt. Man kümmert sich in letzter Zeit immer mehr um dieses Thema.«

Ohne den amüsierten Ausdruck, der eben noch darauf gelegen hatte, wirkte die Miene seines Gesprächspartners doppelt ernst.

»Undankbares Albanien«, sagte der Führer mit leiser Stimme. »Verspritzt ständig Gift und schickt dann auch noch Geschenke.«

Den ganzen Nachmittag hatte er damit zugebracht, sich abfällige Äußerungen über seine Person anzuhören. Er hatte vom Innenminister verlangt, ihm den ganzen Schmutz zu bringen, ohne ihn zuvor mit seiner Frau zusammen auszulesen. Das bereute er nun.

Auch Albanien würde bereuen, doch dann war es zu spät.

Er stellte sich die kollektive Reue als kollektives Heulkonzert vor. Daß sie flennten, dafür würde er sorgen. Entweder, indem er sie in einen Schrecken stürzte, der, wie das Sprichwort sagte, selbst ungeborene Kinder im Mutterleib erzittern ließ. Oder, indem er selbst von dieser Welt ging. Meistens erschien ihm die zweite Variante tröstlicher. Sie würde sich heulend die Haare raufen und das Gesicht zerkratzen, die Albanienfrau, das Klageweib, seine zweite Witwe.

»Dieses ganze Gift«, murmelte er.

Der Doktor schaute ihn nachdenklich an. Er führte die Kaffeetasse an die Lippen, nahm einen Schluck und fragte dann:

»Warum zerbrichst du dir den Kopf darüber?«

Er wiegte eine Weile den Kopf.

»Ich denke, es ist an der Zeit, mit den Leuten abzurechnen, die sich mit diesem Gift abgeben.«

»Du meinst, die zugehört haben«, warf der Arzt ein. »Man wußte das natürlich. Wenn ich mich recht erinnere, hast du vor zwei Wochen der Generaldirektion eine Anweisung gegeben.«

»Ach, habe ich das getan?«

Der Doktor lachte.

»Nenn mir einen Fall, wo du etwas nicht rechtzeitig getan hast«, meinte er. »Jetzt sucht man wohl nach Ausreden.«

»Es ging mir nicht bloß um die gewöhnlichen Funktionäre.«

»Natürlich nicht.«

»Es ging mir um die Leute ganz oben. Angefangen bei den Ministern.«

»Natürlich«, sagte der Arzt.

Er langte nach den Röntgenaufnahmen auf dem Tisch. Der Blinde horchte auf das Geräusch, das beim Wühlen entstand.

»Hast du gefunden, was du suchst?«

»Ja.«

»Keiner versteht mich besser als du«, sagte er leise.

Man hörte, wie der Arzt die Röntgenaufnahme hin und her bewegte.

»Es sieht nicht gut aus«, sagte er mit ernster Stimme.

Der Diktator lebte auf, wie meistens in solchen Fällen.

»Wird Krebs durch Angst hervorgerufen?« fragte er. »Oder durch Illoyalität?«

Der Arzt antwortete in gleichgültigem Ton, ohne das Röntgenbild wegzulegen.

»Wer an so einer Fotografie erkennt, ob jemand ein reines Gewissen hat, ist der größte Arzt auf der Welt.«

»Auch dazu wird es noch kommen.«

Der Blinde streckte die Hand aus und betastete das Gesicht des Arztes.

»Ich habe nur dich auf dieser Welt«, sagte er mit erloschener Stimme. »Nur du bist noch übrig. *Tu comprends? Toi seul…*«

Der Arzt betrachtete immer noch zerstreut die Röntgenaufnahme. Zuerst hielt er sie vor die Lampe, dann streckte er, um besser erkennen zu können, den Arm aus. Das Gespräch schlief fast ein. Es wurde auf Albanisch und Französisch geführt.

»Sie ist an der Tür«, sagte der Blinde plötzlich und wandte den Kopf in die entsprechende Richtung. »Sie streicht herum wie eine Katze. Mach ihr auf.«

Mürrisch legte der Arzt das Röntgenbild auf den Tisch und erhob sich.

*

Die Frau stand tatsächlich vor der Tür. Ihre Augen funkelten ärgerlich. Offensichtlich war sie mit dem, was sich im Zimmer abspielte, keineswegs einverstanden.

»In einer Stunde beginnt das Bankett«, flüsterte sie dem Doktor zu. »Ich hoffe, ihr wißt das.«

Der Arzt antwortete nicht. Die Erkenntnis, daß er vermutlich der einzige war, der sich nicht um sie scherte, traf sie wie ein Keulenschlag.

»Der Innenminister will seit einer Stunde mit dir reden«, wandte sie sich an ihren Mann. »Ich habe ihm gesagt, du seiest beschäftigt.«

»Das stimmt ja auch«, antwortete der Diktator. »Ist es dringend?«

Noch ehe sie antworten konnte, bedeutete er ihr durch eine Geste, still zu sein.

»Warte! Das ist schon das zweite Mal, daß ich Flugzeuglärm höre. Ich glaube nicht, daß ich mich täusche.«

»Richtig«, sagte die Frau und zeigte mit dem Finger zum Himmel. »Der Anruf hat damit zu tun.«

Sie hatte sich die Worte vorher zurechtgelegt, weil ihr manche nicht leicht von der Zunge gingen, und versuchte nun, in möglichst knapper Form zu erklären, was los war.

Eine Verschwörung war aufgedeckt worden. Das wichtigste Beweisstück wurde mit dem Hubschrauber gebracht. Es sollte ein Geburtstagsgeschenk für ihn sein. Es kam von tief unten. Das war wörtlich gemeint. Es stammte aus einem Grab.

»Warte«, unterbrach er sie. »Von deinem Gerede dreht sich einem ja der Kopf. Wie war das mit dem Geschenk aus dem Boden? Immerhin mal etwas Neues! Chrom und Erdöl kann ich nicht mehr sehen, deshalb kommt ihr mir jetzt mit Lehm an.«

Sie entschuldigte sich für den hektischen Bericht und begann von vorne. Die Hauptsache war die aufgedeckte Verschwörung. Wahrscheinlich die gefährlichste, die man je erlebt hatte. Und es gab einen Beweis, einen Hilferuf an den Westen. Also, einen Appell. Mündlich vorgetragen. Aufgezeichnet von einer Wanze. Hervorgeholt aus einem Grab. Weil nämlich einer der Verschwörer...

Seine Augen begannen zu funkeln.

»Eine Verschwörung?« sagte er leise. Und dachte: Aha, nun wird mit klar, weshalb die Genossen es mir schenken wollen.

Die Frau lächelte erleichtert. Auch um die Lippen des Arztes spielte ein leichtes Lächeln, doch es war abwesend.

In die Stille hinein erklang erneut das Knattern des Hubschraubers.

»Offensichtlich hat er Probleme beim Landen«, sagte die Frau. »Das Wetter draußen ist ziemlich schlecht.«

*

Jedesmal, wenn der Hubschrauber ins Taumeln geriet, griff Arian Vogli unwillkürlich nach der schwarzen Aktentasche mit der Kassette. »Wie?« schrie der Pilot ins Mikrophon. »Ich verstehe nicht richtig. Es gibt Störungen. Wie? Ich soll vom Berg wegbleiben? Zum anderen Flugplatz? Aber da habe ich keine Landeerlaubnis... Aha... Zu Befehl!«

Durch das kleine Fenster waren wieder die Lichter der Hauptstadt zu sehen, doch das Glitzern war heller geworden. Arian Vogli konnte den Blick nicht von der glühenden Pracht wenden. Er war der letzte Gast auf dem Weg zum abendlichen Bankett. Der Flug, der gewöhnlich nicht einmal eine Stunde dauerte, hatte sich unglaublich in die Länge gezogen. Sie waren von der Dunkelheit überrascht worden, die plötzlich vom Himmel herabgefallen zu sein schien, und dann hatte ihnen auch noch keiner der kleinen Militärflugplätze die Landung erlauben wollen.

Der Hubschrauber sackte wieder ein paar Meter durch, und Arian Vogli streichelte die Tasche, als müsse er sie beruhigen. Reiß dich zusammen, schalt er sich selbst. Manchmal war er geneigt, zu glauben, Zuckungen der Seele des Toten schüttelten die Flugmaschine durch.

Alle Begeisterung war verflogen. Eben hatte er sich noch als Dämon gewähnt, der seinen Gefangenen durch dunkle

Wolkenberge schleift, nun war da nur noch eine bedrohliche Leere.

Die glitzernden Lichter der Hauptstadt wirkten plötzlich nicht mehr einladend auf ihn. Er hatte die Beute aus dem Lehm gezogen und zum Anhören durch die Luft befördert, und trotzdem waren sie nicht zufrieden. So ist das immer, dachte er zornig.

Vor kurzem, über den Bergen, hatte er eine schreckliche Angst ausgestanden. Der Hubschrauber war so durchgeschüttelt worden, daß er glaubte, sie stürzten ab, und als dann endlich die Lichter Tiranas in der Ferne aufgetaucht waren, hatte er erleichtert aufgeatmet.

Wir sind da, Gespenst, dachte er.

Unterwegs hatte er sich bereits ein paar Mal mit dem Toten unterhalten. Dabei benutzte er Worte, die gar nicht die seinen waren, sondern von anderen stammten, größtenteils von einer Frau. Inzwischen kam ihm das normal vor. Eine »Prinzessin« hatte sie aufgezeichnet.

Wir sind da, wiederholte er. Du wirst dich nach Tirana gesehnt haben, nehme ich an. Drunten unter der Erde hast du dir bestimmt nicht vorstellen können, es wiederzusehen. Und nun, schau an, wie du zurückkommst! Im Hubschrauber. Und dann geht es auf dem direkten Weg zu einem offiziellen Bankett.

Tirana empfing sie kühl. Bei den kleinen Militärflugplätzen waren sie überall abgewiesen worden. Hatte man es sich womöglich anders überlegt? Aus Aberglauben vielleicht? Nun ja, ein Toter am Geburtstag...

Erst lassen sie dich antanzen, dann haben sie Angst vor dir, dachte er.

Längst hatte er das Gefühl, nicht mit einem Gefangenen unterwegs zu sein, sondern mit einem Leidensgefährten. Sie waren zwei einsame Wanderer, denen man am Tor des großen Palastes den Zutritt verweigerte.

Die Stimme des Piloten im Kopfhörer riß ihn aus seinen Gedanken. »Der Führer persönlich ist unterrichtet worden, kapierst du das endlich? Wie? Und warum schickst du mich dann dauernd im Kreis herum? Was? In meinem eigenen Interesse? Gut, ich verstehe. Aber ich bin jetzt schon mehr als zwei Stunden in der Luft...«

Plötzlich entdeckte er unter sich zwei blaue Lichtlein. Konnte er seinen Augen trauen? Ja, es war der winzige, eigentlich nicht mehr benutzte Flugplatz aus der Königszeit am Rande Tiranas.

Er stieß einen leisen Seufzer aus. War es ein letztes Taumeln des Hubschraubers, oder war ihm schwindelig? Jedenfalls hatte er einen ganz trockenen Mund, und seine Ohren schmerzten. Erst jetzt wurde ihm klar, wie erschöpft er war. Drei Nächte ohne Schlaf. Tag und Nacht auf der Jagd nach den Verschwörern. Abgehörte Telefone. Vermutungen, zum Verdacht verdichtet. Neue Vermutungen.

Jetzt lag alles hinter ihm. Die kleinen blauen Lichter kamen schnell näher. Wir sind da, Gespenst, sagte er laut.

*

Fertig angezogen für das Bankett, saß der Diktator auf dem Sofa am Kamin. Zurückgelehnt auf dem Sessel gegenüber, schaute der Doktor abwechselnd ins Feuer und auf die Hand seines Freundes, an der ein Ring beunruhigend funkelte. Mit der anderen Hand, ohne Ring, rieb er sich gelegentlich die Augen.

»Sie werden wieder einmal behaupten, daß ich mir die Verschwörungen selber ausdenke«, sagte er mit tiefer Stimme.

»Das werden sie sich nicht mehr getrauen.«

Der lange Nachmittag hatte beide offenbar ermüdet, denn sie schwiegen die meiste Zeit.

»Glaubst du wirklich, wir bekommen die Stimme zu hören?«

»Keine Frage«, antwortete der Doktor. »Ich habe gerade mit dem Minister gesprochen. Er hat mir versichert, der Klang sei nach der langen Zeit unter der Erde zwar beeinträchtigt, die Stimme aber immer noch deutlich zu hören.«

»Eine Stimme aus dem Jenseits...«

»Gewiß, nach drei Jahren unter der Erde.«

Der Diktator dachte an die Autokolonne, die nun in der Dunkelheit unterwegs war, und an das Double, das neben seiner Frau in der größten Limousine Platz genommen hatte.

»Ich nehme an, du kennst das alte Sprichwort ›Was der Fluß fortreißt, findet man im Meer, was das Feuer verschlingt, findet man im Rauch, was der Tod sich nimmt, findet man im Grab?‹« sagte der Doktor.

»Es gibt viele Sprichwörter über den Tod«, antwortete der Führer. »Meine Mutter, sie ruhe in Frieden, kannte alle.«

Ihm selbst fiel nur noch eines davon ein: »Nur der Tod nimmt, ohne je etwas zu geben.«

Er war sehr gespannt auf die Stimme. Wenn man sie wirklich aus dem Grab geholt hatte, so bedeutete dies, daß der Tod zum ersten Mal etwas zurückgegeben hatte. Ein schwaches Zeichen...

In letzter Zeit bedrückten ihn Gespräche über den Tod. Aber diesmal ging es um etwas Hörbares, das gefiel ihm. Außerdem, wenn der Tod wirklich diese eine Nachricht geschickt hatte, konnte man vielleicht noch andere von ihm erwarten.

An der Tür war ein leichtes Klopfen zu hören, und beide schauten sich um.

Der Chef-Leibwächter teilte mit, es sei Zeit zum Aufbruch.

*

Das Licht der Kandelaber beiderseits der Straße, die zum Palast führte, verlieh allem eine traumhafte Ruhe. Das laute Knattern des Hubschraubers hatte Arian Vogli fast taub gemacht. Seine Beine waren immer noch eingeschlafen, und seit der Ankunft hatte er das Gefühl, nicht zu gehen, sondern auf der Erde zu schwimmen.

Die Aktentasche hielt er fest an den Körper gedrückt.

Ich bringe dich zu einem Fest, dachte er. In einen großen, hellerleuchteten Palast voller Leben, wie du es noch nie erlebt hast. Und der Führer persönlich erwartet dich dort...

»Das Bankett hat wahrscheinlich schon begonnen«, sagte er zu seinem Begleiter und griff sich unwillkürlich an die Kehle. Seine Stimme klang ganz unnatürlich, verzerrt, als komme sie gleichzeitig aus Mund und Ohren.

»Das macht nichts«, antwortete der Begleiter. »Die wissen, welche Schwierigkeiten es gab.«

Die Frage »Wie bitte?«, die Arian Vogli herausrutschte, hatte wenig mit dem zu tun, was in seinem Kopf vor sich ging. Er glaubte die gleiche Antwort noch einmal zu hören, allerdings mit einer kleinen Veränderung: Das macht nichts, Gespenst...

Es geht mir nicht gut, dachte er. So wie ich bin, erschöpft, schmutzig, mit einer Stimme, die klingt wie eine kaputte Glocke, kann ich unmöglich dort erscheinen, dachte er. Doch die Sorge verflog sogleich wieder.

Das mondartig stumpfe Licht der Kandelaber schien alles glatter zu machen. In langer Reihe, schwarz und schwer, rollten die Staatskarossen heran. Die Wachen in ihren nassen Pelerinen wirkten ziemlich verdrossen.

Ich habe dich aus deinem Verwesungsschlaf gerissen, wandte er sich wieder an Shpend Guraziu. Meine Großmutter pflegte zu sagen: Die größte Sünde ist, einen Toten in seinem Grab zu stören. Im Hubschrauber dachte ich schon, du wolltest dich an mir rächen. Einmal war ich mir ziemlich sicher, daß wir gleich zusammen abstürzen … Aber du warst dir offenbar sicher, daß ich Wort halten würde. Und jetzt sind wir im Palast … Das ist euer Vorteil: Ihr wißt immer ein bißchen mehr als wir Lebenden.

Man spürte, daß es nicht mehr weit bis zum Eingang sein konnte, obwohl dieser noch nicht zu sehen war.

Bestimmt ist es unter der Erde langweilig gewesen, sagte er zu dem Gespenst.

Es geht mir nicht gut, dachte er erneut.

Seine Schläfen pochten, und er sah alles doppelt. Seit dem Gang über den verlassenen Flugplatz waren seine Stiefel über und über mit Lehm beschmiert.

Endlich standen sie vor dem Eingang, nichts als Marmor und Licht. Durch die Glastür sah man ein Stück des verlassenen Flurs.

»Das Bankett hat sicher schon begonnen«, sagte er besorgt, immer noch mit dieser Stimme, die aus einem Bergwerksstollen zu stammen schien.

»Das macht nichts«, sagte der Begleiter erneut.

Das macht nichts, Gespenst.

Die Angst, mit seinen Stiefeln den schönen Teppich schmutzig zu machen, verflog gleich wieder.

Sie waren nun kurz vor der Tür, doch er dachte, heute müsse ihm alles verziehen werden.

*

Das Bankett hatte eben begonnen. Man hörte Gläser klingen und das Klappern von Geschirr, doch alle Gäste waren sich im klaren, daß die offizielle Eröffnung noch bevorstand. Man wartete auf die kurze Ansprache und den Trinkspruch zur Begrüßung.

Im Saal der Botschafter herrschte gespannte Neugier. Die Person, die gleich das Wort ergreifen würde, durfte als Nachfolger des großen Chefs gelten, wenn dieser... Die albanische Polizei hatte mit den ihr eigenen Methoden dafür gesorgt, daß dieses Gerücht bereits überall im Umlauf war.

Das Gesicht des Mannes, der also für den designierten Nachfolger gehalten wurde, strahlte in hellem Glanz, fröhlich glitzernder Schweiß mischte sich darin mit der Befangenheit eines Bräutigams beim ersten Besuch im Haus der Schwiegereltern und einem Ausdruck von Schuldbewußtsein.

Andere Blicke waren dem Tisch mit den Familienangehörigen der Führungsspitze zugewandt und ruhten dort forschend auf der Frau und der Tochter des neuen Stellvertreters, da man glaubte, aus deren Auftreten, vor allem aus dem Verhalten der Tochter, Rückschlüsse ziehen zu können. Sie wirkte sehr nachdenklich. Anders als gewöhnlich trug sie ein Kleid in gedeckten Farben, und der glitzernde Kamm, der sonst ihr Haar zusammenhielt, war nirgends zu entdecken.

»Das ist für mich ein sicheres Zeichen«, flüsterte der brasilianischen Botschafter seinem Nachbarn zu. »Seit Agamemnons Zeiten verlangen Tyrannen ihren Töchtern Opfer ab...«

»Ich verstehe nicht ganz«, erwiderte der Nachbar.

»Das ist doch ganz einfach«, fuhr der Brasilianer fort. »Das Oberhaupt der Griechen opferte seine Tochter, bevor er ins Feld zog. Der dort« – er zeigte mit dem Kinn auf den Stellvertreter – »hat dasselbe getan, um seine Beförderung zu erreichen.«

Der Nachbar lächelte.

»Soll das heißen, jemandem seinen Schmuck wegzunehmen und ihn zu töten ist das gleiche?«

»Für uns beide vielleicht nicht«, antwortete der Botschafter, »für ein verwöhntes junges Gör aus der Nomenklatur aber ganz bestimmt.«

*

Arian Vogli, der hinter seinem Begleiter herging, war versucht, sich umzudrehen und nachzuschauen, ob seine Sohlen Spuren auf dem Teppich hinterließen. Doch was er durch eine breite Glastür auf der rechten Seite des Korridors sah, vor allem aber die Stimme, die er von dort hörte, nahm seine ganze Aufmerksamkeit in Anspruch. An langen, festlich gedeckten Tafeln lauschten Hunderte von Gästen, den Blick der Stirnwand des Saales zugewandt, dem für ihn unsichtbaren Festredner.

Die Lautsprecherstimme verstummte einen Augenblick, und er hatte das Gefühl, die von ihr befreiten Anwesenden schauten alle herüber zu dem verspäteten Gast, der draußen vorbeiging, dunkle Spuren auf dem Teppich hinterlassend: Empörend, dieser Mensch bringt Schmutz in unseren Palast.

Sein Begleiter öffnete sachte eine Seitentür und bedeutete ihm durch ein Zeichen, zu folgen. Sie gingen einen schmalen Gang hinunter, der in einen zweiten mündete. Schließlich öffnete der Begleiter eine Tür und ließ ihn eintreten.

»Warten Sie bitte hier«, sagte er in höflichem Ton und wies auf einen Stuhl. »Ich sage dem Minister Bescheid.«

Arian Vogli nahm Platz, die Aktentasche auf den Knien, und schaute auf seine Stiefel. Er hatte sie, wie ihm plötzlich klar wurde, seit der Aktion auf dem Friedhof nicht mehr gesäubert.

Die Lautsprecherstimme war immer noch zu hören, wenn auch nur noch gedämpft. Mehrmals glaubte er das Knattern des Hubschraubers zu hören. Der kleine Raum war überheizt. Arian Vogli wurde schläfrig.

Mehrmals döste er kurz ein. Er warf einen Blick auf seine Armbanduhr und stellte fest, daß er kaum ein paar Minuten hier war.

Schließlich öffnete sich die Tür, und eine Frau kam herein, ohne ihn allerdings eines Blickes zu würdigen. Sie trug ein Tablett mit zwei Tellern und einer Flasche Wein.

Verwirrt beobachtete er, wie sie das Zimmer durchquerte und vor einer geschlossenen Tür stehenblieb, die ihm bisher nicht aufgefallen war.

Weil sie die Hände nicht frei hatte, drückte sie die Türklinke mit dem Ellbogen herunter und betrat das Nebenzimmer. Die Tür blieb offenstehen. Unwillkürlich warf Arian Vogli einen Blick hindurch.

Entsetzt kniff er die Augen zusammen. In seinem Kopf wirbelten Worte durcheinander: Es geht mir nicht gut, ich träume, nun bin ich vollends übergeschnappt.

Ja wirklich, es ging ihm nicht gut. Drei Tage ohne Schlaf, der verrückte Flug, das überheizte Zimmer, all dies konnte nicht ohne Folgen bleiben.

Zaghaft schlug er die Lider auf. Die Tür stand immer noch offen. Und drüben im anderen Zimmer saß ganz allein an einem Tisch, traurig ausschauend, der Führer.

Arian Vogli schloß die Augen nicht mehr. Er sah, wie die

Frau die beiden Teller auf den Tisch stellte und Wein in ein Glas goß. Dann drehte sie sich um und kam zurück.

Wieder ging sie an ihm vorbei, ohne ihn eines Blickes zu würdigen.

Das ist doch nicht möglich, dachte er verzweifelt. Entweder bin ich verrückt geworden, oder ... oder ... Er verbot sich, zu denken, der Palast sei verzaubert.

In der Ferne war Applaus zu hören.

Er rieb sich die Schläfen, berührte mit der Hand seine Aktentasche, dann schaute er noch einmal hinüber zu der inzwischen wieder geschlossenen Tür.

Keine Frage, es war eine Sinnestäuschung gewesen. Eine andere Erklärung gab es nicht. Es sei denn ... Eine Sicherheitsmaßnahme vielleicht? Nein, unmöglich, man ließ ihn nicht einfach allein, es wären Leibwächter bei ihm gewesen. Und dann die mehr als einfache Mahlzeit. Krumen von der Festtafel, gewissermaßen.

Verdammt, dachte er.

Die andere Tür, jene, durch die er den Raum betreten hatte, öffnete sich, und der Minister trat ein.

Arian Vogli sprang auf. Endlich, dachte er erleichtert. Der Alptraum ist zu Ende.

»Guten Abend, Genosse Arian.«

»Guten Abend, Genosse Minister.«

Alles war wieder greifbar, von Leben durchhaucht. Dies war unverkennbar sein Minister, die Wangen wie bei allen Funktionären auf Banketten ein wenig gerötet. Man hatte sogar den Eindruck, daß er noch ein wenig nachkaute.

Der Minister lächelte ein wenig zerstreut. Seine Augen strahlten jovial.

»Es gab Schwierigkeiten bei der Landung, ich weiß, ich

weiß. Ein bißchen Sorgen habe ich mir schon gemacht, das will ich nicht leugnen. Aber letztlich hat ja alles geklappt.«

Sein Blick hing an der Aktentasche, die Arian Vogli auf dem Stuhl abgestellt hatte.

»Du hast es also gebracht, endlich! Bravo!«

Er langte nach der Mappe, und als er sie ergriff, hätte Arian Vogli am liebsten gebettelt: Nein, bitte nicht wegnehmen, sie ist das einzige, was ich noch habe...

»Hör zu«, sagte der Minister, den Blick auf den Teppich gerichtet. »Der Führer möchte dich persönlich sehen, als Zeichen der Anerkennung. Vielleicht nehmt ihr ja sogar zusammen das Abendessen ein.«

Es fängt also schon wieder an, dachte Arian Vogli. Nicht nur, daß er Gespenster sah, jetzt hörte er auch noch Stimmen...

Er schaute auf seine schmutzigen Stiefel hinunter, doch der Minister machte eine beruhigende Handbewegung. Das ist doch nicht schlimm, keine Sorge!

Arian Vogli setzte eben an, dem Minister zu berichten, was er hinter der geheimnisvollen, nun wieder geschlossenen Tür gesehen hatte, doch es verschlug ihm die Sprache. Der andere wandte sich nämlich ausgerechnet dieser Tür zu und sagte: »Folge mir!«.

Er drückte die Klinke nieder. Alles in Arian Vogli schrie: Geh nicht hinein! Doch dann trat er doch über die Schwelle.

Hinter dem Tisch saß der Führer, das unberührte Essen vor sich. Der Minister ging zu ihm, flüsterte ihm etwas ins Ohr, und der Angesprochene nickte. Dann schaute er Arian Vogli geringschätzig an und bedeutete ihm mit einer Handbewegung, ihm gegenüber am Tisch Platz zu nehmen. Dort hatte man extra für ihn einen Stuhl hingestellt.

Es ist unglaublich, dachte Arian Vogli. Aber er verspürte keinerlei Freude. Was soll das, was ist nur mit dir los? schalt er sich. Ringsum herrschte Kälte, wie im Schattenreich. Nun war er vollends davon überzeugt, daß er träumte, und das beruhigte ihn sogar ein wenig.

Der Minister schickte sich an, das Zimmer zu verlassen. Ehe er die Türe hinter sich zuzog, wechselte er mit dem Führer noch einen kurzen Blick.

Nun saßen sie einander alleine gegenüber. Der Führer musterte ihn eine Weile. Dann zeigte er auf die Teller und die Flasche.

Jetzt erst begriff Arian Vogli, daß die Frau vorhin auch für ihn aufgetragen hatte.

Mit steifen Fingern tastete er nach der Aktentasche, bis ihm einfiel, daß man sie ihm abgenommen hatte.

Wo bist du, Gespenst? dachte er. Wir haben uns verloren in diesem Palast.

Es geht mir schlecht. Was hat dieses stumme, freudlose Abendessen zu bedeuten? Schon als man ihm mitgeteilt hatte, daß er die Tonbandkassette persönlich überbringen solle, waren ihm Bedenken gekommen, und während des Fluges hatten sie sich vertieft. Ach, wenn ich nur gewußt hätte, was auf mich zukommt, dachte er. Ihm wurde ganz kalt.

Der andere aß schweigend weiter. Wußte er überhaupt, wem er diese Ehre erwies und warum?

Schließlich ergriff Arian Vogli das Wort. Es war wie ein Kneifen, um sich zu vergewissern, daß man nicht träumt. Ganz leise, als fürchte er, jemanden zu erschrecken, sagte er etwas von großer Ehre und unverbrüchlicher Ergebenheit.

Der Führer nickte, doch seine Augen blieben ausdruckslos.

Arian Vogli spürte, wie die Kälte von seinem Rücken auf

die Glieder übergriff. Großer Gott, dachte er. ER weiß offenbar von gar nichts.

Die Kälte legte sich ihm ums Herz. Alles bekam einen falschen Glanz, zerfloß ihm unter den Händen.

Eine Vermutung kroch (kalt wie alles andere) in sein Gehirn: Handelte es sich bei seinem Gegenüber womöglich gar nicht um IHN? Gleich darauf kam ihm ein noch viel schlimmerer Verdacht: War ER womöglich gestorben und durch diese Gliederpuppe hier ersetzt worden?

Halt, langsam, schalt er sich selbst. Keine voreiligen Schlüsse! In diesem Fall hätte der arme Schlucker ihm nicht gegenübergesessen, sondern wäre drüben im Festsaal benötigt worden.

Er versuchte, zu schlucken, was er sich in den Mund geschoben hatte, doch es wollte nicht hinunter. Nun war klar, wieso sein Tischgeselle nicht sprach. Mit einer verstellten Stimme konnte man eine Menge Leute hinters Licht führen, aber bestimmt nicht einen Abhörspezialisten wie ihn, der seit drei Jahren nichts anderes tat, als Stimmen zu identifizieren.

Zum ersten Mal überwand er seine Angst und schaute den anderen unverwandt an. Wahrhaftig, er sah IHM täuschend ähnlich.

Als Reaktion auf Arian Voglis Blick erhob der andere sein Glas.

»Prost!« sagte er ruhig.

Arian Vogli erstarrte. Die Maske war gefallen. Das war nicht SEINE Stimme.

Er griff ebenfalls nach seinem Glas. Nach drei Tagen und drei Nächten ohne Schlaf hatte er das Bedürfnis, mit jemandem zu reden. Was sollte diese Farce?

Er hätte diese Frage vielleicht ausgesprochen, wäre nicht

eine andere Befürchtung, genauso finster, genauso nackt, in ihm aufgestiegen. Sie achteten stets sorgsam darauf, daß keines ihrer Geheimnisse nach außen drang. Warum trieb man dann mit ihm, Arian Vogli, dieses Spiel? Warum hatten sie keine Angst, daß er ...?

Als er das Glas an die Lippen setzte, spürte er, wie in ihm etwas nachgab, zerbröselte.

Hatten sie vor, ihn vor den Augen der Marionette zu vergiften?

Sein Kopf sank nach vorne, doch vermied er wenigstens, daß sein Gesicht in das Essen fiel.

*

Drüben im Festsaal ging man allmählich zum ungezwungenen Teil des Abends über. Kaffee wurde serviert.

An den Saaltüren hatten sich Trauben von Menschen gebildet, die den großen Korridor beobachteten.

Wie bei jedem Bankett, an dem er teilnahm, beanspruchte der Diktator den größten Teil der Aufmerksamkeit für sich. Unsichtbare, unmöglich zu erklärende Fäden verbanden ihn mit den Bankettgästen und übertrugen jede seiner Regungen auf sie. Heute waren diese Fäden noch straffer gespannt als sonst. Dieser in vierzig Jahren ausgebildeten gegenseitigen Abhängigkeit schienen auch seine Augen unterworfen. Manchmal hatten sie einen unnatürlichen Glanz, manchmal wirkten sie erloschen.

Mit den Gästen in ihren schwarzen Anzügen wogte etwas Dunkles, Geheimnisvolles durch die Säle, floß in den großen Korridor und kehrte bald darauf zurück, doch verändert, mit noch mehr Zittern beladen. Mit fast erstickter Stimme fragte einer den anderen, ob er schon von dem Vorfall wisse. Die albanische Geheimpolizei hatte etwas extrem Ungewöhnliches, ja, fast Übernatürliches getan. In Saal D und sogar auch im Saal F hatte man es mitbekommen, ohne den eigenen Augen und Ohren zu trauen. Eine richtige Gespenstergeschichte, meinte einer, doch sein Gesprächspartner schüttelte den Kopf. Nicht ganz. Aber etwas Ähnliches schon: nämlich eine Stimme aus dem Jenseits...

Für ein paar Momente schien sich das Getuschel aufzulösen, doch dann verdichtete und verdunkelte es sich aufs neue.

Wer anfangs ungläubig reagiert hatte, räumte ein, sich vielleicht geirrt zu haben, denn gar so widersinnig war das ganze wohl doch nicht. Von einem Hilferuf von Verschwörern an den Westen war die Rede. Der Name Frankreich fiel. Und das alles hatte angeblich mit einer Stimme aus dem Jenseits zu tun, einer Art Gespenst oder Geist, den man... eingefangen hatte.

Während sie sich mit zusammengesteckten Köpfen halblaut unterhielten, hatten manche der Ausländer unter den Tuschelnden das Gefühl, ihre Sprachen stellten ihnen nicht die nötigen Worte zur Verfügung, um sich richtig auszudrücken. Zuerst brachte der argentinische Botschafter den Begriff »Spiritus« ins Spiel. Lassen Sie sich nicht durch die legendenhafte Verpackung täuschen. Das Gerücht hat auf jeden Fall eine reale Grundlage.

Der französische Botschafter, dem ständig neugierige Blicke zugeworfen wurden, war beunruhigt. Eigentlich ging es ja gar nicht darum, daß Frankreich als Empfänger des Hilferufs der Verschwörer genannt wurde, und auch nicht um die Antwort, über die sowieso nichts Konkretes zu erfahren war. Die Hauptfrage lautete: Weshalb hatte der albanische Geheimdienst die Ausbreitung des Gerüchts zugelassen?

»Das Gerede gefällt mir überhaupt nicht«, sagte der Franzose beim zweiten Kaffee leise zu seinem italienischen Kollegen. »Das kann doch nur zu einer weiteren Verschlechterung der Beziehungen zu Frankreich, wenn nicht zum ganzen Westen führen.«

Sein Kollege lächelte.

»Ich weiß nicht, ob ›Verschlechterung der Beziehungen‹ der richtige Ausdruck ist. Albanien arbeitet seit vierzig Jahren unermüdlich daran, es sich mit der ganzen Welt zu verderben, und zwar mit großem Erfolg.«

»Für diese Leute ist offenbar der Tiefpunkt noch nicht die Untergrenze«, sagte der Franzose nachdenklich.

Die Masse der Gäste befand sich in ständiger Bewegung. Trotz des hohen Geräuschpegels glaubten die beiden, schon wieder das Wort »Spiritus« gehört zu haben.

»Immerhin, ein ›shpirt‹, also ein Geist, geht wirklich im Saal um«, meinte der Italiener, der angefangen hatte, ein bißchen Albanisch zu lernen.

Der Franzose schüttelte mißmutig den Kopf. In diesem Palast geschah nicht zum ersten Mal Unerklärliches.

Dritter Teil

Die Ablagerung

Ende Herbst kehrten die Ausländer, die in B. wochenlang geheimnisvolle Nachforschungen angestellt hatten, der Stadt eines Morgens plötzlich den Rücken.

Ihre Abreise wurde so wenig wahrgenommen wie ihre Ankunft. Doch am allerwenigsten erfuhr man von dem, was sie im Verlauf dieses tristen und kalten Monats getrieben hatten.

Für zwei Tage versank die Stadt in einer ganz ungewohnten Stille, bevor sie am dritten Tag benommen wieder erwachte.

Die Menschen strömten auf die Straßen, füllten die Cafés und Straßenkreuzungen zuerst in der Innenstadt, dann in den Vororten, und schließlich begannen sie ziellos im Kreis herumzulaufen.

Mittags legte sich die Unruhe nicht etwa, sondern sie nahm sogar zu. Ein solches Zittern und Zagen hatte man nicht mehr erlebt, seit vor vielen Jahren, noch während des alten Regimes, ein Psychopath aus der Hauptstadt im Zoo einen Adler umgebracht hatte.

Scharen von Menschen drängten zum städtischen Friedhof, von wo sie dann mit lehmverschmierten Schuhen zurückkamen.

Die Anspannung stieg weiter, als am Spätnachmittag ein Selbstmord bekannt wurde. In der Oberstadt stürzten Randalierer ein Standbild um, und ein Polizeiauto raste, um Schlimmeres zu verhüten, durch die Hauptstraße zum Tatort.

Als schließlich die Dämmerung hereinbrach, sah die Stadt aus, als sei ein Hurrikan über sie hinweggefegt.

Doch die Menschen wirkten irgendwie befreit. Während der beiden stummen Tage hatte sich ein solcher Druck in ihnen angestaut, daß am Ende sämtliche Ventile geplatzt waren.

Tags darauf gingen die Unruhen weiter, wenn auch weniger heftig. Vor dem Eingang von »Albtourist« standen, obwohl auf Plakaten mit immer größeren Lettern in immer grelleren Farben bekanntgegeben wurde, daß die Hotels an der Küste geschlossen worden waren, lange Schlangen von Menschen, die trotzdem vage hofften, irgendeine Absteige in Durrës oder Saranda sei vielleicht doch geöffnet. Die meisten hätten, nur um von B. wegzukommen, sogar eine lange Reise in Kauf genommen, nach Shëngjin im Norden zu Beispiel, wo bestimmt schon Schnee lag. Auch auf dem städtischen Friedhof herrschte nach wie vor reger Betrieb. Als nach den ganzen Journalisten aus der Hauptstadt auch noch zwei Exkursionsgruppen anrückten, forderte der besorgte Friedhofsaufseher für alle Fälle einen Polizisten an.

Am folgenden Tag rüttelte ein Häuflein von Archäologen, die in einer benachbarten illyrischen Siedlung Ausgrabungen durchführten, unter Mißbrauch ihrer einschlägigen beruflichen Erfahrung an dem marmornen Grabstein, worauf der Aufseher das Grab mit einem Stacheldrahtzaun umgab und von jedem, der sich heranwagte, einen Polizei- oder Presseausweis zu sehen verlangte.

Animiert von den spektakulären Überschriften der ersten Meldungen und Reportagen (»Geist ins Netz gegangen«, »Auf der Suche nach dem verlorenen Geist«, »Die Geisterfalle« usw.), machten weitere Journalistenscharen auf der Jagd nach neuen Erkenntnissen die Stadt unsicher. Sie krakeelten herum und rauften sich die Haare vor Wut, als sie merkten, daß die ausländische Expertengruppe, die das Ereignis buchstäblich ausgegraben hatte, Albanien bereits spurlos und in unbekannter Richtung verlassen hatte.

Dieser Mangel nährte die seelische Erregung der Menschen in einem Ausmaß, wie es überhaupt nur Mängel zu tun vermögen. Spät am Abend blieb den Journalisten in der Bar »Illyrien« und im Nachtlokal des Hotels nach stundenlangen, aber gleichwohl vergeblichen Bemühungen, die Namen der Ausländer und ihre Destination, sei es nun New York, Rom oder Dublin, zu ermitteln, nichts anderes mehr übrig, als davon zu träumen, daß ihnen ein gütiges Geschick doch noch zu einer Begegnung mit den Verschwundenen verhalf.

Doch gleich darauf machte man eine zutiefst erschütternde Entdeckung. Es bedurfte gar keines Treffens mit den ausländischen Experten, um das Geheimnis zu lüften. Auf diese oder jene Art wußten alle um das Ereignis, oder genauer, sie hatten darum gewußt, vor langer Zeit.

Seit Jahren hatten sie es verdrängt, so tief in ihrem Inneren versickern lassen, daß sie schließlich meinten, alles vergessen oder nie gewußt zu haben.

Keiner war imstande, diese heimliche Übereinkunft zu erklären. Sie wurzelte wahrscheinlich tief in der Geschichte, in Zeiten, als der Instinkt den Menschen noch sagte, welche der Ereignisse, die sie schreckensstarr erlebten, man besser der Vergessenheit anheimgab und welche man in düsteren Balladen besang.

In diesen inneren Widerstreit hatte das besagte Ereignis die Bürger von B. gestürzt, und sie empfanden ihn als qualvoll wie alles, was lange nach seiner Zeit noch einmal in Erscheinung tritt.

In den gepeinigten Blicken lag die Frage, was wohl besser sei: wenn das Ereignis sich einfach verflüchtigte oder wenn es zu neuem Leben erwachte? Dabei spürten sie, daß beides nicht in ihrer Hand lag. Zum einen fehlte ihnen die Macht, und das andere war eine heikle Sache. Erst wenn der Tod sein Werk getan hatte, ließ sich etwas wiederbeleben, und nur mit seiner Erlaubnis.

Allerdings war das Ereignis offenbar nicht tot genug, um auf eine Wiedererweckung hoffen zu können. Es war ein Zwischending – tot, aber nicht unter der Erde, wie der Volksmund sagte – und deshalb dem Zugriff der menschlichen Vernunft entzogen.

Allmählich wurde klar, daß die Gruppe ausländischer Experten mit ihrer Entdeckung nichts anderes getan hatte, als eine unentbehrliche Entwicklung zu unterbrechen. Vorschnell war aus der Erde geholt worden, was darin noch lange hätte modern sollen. So wie es jetzt, nach dieser gewaltsamen Erweckung, war, lädiert, verschmutzt, mit zerbrochenen Gliedern, von einer Schicht unmenschlicher Trauer bedeckt, ließ es sich schwer ertragen. Es blendete die Augen, dröhnte in den Ohren und vertrieb den Schlaf.

Daraus erklärte sich der ganze Aufruhr, das ständige Hin und Her in jenen Tagen, das teilweise nichts anderes war als die gleichsam geträumte Wiederholung dessen, was sich vor Jahren abgespielt hatte. Wer damals von Mikrophonen abgehört worden war, rannte auch jetzt umher, ohne Ruhe zu finden, und riß sich die vermeintlich verwanzten Kleider vom Leib, als ob es sich um lebendiges Ungeziefer handelte. Andere versuchten wie seinerzeit den Richtmikrophonen zu entkommen, indem sie sich rastlos um Zimmer in möglichst abgelegenen Hotels bemühten, für die sie fast jeden Preis zu zahlen bereit gewesen wären.

Das Delirium nahm solche Ausmaße an, daß ehemalige Belauscher, gleichsam aus langem Schlaf erwacht, sich die Haare wuschen, frische Kleider anzogen und dann gemächlich zu den Plätzen begaben, wo sie im Überwachungsdienst die glücklichste Zeit ihres Lebens verbracht hatten.

Man begann zu begreifen, daß das Ereignis, vor der Zeit in versehrtem Zustand der Vergessenheit entrissen, schrecklicher war als in seiner vollständigen Form. Und wieder sah man sich im gleichen Dilemma: Offensichtlich war es zu spät, um es einfach wieder zu begraben, und zu früh, um ihm abermals einen Platz unter den Lebenden einzuräumen.

»Und wieso?« fragten zugereiste Journalisten die Ortsansässigen. Weshalb war gerade dieses Ereignis so einmalig, daß es, einem Erdbeben gleich, eine ganze Stadt durchschütteln konnte? Die Einheimischen musterten die Ankömmlinge verächtlich. Wie konnte man nur so dumme Fragen stellen?

Trotz aller Nackenschläge bohrten die Journalisten weiter. Schließlich hatte die Stadt B. auch andere Erschütterungen durchgemacht: Man hatte den Zusammenbruch der kommunistischen Diktatur miterlebt und war dabei haarscharf an einem Bürgerkrieg vorbeigeschrammt. Das Standbild des Diktators war umgerissen und dreimal um die alte illyrische Festung geschleift worden. Über alles hatten die Zeitungen und das Fernsehen ausführlich berichtet. Aber einen Wirbelsturm wie diesen hatte es nicht gegeben.

Jene, von denen man eigentlich hätte Erklärungen erwarten können, schüttelten auch nur den Kopf. Das ganze sei viel zu aufreibend, und außerdem ließen sich die Gründe sowieso nicht herausfinden, erklärten sie offen. Und wenn die Journalisten, um Bekundungen zu provozieren, behaupteten, das liege wohl daran, daß ein nicht geringer Teil der Spione, Ermittler, Meineidszeugen, Wanzendeponierer, Folterknechte und Scharfrichter von damals noch am Leben sei und viele der Opfer natürlich ebenfalls, ließen sich die Einheimischen dennoch nicht aus der Reserve locken.

Es stimmte, beide Parteien gab es noch, aber zwischen ihnen spielte sich schon lange nichts mehr ab. Sie lebten weiterhin Haus an Haus, schienen aber blind füreinander zu sein.

»Sagt mir endlich, warum?« schrie ein Radiojournalist, der bereits zum vierten Mal nach B. gekommen war, durch die Bar »Freiheit«. »Warum gerade dieses Ereignis? Es ist zum Verrücktwerden!«

»Brüll hier nicht herum, Jüngelchen«, antwortete ein alter Mann am Nachbartisch. Er sprach in ganz normalem Ton, dennoch trat sofort Schweigen ein. »Du willst also wissen, warum? Ich kann dir sagen, warum!«

Mit leiser, ein wenig gutturaler Stimme redete er weiter. Ob jemand zuhörte, schien ihm egal zu sein. Tatsächlich lauschten alle wie gebannt, keiner wollte auch nur ein einziges Wort verpassen. Das Ereignis, so meinte der Mann, habe deshalb eine so erschütternde Wirkung, weil es herausragend sei. Nicht nur bedeutsam wie Feiern und Feste, sondern geradezu geheiligt. Weil es nicht bloß eine Aura habe, sondern eine Aureole, womit es einer Ikone nahekomme. Und es sei so besonders wie zum Beispiel ein Komet, der sich nur alle siebzig oder hundertsiebzig Jahre oder gar noch seltener zeige.

Gut möglich, fuhr er fort, daß es irrtümlich zu uns herübergekommen ist, aus einer anderen Welt, in der andere Gesetze herrschen. Möglicherweise hat es sich in der Unendlichkeit des Weltalls verirrt, um sich zu seinem Erstaunen plötzlich bei uns wiederzufinden.

Deshalb verhält es sich auch so fremd, ja feindselig unserer Welt gegenüber, aber auch diese behandelt es sehr stiefmütterlich. Kein Wunder also, daß wir ein zwiespältiges Verhältnis dazu haben, manchmal erscheint es uns zugänglich, manchmal nicht, es ist Schatten und Licht, Körper und Seele in einem, halb göttlich, halb irdisch, eine Mischung aus Lehm und Göttlichkeit, eben ein echtes Kind des Chaos...

Der alte Mann unterbrach seine Rede, um sich einen Kaffee zu bestellen.

Inmitten eines tiefen Schweigens, das niemand zu brechen wagte, trank er die Tasse leer. Schließlich seufzte jemand tief und murmelte: Es ist aus mit uns.

*

Als nach all den Journalisten plötzlich auch Cineasten und Dramatiker in die kleine Stadt zu strömen begannen und wenig später sogar eine englische Prinzessin in Begleitung des Präsidenten des Weltbunds der Medien und Hellseher eintraf, wurde vollends klar, daß die Sache noch lange nicht ausgestanden war.

Derweilen beschäftigte sich die Stadt, die in ihrem mehr als zweitausendjährigen Leben nur selten Anteil an den Angelegenheiten der Menschheit genommen hatte, ausgiebig mit dem Ereignis, und zwar als Ent- und Verhüllerin in gleichem Maße. Es erwies sich allmählich, daß die Begebenheit neben der illyrischen Festung und der von den Römern erbauten Via Egnatia, auf die sie hinabblickte, der Ermordung des Adlers durch einen Geistesgestörten während der kommunistischen Diktatur sowie der seit Ewigkeiten unfertigen neuen Autobahn als eine der größten Denkwürdigkeiten dieser Gegend gelten durfte.

Überall waren die Nachwirkungen des Ereignisses gegenwärtig, Nebelschwaden, Staubwolken, Löcher und Fallstricke, und zwar so sehr, daß man an manchen Tagen zu glauben geneigt war, die einzige Möglichkeit für eine Stadt auf dem Balkan, mit den grauen Barockstädten Mitteleuropas gleichzuziehen, sei die Ersetzung der fehlenden Türme und Kathedralen durch archaische Verbrechen und Ängste.

Und wahrhaftig, die Stadt B. wirkte nun groß und geheimnisvoll, vor allem, wenn die Dämmerung hereinbrach.

*

Das in etwa war es, was der eben nach Tirana zurückgekehrte Schriftsteller Skënder Bermema zu seiner Frau sagte.

Sie war dabei, sich vor dem Spiegel zu kämmen, und vergaß nicht, ihn darauf hinzuweisen, daß er sich gleichfalls für den Empfang fertig machen müsse.

Er war müde. Die ganze Fahrt über hatte er sich der Benommenheit überlassen, in die ihn die Erlebnisse in B. versetzt hatten. Das Erstaunlichste war, daß er, Skënder Bermema, das Ereignis, wenn auch mit chinesischem Anstrich, bereits vor Jahren beschrieben hatte.

Seine Verehrer in B. waren selbstverständlich davon ausgegangen, daß er sein Verdienst, mitten in der tiefsten Tyrannei so großen Wagemut bewiesen zu haben, gebührend herausstreichen werde, und hatten recht verstimmt reagiert, als er dies unterließ. Du solltest dich durch die Geschichte wenigstens nicht ins Bockshorn jagen oder beeindrucken lassen, hatten sie gesagt, das steht dir nämlich nicht.

Er jedoch hatte sich unbeirrt weiter beeindrucken und ins Bockshorn jagen lassen, wahrscheinlich sogar noch mehr als alle anderen. Sie verstanden ihn einfach nicht. Damals hatten sie gemeint, das Wüten der kommunistischen Zensur sei die einzige Ursache für die Verlegung der Geschichte nach China gewesen. Daß es für ihn auch noch einen anderen, gleichermaßen guten, ja vielleicht sogar noch bedeutsameren Grund gab, konnte er ihnen nicht vermitteln: Nur indem er das Ereignis weit weg verlegte, vermochte er es zu meistern.

Schon damals war ihm das Besondere an dieser Geschichte aufgefallen. Sie schloß, wenn man es so ausdrücken konnte, Tod und Leben in gleichem Maße in sich ein. Für ihn war das, was er zu Papier gebracht hatte, ein bescheidenes, ziemlich verschwommenes Abbild, etwas wie ein Lichtreflex auf dem Grund eines Brunnens, und überdies hatte er geglaubt, das Ereignis werde für immer und ewig begraben sein. Doch nun, da es ganz unerwartet zurückgekehrt war, glaubte er fest, enger mit ihm verbunden zu sein als jeder andere. Schließlich hatte er es bereits in zarter Jugendblüte gekannt, als es kaum mehr gewesen war als ein Geflüster, das im Wind verwehte. Nun aber war es zur schwarz wogenden Wolke angeschwollen und brachte die Welt um den Schlaf, nach etwas strebend, das man nicht kannte, sei es weiterer Aufruhr oder auch Ruhe.

Skënder Bermema fühlte sich ihm verpflichtet, stolz und zugleich schuldbewußt. Seit Tagen hatte er darauf gewartet, daß man ihn als Vermittler rief. Schließlich war er der einzige, der sich mit seinen Launen auskannte.

Unterwegs, in der dichter werdenden Dämmerung, hatte er darüber nachgedacht, ob es nicht auch etwas von ihm wollte.

Dies lag nahe, und er spürte, daß es so war, dachte aber: Zu spät! Die Literatur ermüdete ihn schon lange. Es fiel ihm immer schwerer, sie zu ertragen, die angenehmen wie die unerquicklichen Seiten.

Trotzdem ließ ihm diese Geschichte seit Tagen keine Ruhe. Sie verfolgte ihn bis in seine Träume hinein, und vielleicht hatte sie ihn dort, in der Zone des Schlafes, sogar überhaupt erst zu reizen begonnen. Sie lockte, um ihm gleich darauf ihr abweisendes, ja drohendes Gesicht zu zeigen. Wahrscheinlich nahm sie ihm übel, daß er damals, als sie sich ihm jung und unbedarft präsentiert hatte, frech genug gewesen war, sich an ihr zu vergreifen, nun aber, da sie unter der Zeit und dem Gerede der Leute gelitten hatte, die kalte Schulter zeigte.

»Und wenn ich doch...«

Manchmal hätte er fast seiner Eitelkeit nachgegeben, besann sich dann aber doch eines Besseren.

Seit Jahren spürte er den Drang, etwas zu schreiben, das er die »unmögliche Geschichte« nannte. Gelegentlich schien sie ihm greifbar zu sein, doch nur für einen kurzen Moment. Er tröstete sich damit, daß wahrscheinlich die meisten Schriftsteller auf der Welt dieser Versuchung ausgesetzt waren. Auf jeden Fall strebte jeder nach einem Werk, das ungewöhnlich war, und zwar in jeglicher Hinsicht, nicht nur, was das Ferment anbelangte, sondern auch den Grundstoff, die Art der Gerinnung, den Bau. Ein Werk, in dem die Ereignisse sich gegenläufig entwickelten, vergleichbar dem Blut, das in den Arterien, mit Sauerstoff gesättigt, vom Herzen wegfloß und in den Venen, angereichert mit Kohlendioxyd (also dem Tod), dorthin zurückkehrte. Ein Werk mit einer eingefrorenen Mitte, die einer Klimaveränderung harrte... Oder mit Erregern im ersten Teil, die später wahrscheinlich Fieber oder Halluzinationen auslösten...

»Ich bin fertig«, sagte seine Frau, »und was ist mit dir?«

Sie wußte, daß er sie gerne beobachtete, wenn sie sich vor dem Spiegel zurechtmachte, deshalb war ihr Ton sanft.

Rasch zog er sich um. Auf dem Weg zum Empfang mußte er an Aufzeichnungen denken, die er an einem Winternachmittag vor langer Zeit in einem Anfall intellektuellen Höhenflugs im Café »Flora« angefertigt hatte. Es waren Entwürfe zu unterschiedlichen Arbeiten. Roman mit Annex als eine Art Sicherheitsgurt für den Fall eines Pestausbruchs auf der Welt oder einer Gefährdung der albanischen Nation aus der nämlichen Richtung wie schon im 7. oder 8. Jahrhundert, oder einer Gletscherschmelze am Südpol, oder einer geringfügigen Verschiebung der Erdachse. Bestimmte Teile und sogar Worte würden unter dem Einfluß der Klimaverschärfung verschoben werden oder erstarren. Bei jedem Auftauchen des Halleyschen Kometen konnte, gleichsam sein Spieglein, ein neuer Anhang hinzugefügt werden, als Ehrung, Gruß oder Balsam.

»Du siehst erschöpft aus«, sagte seine Frau, als sie schließlich die Botschaft der Europäischen Union betraten. Was sie dachte, nämlich daß er versuchen müsse, ein wenig aufmerksamer mit den Menschen umzugehen, übertrug sie durch einen leichten Armdruck auf ihn. Vor lauter Dankbarkeit hätte er sie fast auf die Schläfe geküßt, als sie ihm aus dem Mantel half.

Was schon lange geflüstert wurde, daß nämlich seine besondere Gabe nichts anderes sei als ein gelegentlicher Verlust der Ordnung in seinem Gehirn (um nicht zu sagen, seine Art des Wahnsinns), war in letzter Zeit wieder häufiger zu hören gewesen.

Du bist verrückt. Das hatte Ana Krasniqi vor vielen Jahren zu ihm gesagt, und es schien ihr Vermächtnis zu sein, daß früher oder später alle Frauen in seinem Leben den gleichen Satz aussprachen.

Die beiden Räume, in denen der Botschaftsempfang stattfand, waren gut gefüllt. Die Empfänge der Europäischen Union gehörten in letzter Zeit zu den unterhaltsamsten. Er ließ sich einen Whisky geben und zog sich damit an die Glastür zum Garten zurück. Die kühle Luft, die von draußen hereindrang, erleichterte es ihm, sich wieder auf den unmöglichen Roman zu konzentrieren. Er versuchte, sich auf eine Kaverne am Ende zu konzentrieren, eine Art schwarzes Loch, das als Mittel der Zerstörung dienen konnte, falls das Werk beschloß, Selbstmord zu begehen. Daraus ergab sich eine weitere trostlose Vorstellung: Nach der Vernichtung der albanischen Sprache waren die Buchstaben des Alphabets, Tausende von As, Xhs und Ys, über den ganzen Himmel zerstreut, wo sie auf ihre Wiedergeburt warteten.

Wie immer versetzte der erste Schluck sein Gehirn in einen Zustand unerträglicher Klarheit. Alles kam ihm leicht vor: das Gespenst, das den Roman auf die Erde begleiten mußte, sein Herumhüpfen am Himmel, dann das Fieber, die Ohnmacht, am Ende sein Wahnsinn.

Mein Gott, es ist alles da, dachte er, ich muß es nur aus dem Brunnen holen. Egal, wie sie es nennen, verrückt oder total verrückt.

Er ließ sich einen zweiten Whisky geben und dachte: Wenn mir dieser Roman gelingt, kann die Welt danach getrost untergehen.

Der Blick einer jungen Frau suchte hartnäckig den seinen. Die Blockade, die in den Jahren seiner öffentlichen Bekanntheit entstanden war, bewirkte, daß er automatisch wegschaute. Er führte das Whiskyglas an die Lippen und dachte: Wer ist das? Wie ähnlich sie Ana sieht!

Er sah Anas Grab vor sich, wie immer, wenn ihn etwas an die Tote erinnerte.

Er gestattete sich einen verstohlenen Blick, der den ersten Eindruck bestätigte. Sie war etwa so alt wie Ana, als sie sich damals kennengelernt hatten, also zweiundzwanzig oder dreiundzwanzig.

Er zwang sich, wieder an den Roman zu denken, doch die

Klarsichtigkeit von eben wollte sich nicht mehr einstellen. Noch immer war die Erinnerung an seine erste Begegnung mit Ana bei einer Geburtstagsparty (ein schlichtes Mosaik, von der Zeit schon halb gelöscht) stark genug, um seine Gedanken zu binden.

Vielleicht ist sie mit Ana verwandt, eine Nichte möglicherweise, überlegte er und wandte sich an seinen Nachbarn, einen Beamten des Außenministeriums, denn er nur flüchtig kannte.

»Die Frau, die gerade mit dem italienischen Botschafter spricht, ist sie Albanerin?«

Der Angesprochene nickte und fügte hinzu: »Wenn ich mich nicht irre, arbeitet ihr Verlobter im Kabinett des Präsidenten.«

So schnell ist es also gegangen, dachte er, ohne zu wissen, was er damit meinte.

»Ach?« sagte er. »Sie ist sehr hübsch.«

Die junge Frau sah mit einem strahlenden Lächeln herüber, als spüre sie, daß von ihr geredet wurde.

Idiot, schalt sich Skënder Bermema und schaute in den winterlichen Garten hinaus. Im spärlichen Licht der Eingangslampen wirkte alles noch kälter.

Daß er verrückt war, glaubte er inzwischen selbst. Allerdings hatte ihn die Entdeckung nicht sonderlich beeindruckt. Wichtiger schien ihm die Erkenntnis, daß er es wahrscheinlich all die Jahre gewesen und gerade deshalb davongekommen war. So wie ein Schlafwandler durch seine Krankheit sicher über den Giebel geleitet wird, so hatte ihn das Verrücktsein auf dem Weg durch die Finsternis vor dem Schlimmsten bewahrt.

Nun aber schien er zu sich zu kommen, gegen seinen Willen. Die Zeit, in der er nun lebte, gefiel ihm auch nicht besonders. Vielleicht war es einfach zu spät für ihn. An welcher

Zeit hätte er nach dem Schrecklichen, das sie alle durchgemacht hatten, überhaupt noch Gefallen finden können? Eigentlich komme ich ganz gut zurecht ohne meine Vernunft, dachte er und mußte lächeln: Ganz so unerbittlich war er sich selbst gegenüber also nicht, sonst hätte er sich nicht um das Wort »Wahnsinn« herumgedrückt.

Unter den Gästen entdeckte er den Psychiater Y. V. und war versucht, hinzugehen und ihn anzusprechen: Gewöhnlich kommen die Leute zu Ihnen, um dem Wahnsinn zu entgehen. Aber was ist, wenn jemand nicht davor Angst hat, sondern vor einem Übermaß an Klarheit?

Alle hatten den anderen vorgeworfen, woran sie selber litten. Verrückte Zeit, verrücktes Volk, die Politiker eingeschlossen, dachte er.

Er schnappte Fetzen eines Gesprächs in der Nähe auf und wandte sich um. Dabei kreuzte sich sein Blick mit dem der jungen Frau. Ein Champagnerglas in der Hand, plauderte sie vergnügt mit anderen Gästen. Das lange rote Kleid stand ihr prächtig.

Er schaffte es nicht, rechtzeitig wegzuschauen, und ihr Blick wurde so intensiv, daß sogar einer ihrer Gesprächspartner herüberschaute.

Skënder Bermema wandte sich ab und nahm einen Schluck, obwohl er keine Lust zum Trinken hatte. Bleib besser bei deinen Botschaftern, dachte er und meinte die Unbekannte. An mir kann man nur Schaden nehmen.

Er trat wieder an die Glastür, als sei von ihr Hilfe zu erwarten, und schaute eine Weile lang hinaus auf die im Frost erstarrten Bäume im Garten.

Er war wirklich zu alt für solche Affären, vor allem, wenn die Betreffende fast noch ein junges Mädchen war.

Ja wirklich, sie konnte nur Schaden an ihm nehmen. Was hatte er schon zu bieten außer mönchischer Langeweile und der Düsternis eines Klosters.

Dann schnappte er das Wort »Spiritus« auf und begriff, daß die Unterhaltung auf das befürchtete Thema gekommen war.

»Glauben Sie mir, ich weiß wirklich nichts«, sagte der französische Botschafter. »Natürlich habe ich mich bemüht, etwas zu erfahren, schon aus reiner Neugier, aber es ist nichts dabei herausgekommen. Überhaupt nichts, bisher.«

Jetzt überfielen sie wahrscheinlich gleich ihn wegen dieses alten Buches. Daß der Geist des Ingenieurs sogar bei diplomatischen Empfängen Zutritt hatte, war nicht weiter erstaunlich, schließlich führten sämtlichen Recherchen zu dem Schluß, daß er sein Debüt bei einem Staatsbankett im Brigadenpalast gegeben hatte. Der Diktator selbst, blind, wie er nun einmal war, hatte an seinem letzten Geburtstag dafür gesorgt.

Er moderte schon so lange unter der Erde, daß man sich in Ermangelung des Tyrannen bei jedem neuen Auftritt von »Spiritus« wie selbstverständlich an ihn, Skënder Bermema, wandte, so wie man früher einen Magier gerufen hatte, um ein Gespenst zu bändigen oder auf ewig ins Grab zu verbannen.

Am liebsten hätte er durch den ganzen Saal geschrien: Laßt mich endlich in Ruhe! Sie sollten ihn gefälligst seinem Mangel an Vernunft überlassen, denn nur so war er – vielleicht! – imstande, die Geschichte des Geistes aufzuschreiben.

Und nur so, im Zustand der Somnambulie, konnte er sich vorstellen, am seidenen Haar der... Mädchenfrau auszuruhen.

Und so sah er sie einen Augenblick vor sich, mit zerzaustem Haar, während ihre hübschen Lippen sich öffneten, um wie auf Weisung von weit her zärtlich zu flüstern: »Du Verrückter!«

*

Der Winter hörte nicht auf, Regenschauer und Nebel auf die Stadt B. herabzuschicken. Trotzdem wurde der Ort von den Bussen des Überlandverkehrs, vor allem der Linie Tirana-B., regelmäßig bedient.

Die Neugierigen, die sich, von dem mysteriösen Ereignis angelockt, dort einfanden, waren zunächst einmal enttäuscht, obgleich sie nicht sagen konnten, was sie eigentlich erwartet und nicht vorgefunden hatten. Jedenfalls spürten sie, daß etwas fehlte.

Außer dem Grab von Shpend Guraziu gab es keine sichtbaren Spuren der Unruhen. Also liefen alle hin. Natürlich kam schnell wieder das Gerücht auf, der Grabstein sei erneut bewegt worden.

Seit mehreren Wochen stand das Grab vor allem nachts unter strenger Bewachung. Ein Journalist merkte an, daß dieses Privileg in der zweiten Jahrhunderthälfte nur noch einem einzigen anderen Grab in Albanien zuteil geworden war. Seit der Umbettung des Diktators vor ein paar Jahren war Shpend Gurazius Leichnam sogar der einzige derart Begünstigte.

Die Schaulustigen liefen kreuz und quer durch die Stadt, bis sie langsam begriffen, daß dieses Ereignis wie ein fernes Wetterleuchten war. Es hatte kein Zentrum und in der Tendenz noch nicht einmal einen festen Ort oder eine Zeit.

Als Ausgeburt des Chaos veränderte es ständig seine Form, obgleich es auch etwas daran gab, das unversehrt blieb. Obwohl es auf die Erdoberfläche gelangt war, haftete ihm noch die Kälte der Unterwelt an, in der es so viele Jahre verbracht hatte.

Doppellebig war es also und gerade deshalb ein ständiger Quell der Unruhe.

Inzwischen lagen noch weitere Hinweise vor, daß es einer besonderen Spezies angehörte. Sein faßbarer Teil vermischte sich ständig mit den Alpträumen, die es hervorrief, und gelegentlich geschah es auch, daß dem aktuellen Stamm Teile abhanden kamen, deren Platz daraufhin von Alpträumen eingenommen wurde.

Wenn sich an einer Stelle etwas veränderte, zum Beispiel verdorrte oder verwelkte, rief dies manchmal Reizungen an anderen Stellen hervor. Auch war eine allgemeine Tendenz zur Austrocknung nicht zu übersehen. Es bildete sich eine harte Schale heraus, doch diese wurde ständig wieder gesprengt, worauf eine neue entstand.

Der epische Charakter wurde deutlich, als die ersten Varianten entstanden. Schon nach wenigen Monaten gab es drei Arian Voglis. Bei allen dreien, davon ließ sich die Legende nicht abbringen, waren Zunge und Hände durch einen Fluch verdorrt, also zur Verständigung nicht mehr geeignet. Die Blicke eines jeden der drei ließen allerdings keinen Zweifel daran, daß er sich für den richtigen Arian Vogli, also den echten Dämon hielt.

Jeder der Gefängnis- und Lagergenossen aus Spaç, Burrel oder Fushëbar nahm seinen Arian Vogli in Schutz, ohne schlagende Beweise für den Ausschluß der anderen liefern zu können.

Auch was andere handelnde Figuren oder auch Schlüsselmomente des Ereignisses anbelangte, existierten mehrere Spielarten. Bestimmte Faktoren, etwa die Raffung der Zeit, in der sich alles abgespielt hatte, auf ein paar Stunden oder das Gegenteil, nämlich die Streckung einer Episode auf viele Jahre, ließen erkennen, daß das Ereignis dabei war, sich auf schnellstem Weg in eine Ballade zu verwandeln. Für das zweite Phänomen, die Streckung, entdeckte ein junger Wissenschaftler den Begriff »Aufblähung« wieder, den ein Jahrhundert vorher deutsche Forscher auf die Balkanepik verwandt hatten.

Ein Musterbeispiel von »Aufblähung« lieferte die Schilderung von Arian Voglis denkwürdigem Aufenthalt im Brigadenpalast während der Geburtstagsfeier des Diktators.

*

Hier also die Geschichte von Arian Vogli, meist »Der Dämon« genannt, in einer der »aufgeblähten« Versionen.

Obwohl längst begraben und vergessen, erlebte sie gleich beim ersten Getuschel wie das ganze Ereignis ihre Wiederauferstehung. Als nämlich ehemaligen Häftlingen zu Ohren kam, was die Leute von der Ergreifung eines Gespenstes durch den albanischen Staatssicherheitsdienst erzählten, wobei in allen Berichten der Geisterfänger die Hauptrolle spielte, der – wie einhellig vertreten wurde – ein Jahr nach den anfänglichen Ehrungen (Beförderung, Verleihung des Fahnenordens usw.) von einem Fluch getroffen und gleichsam doppelt bestraft worden war, vom Staat und vom Himmel, das heißt mit Haft und körperlicher Versehrung, da fiel ihnen ein, daß sie den Verstümmelten einst im Gefängnis oder Lager getroffen hatten.

Ach ja, da war doch dieser Mann, eigentlich noch ein junger Bursche, mittelgroß, mit den grauen Augen eines Frauenhelden, bei dem nicht nur die Hände, sondern auch die Zunge gelähmt waren? Ich habe zwei Jahre mit ihm zusammen im Lager von Torovica verbracht, wir wohnten sogar in der gleichen Baracke. Es wurde behauptet, ein altes Weib aus Lezha habe ihn verflucht.

Fast das gleiche bekam man von den Veteranen von Burrel und Spaç, vor allem aber des Lagers in Fushëbar zu hören. Die Beschreibung der körperlichen Merkmale, vor allem der Gebrechen, war ziemlich identisch, und einig war man sich auch darin, daß jemand den jungen Mann verflucht hatte. In den Details gingen die Schilderungen zwar auseinander (die einen behaupteten, eine katholische Greisin sei Urheberin des Fluchs gewesen, die anderen, das Gespenst selbst), doch war dies auch der einzige Punkt, an dem die Berichterstatter bereit waren, einander Zugeständnisse zu machen.

Daß es in den Gefängnissen und Lagern Verkrüppelte gegeben hatte und daß sie dort sogar mehr aufgefallen waren als sonst, konnte niemand ernsthaft in Frage stellen. Die Erzähler selbst verhielten sich nicht engstirnig und räumten ein, daß auch andere dem »Dämon« begegnet sein könnten, was sich ja auch mit der ständigen Hinundherverlegung der Häftlinge zwischen den Gefängnissen oder Lagern leicht erklären ließ. Jedenfalls vermieden alle Teilnehmer an der Debatte, als hätten sie den gleichen Ratgeber, jeden Anspruch auf Exklusivität. Wieder einmal zeigte sich, daß Absonderung von den anderen offenbar nicht nur Individuen, sondern auch Kollektiven oder ganzen Generationen von Menschen unerträglich ist.

»Die Zunge möge dir vertrocknen, der du es gewagt hast, einen Toten zu belauschen!« So hatte die alte Frau aus Lezha angeblich ihren Fluch formuliert.

Dieser hatte sein Opfer sodann auf Schritt und Tritt verfolgt, unerbittlich, Monat um Monat und Jahr um Jahr. Erst wurde seine Zunge schwer und seine Sprache unbeholfen, und wenig später setzte auch die Lähmung seiner Hände ein.

Er war mehrfach von einem Gefängnis oder Lager in ein anderes verlegt worden, doch das Übel hatte ihn überallhin begleitet, bis ihm endlich klargeworden war, daß der Grund seiner Beschädigung nicht bei den trübseligen Haftorten in den nordalbanischen Bergen oder den Internierungslagern in der versumpften Küstenebene gesucht werden durfte, sondern ganz woanders lag.

Schließlich hatte der Fluch sein Werk zum Abschluß gebracht. Der Mann konnte seine Hände nicht mehr bewegen, und seine Zunge war so schwer geworden, daß seine Sprache, wie er selbst äußerte, nun der des Toten glich, den sie in jener unvergessenen Oktobernacht aus dem Lehm gezogen hatten.

Das war auch seine letzte Bekundung an diese Welt, bevor ihn der Herr vollends der Sprache beraubte.

Erst hatte man geglaubt, es sei Sinn des Fluches gewesen, seine Sprache der zähen und klebrigen Artikulation des Gespenstes anzugleichen, doch dann merkte man, daß das unerbittliche Schicksal sich damit nicht begnügen wollte.

So tappte er unter den penetranten Blicken der anderen Häftlinge mit lahmen Händen und verdorrter Zunge durch das Lager oder den Gefängnishof. Nun, da sie wußten, daß er nicht antworten konnte, fragten sie ihn um so öfter: Sag, wie konntest du nur so etwas Schreckliches tun? Einen Toten aus dem Grab holen? Ihn zum Reden zwingen, dann packen und durch die Luft geradewegs zum Bankett des Tyrannen transportieren? Hattest du keine Angst vor der Rache des Himmels, mein Junge?

Mit aufgerissenen Augen hielt er ihren Blicken stand. Er zeigte keine Angst und versuchte auch nicht, ihnen aus dem Weg zu gehen oder an ihr Mitleid zu appellieren. Sein einziger Kummer war, nicht sprechen zu können, wie man aus seiner Miene schloß. Und fast alle Beobachter berichteten, mit der

Zeit sei der Ausdruck seiner grauen Augen ins Jenseitige hinübergeglitten.

*

Die »aufgeblähte« Geschichte des Arian Vogli, von der man annahm, sie habe sechs oder sieben Jahre gedauert, hatte sich in Wahrheit innerhalb von ein paar Stunden abgespielt.

Als Arian Vogli bei dem denkwürdigen Abendessen mit dem Tyrannen wieder erwachte, lag er immer noch mit dem Gesicht auf dem Tisch. Sein erster Gedanke war, daß man ihn wenigstens nicht vergiftet hatte. Aber es wäre auch lächerlich gewesen: Wer hatte schon Grund, ihn zu vergiften?

Noch begriff er nicht richtig, was mit ihm geschehen war. Sein Blick fiel auf den leeren Stuhl auf der anderen Tischseite. Bestimmt habe ich geträumt, dachte er und rieb sich die Stirn mit dem Handrücken. Er stand auf, ging ein paar Schritte auf die Türe zu, schaute sich im Zimmer um und griff sich wieder an die Stirn. Das Gespenst des Führers war verschwunden, doch Zimmer, Tisch und Stühle sahen immer noch aus wie in seinem Traum.

Vorsichtig öffnete er die Tür und trat hinaus in den Flur. Er glaubte sich an den Weg zu erinnern, auf dem er gekommen war. Nach einigen Metern landete er in einem weiteren, sehr langen Flur und dann in einem dritten. Durch eine Reihe von Glastüren waren lange Tische mit den Resten eines Festmahls zu sehen, halbvollen Gläsern, achtlos hingeworfenen Servietten und unabgeräumten Schüsseln.

Das Bankett ist also vorbei, dachte er. In dem großen Palast erloschen nach und nach die Lichter.

Er war völlig überrascht, als plötzlich zwei Unbekannte auftauchten und ihn in die Mitte nahmen. »Hast du dich ein bißchen ausgeruht?« sagte der eine. »Wir müssen jetzt nämlich gehen.«

Wohin? Arian Vogli unterließ es, die Frage zu stellen, die ihm auf der Zunge lag. Sie war überflüssig. Letzten Endes konnte er froh sein, daß man ihn trotz des ganzen Trubels nicht vergessen hatte.

Als sie den breiten Korridor entlanggingen, glaubte er zu erkennen, daß einer seiner Begleiter unter seiner Jacke einen weißen Kittel trug. Dann sah er auch die Tasche in seiner Hand.

»Was ist mit mir?« fragte er leise. »Bin ich während des Abendessens ohnmächtig geworden? Habe ich mich danebenbenommen?«

»Es ist nichts Schlimmes«, sagte der Mann. »Ein kleiner Schwächeanfall.«

Der andere war schon an der Tür und winkte ihnen, sich zu beeilen.

Draußen wartete ein Auto. Alle drei stiegen hinten ein. Arian Vogli saß in der Mitte.

Ihm schien, die beiden preßten sich ein wenig zu fest an ihn. In seinem Kopf wirbelte alles durcheinander, der eilige Aufbruch in B., der Hubschrauberflug und das Abendessen mit dem Doppelgänger des Führers. Das war nicht wenig für eine einzige Nacht. Vor allem, wenn man sich so müde fühlte wie er.

»Wo fahren wir hin?« fragte er nach einer Weile. »Ins Hotel?«

Ihm fiel auf, daß sie mit der Antwort zögerten.

In ein Hotel vielleicht nicht gerade, aber in ein Gästehaus, beantwortete er sich die Frage selbst. Schließlich hatte man ihm gesagt, ein neues Leben beginne für ihn.

Die Straßenbeleuchtung wurde immer spärlicher, bis es

schließlich gar keine Lampen mehr gab. Zu seiner Beruhigung sagte er sich, daß die meisten Gästehäuser außerhalb der Stadt lagen. Die geheimsten waren am weitesten entfernt.

Vergeblich versuchte er, ein wenig vor sich hin zu dösen. Einmal glaubte er, im fahlen Licht des Mondes, der plötzlich durch die Wolken brach, in Nebel gehüllte Berge zu erkennen. Vielleicht brachte man ihn nach B. zurück, was durchaus nicht verwunderlich gewesen wäre. Schließlich arbeitete dort der gesamte Staatssicherheitsdienst Tag und Nacht an der Aufdeckung der Verschwörung, und auf den Chef konnte man dabei kaum verzichten.

Der Gedanke an das Hotel oder Gästehaus kam ihm auf einmal lächerlich vor. In seinen Händen lag immerhin die Aufklärung der größten Verschwörung, die das Land in den letzten zehn Jahren erlebt hatte. Da war kein Tag, keine Stunde, keine Minute zu verlieren. Je früher er zurück in B. war, um die Stadt, die seit vier Tagen Blut und Wasser schwitzte, vollends das Fürchten zu lehren, desto besser.

Das ging ihm durch den Kopf, doch es schuf ihm keine Erleichterung. Das Auto fuhr langsamer und hielt zu seinem großen Erstaunen schließlich ganz an. Die beiden Begleiter stiegen zuerst aus.

In der Finsternis zeichneten sich die Konturen eines flachen Gebäudes ab. Es sah aus wie das Jagdhotel in Lezha.

»Wir sind da«, sagte einer seiner Reisegenossen und bedeutete ihm durch ein Zeichen, zu folgen. »Es wird Zeit, ein wenig auszuruhen.«

Jemand öffnete ihnen, und sie traten ein. Im Flur war es so kalt, daß einem bange werden konnte. An der Stirnseite war eine Lampe angebracht, in deren fahlem Licht undeutlich Türen zu erkennen waren.

Sie betraten eines der Zimmer, erst der eine Begleiter, dann er selbst, dann der Mann mit dem weißen Kittel unter der Jacke. Arian Vogli drehte sich um. Er wollte endlich wissen, was los war. Wo waren sie hier, und weshalb mußten sie die Nacht hier verbringen?

Er öffnete den Mund, um seine Beschwerde vorzubringen, doch beim Anblick des eiskalten Glitzerns in den Augen der beiden Männer verschlug es ihm die Sprache. Wie gelähmt, als sei es gar nicht sein Körper, ließ er über sich ergehen, was sie ihm antaten: wie sie sich auf ihn stürzten, ihn mit dem Bauch auf ein Bett warfen, ihm die Hände mit Handschellen auf dem Rücken fesselten. Was macht ihr da? Wer seid ihr? Das ist doch verrückt, wollte er schreien, brachte aber kein Wort heraus. Nur ein langgezogenes, schmerzliches »Oh!« entrang sich ihm, und gleichzeitig schoß ihm durch den Kopf, daß er, so verrückt es erscheinen mochte, in Wahrheit genau dies erwartet hatte.

Von unten gesehen, wirkten sie noch furchteinflößender. Der eine im weißen Kittel hatte seine Arzttasche (daß es eine war, konnte Arian Vogli nun deutlich erkennen) inzwischen geöffnet und holte etwas heraus. Erst wollte er sagen: Ihr müßt mir keine Spritze geben, ihr seht ja, daß ich mich nicht wehre, doch dann überlegte er, daß ihm ein Beruhigungsmittel vielleicht sogar guttat.

Ruhig schaute er zu, wie der Mann eine Spritze aufzog, seinen Arm mit Alkohol einrieb und sich über ihn beugte. Der Stich tat weh, aber noch schmerzhafter war es, als die Flüssigkeit durch seinen Körper strömte.

Er war noch bei Bewußtsein, als sie ihm erst den rechten, dann den linken Oberarm ritzten wie bei einer Pockenschutzimpfung. Erst daraufhin, nach einem kurzen, krampfhaften Aufbäumen, wurde er ohnmächtig.

Die beiden gingen weiter zügig zu Werke. Der im weißen Kittel zog eine zweite Spritze auf, was eine Weile dauerte, dann zog er die Kiefer seines Opfers auseinander, zog die Zunge heraus, hielt sie mit einer Hand fest und stach die Injektionsnadel hinein.

»Jetzt kannst du ihm die Fesseln abnehmen«, sagte er zu seinem Gefährten. »Er wird nie mehr welche brauchen.«

*

Einige Stunden später, als Arian Vogli erwachte, galt sein erster Gedanke den Fesseln. Sie haben mir die Handschellen nicht abgenommen, dachte er.

Er wälzte sich auf die rechte Seite und versuchte, wie Gefesselte es tun, sich mit der Schulter abzustoßen, um in eine aufrechte Haltung zu gelangen. Als er es endlich geschafft hatte, merkte er plötzlich, daß er gar keine Handschellen mehr an den Gelenken hatte. Sein ursprüngliches Erstaunen schlug sofort in Entsetzen um. Was hatten sie bloß mit ihm gemacht? Er holte tief Luft und schrie dann aus voller Lunge: »Was habt ihr mit mir gemacht?«

Keine Worte kamen von seinen Lippen, sondern nur unmenschliche Laute, etwas zwischen dem Brüllen eines Büffels und dem Kreischen eines Raubvogels. Wie vom Blitz getroffen, sank er in sich zusammen.

Am Morgen kamen die beiden wieder. Sie sahen ausgeruht aus, ja sogar fröhlich.

Sie sagten »Guten Morgen!«, und einer der beiden, der im weißen Kittel, beschwerte sich sogar: »Das ist nicht sehr höflich, keine Antwort zu geben, wenn man dir einen guten Morgen wünscht.«

»Ach, macht nichts«, fuhr er fort, nachdem er auf einem

Stuhl Platz genommen hatte. »Wir sind nicht empfindlich. Aber wir benötigen dringend einige Angaben zu der Verschwörung, mit deren Aufdeckung du begonnen hast. Als einer, der selbst bei den Organen tätig war, weißt du ja, daß Sträuben nichts hilft. Also, beantworte bitte unsere Fragen.«

»Was soll diese Komödie?« sagte Arian Vogli, oder er glaubte wenigstens, es zu sagen. »Ihr wißt genau, daß ich nicht reden kann. Ihr...«

Seine Zunge war bleischwer. Erst jetzt bemerkte er den kleinen Kassettenrekorder, den der zweite Mann in der Hand hielt.

»Sprich weiter«, sagte dieser mit freundlicher, fast dankbarer Miene. »Sprich weiter, Arian.«

Schlagartig wurde ihm klar, was es mit dem Kassettenrekorder auf sich hatte. Es hing alles mit der Spritze zusammen. Er kannte den alten Verdacht der Mächtigen, daß jemand, der viel wußte, auch viel redete. Sie hatten seine Zunge gelähmt, um ihn stumm zu machen. Diese Methode war seit tausend Jahren gebräuchlich.

Eigentlich war ihm alles schon klar gewesen, als er mit dem Doppelgänger zu Abend gegessen hatte, voller Angst, man werde ihn vergiften. Sie hatten sich für eine andere Variante entschieden und probierten nun aus, ob der Eingriff funktioniert hatte. Dabei hielten sie es nicht einmal mehr für nötig, ihre Absichten zu verbergen wie beim Abendessen mit dem Doppelgänger.

»Sprich bitte weiter, Arian«, sagte der Mann im weißen Kittel in unverändert freundlichem Ton.

Arian Voglis Gehirn arbeitete fieberhaft. Bei seinem Schrei eben hatte er noch geglaubt, sein ganzes Sprachvermögen verloren zu haben, doch nun schien ihm, es sei noch ein Rest davon übrig. Besser, er zeigte es ihnen nicht, sondern stellte sich stumm. Sonst bekam er womöglich noch eine Spritze, die ihn vollends zum Schweigen brachte.

Er versuchte, seine Zunge so schwer zu machen, wie es irgend ging. Sie sollten glauben, er sei auf keinen Fall mehr fähig, etwas auszuplaudern, das nicht ausgeplaudert werden durfte.

Plötzlich durchzuckte ihn eine Erkenntnis: Daß sie seine Zunge gelähmt hatten, bedeutete immerhin, daß beabsichtigt war, ihn am Leben zu lassen. Es gab schnellere und gründlichere Methoden, jemand am Reden zu hindern. Nein, es half nichts, sich zu verstellen. Irgendwann würden sie erfahren, daß er sich noch verständigen konnte.

»F... aaas f... ooolt... hiii... f... iechen...«

»Das wissen Sie doch selbst. Erzählen Sie alles«, sagte der Mann im weißen Kittel.

Arian Vogli begann zu sprechen. Der andere nickte gelegentlich, aber natürlich war ihm völlig egal, was der Befragte für Antworten gab. Er konnte ebensogut von den Anstrengungen der letzten Tage reden wie von seiner ersten Liebe, der Beerdigung seiner Mutter oder...

Wieso die Hände? überlegte er. Daß ihr meine Zunge zerstört habt, in Ordnung, aber weshalb die Hände? Doch er merkte sofort, daß die Frage nicht gestellt werden mußte. Sie beantwortete sich von selbst: Damit er nichts schriftlich bezeugen konnte.

Das war der Grund, kein anderer. Alles war völlig logisch. Mit den Händen mußte das gleiche geschehen wie mit der Zunge. Hätte es keine Schrift auf der Welt gegeben, wären sie wahrscheinlich verschont worden. Aber das waren müßige Gedanken.

Wahrscheinlich gehörte er zu den Angehörigen der menschlichen Spezies, die für die Erfindung der Schrift am teuersten zu bezahlen gehabt hatten. Diese Erkenntnis erfüllte ihn mit ruhiger Trauer.

*

Zwei Tage später verlegte man ihn in ein Einzelzimmer des Gefängniskrankenhauses in Tirana, wo sich andere Leute mit ihm beschäftigten. Zweimal in der Woche wurde sein Gestammel kontrolliert, wobei man sich ohne Rücksicht auf seine Anwesenheit über die Resultate unterhielt.

Für sie, das begriff er nun, war er nicht mehr als ein lebender Leichnam. Arian Vogli betrachtete sie mit Dankbarkeit, doch als sie gegangen waren, weinte er eine Weile still vor sich hin.

Seine Zunge schwoll allmählich ab. Das Stammeln klang nun anders, war aber deswegen nicht besser zu verstehen. Sie hatten erkannt, daß er nicht versuchte, sie zu täuschen, und verbargen deshalb ihrerseits nicht, wie zufrieden sie mit ihm waren.

Nach zwei Monaten, bei der letzten Kontrolle seiner Sprechfähigkeit, hörte sich für ihn alles so an wie bei dem vor drei Jahren Verstorbenen, den sie in der unvergeßlichen Nacht vom 13. auf den 14. Oktober aus der Erde geholt hatten.

Zum ersten Mal glaubte er wirklich, verflucht zu sein.

*

Obwohl ständig davon geredet wurde, man werde ihn verhaften, kam Arian Vogli nie ins Gefängnis. Seine umfangreiche Verwandtschaft, die in einer ganzen Reihe von Parteikomitees vertreten war, hatte offenbar erreicht, daß man ihn verschonte.

Seine Behinderungen wurden stets mit einer Vergiftung bei einem mysteriösen Abendessen erklärt, wobei seine Teilnahme als durchaus angemessen, wenn auch nicht dienstlich begründet betrachtet wurde. In dem amtlichen Schreiben, in dem ihm seine vorzeitige Pensionierung aus gesundheitlichen Gründen mitgeteilt wurde, fand sich die Art der Versehrung nicht besonders erwähnt.

Neben gezielter Verschleierung war wohl vor allem der Umstand, daß er aus den Augen der Öffentlichkeit verschwand, für die Mär von seiner Haft in Gefängnissen und Lagern verantwortlich.

Er selbst verfügte zwar über keine funktionierende Zunge mehr, doch da fremde Zungen für die Legendenbildung sowieso nützlicher sind, war seine Geschichte jahrelang im Umlauf.

Es wurde viel getuschelt. Der Schriftsteller Skënder Bermema, so hieß es, habe sich mit dem Behinderten getroffen und sein chaotisches, alptraumhaft wirkendes Stammeln zu entschlüsseln versucht. Er habe darin die höchste Verdichtung all der Zensurmaßnahmen, Sprachbarrieren und Artikulationsschwierigkeiten gesehen, welche die Menschheit seit Jahrtausenden quälten. Sogar zu einem literarischen Versuch habe er sich herausgefordert gesehen: Die aus der finstern Höhle der Sprachlosigkeit unter Mühen hervorgeholte Handvoll von Stammellauten sollte ihm als Material für einen ganzen Roman genügen.

In seiner Form komprimiert wie die Gase einer Sonne, nur aus neun oder zwölf Zeilen bestehend, in den Diskussionen immer wieder als »unmöglicher Roman« oder »Antiroman« qualifiziert, getauft auf den Titel »I Damun«, was im alten Albanisch soviel bedeutete wie »Der Verdammte«, woraus angeblich das Wort »Dämon« entstanden war, wurde der Roman niemals veröffentlicht.

*

Waren die Vorgänge um Arian Vogli »aufgebläht« worden, so geschah bei der anderen geheimnisvollen Geschichte, nämlich der Aufdeckung und Bestrafung der sogenannten »Spiritistengruppe«, das Gegenteil. Was sich über einen Zeitraum von fünf oder sechs Monaten hinweg abgespielt hatte, wurde auf zunächst fünf, sechs Stunden und am Ende fünf, sechs Minuten reduziert.

Hier also die Geschichte der spiritistischen Sitzungen in ihrer geschrumpften Form:

Gleich nach Shpend Gurazius Exhumierung und dem Abhören der Tonbandaufzeichnung mit seiner Stimme eilten Arian Vogli und seine Leute, noch schmutzig vom Graben, geradewegs zur Wohnung der Verdächtigen, wo eben eine spiritistische Sitzung im Gange war. Mit blassem Gesicht beklagte das Medium, keinen Kontakt zu »Spiritus« herstellen zu können. Es gibt Interferenzen in der Luft, erklärte es, und nicht nur das, ich kann auch noch ein anderes seltsames Hindernis spüren. Kaum hatte es diese Worte ausgesprochen, wurde die Tür von außen aufgetreten, und Arian Vogli drang samt den Seinen mit dunklem Lehm beschmiert herein. Natürlich gibt es ein Hindernis, brüllte der Sicherheitschef. Dann wies er mit teuflischem Gelächter eine Tonbandkassette vor. Den Geist, auf den ihr wartet, habe ich gefangen, ha, ha, ha, hier ist er, er windet sich, er bibbert wie ein Vögelchen in meiner Faust... Und nun her mit euren Handgelenken, damit wir euch Handschellen anlegen können...

So also der Vorgang in seiner Kurzversion.

Die Wahrheit, was die Abfolge und die Dauer der Ereignisse sowie die beteiligten Personen anbelangte, sah ganz anders aus.

Die Zeit, zum Beispiel, war fast zwanzigtausendmal länger als in der Legende. Und der Geisterfänger Arian Vogli, in dessen diabolischem Lachen sich bereits die Verwandlung in einen Dämon andeutete, war an der Verhaftung der Gruppe persönlich gar nicht beteiligt und an der Aufdeckung der Verschwörung schon gar nicht. Als zahlreiche aus der Hauptstadt herbeigeschaffte Beamte Tag und Nacht damit beschäftigt waren, »die Fäden des Komplotts zu entwirren«, siechte er noch mit wunder Zunge in einer Isolierzelle dahin.

Die Abhöraktion dauerte sehr lange, mehr als ein halbes Jahr. Wie später zu erfahren war, hatte sich der Diktator über jeden Schritt der Ermittlungen eingehend unterrichten lassen und dies Vertrauten gegenüber damit begründet, er wolle von dieser Welt nicht abtreten, ohne alles über diese jüngste und offenkundig abscheulichste Verschwörung gegen ihn zu wissen.

Als erster wurde Skënder Morina verhaftet und am Tag darauf das Medium. Bis zum Wochenende saßen auch die Wohnungsinhaber, Nikolla, Frau Greblleshi und alle anderen im Gefängnis.

Skënder Morina leugnete nicht, daß er einen Hilferuf an den Westen hatte schicken wollen, und räumte sogar ein, daß er Shpend Guraziu dazu veranlaßt habe, sich an die französischen Senatoren zu wenden. Daß noch andere an der Verschwörung beteiligt gewesen seien, stritt er jedoch energisch ab. Sie folterten ihn auf die denkbar brutalste Weise, und an dem Morgen, an dem man ihn hinausbrachte, um ihm den Rest zu geben, fehlte ihm ein Arm, und eines seiner Augen hing heraus, wie anwesende Zeugen zu berichten wußten. Als man ihn in den

Schacht eines aufgelassenen Kohlebergwerks ein Stück von der Stadt entfernt warf, war er noch am Leben.

Das Medium starb unter der Folter. Nikolla teilte sein Schicksal, obwohl er bereit war, alles zu unterschreiben, was man ihm vorlegte. Die anderen ebenfalls. Die Ermittler verdächtigten sie, die wichtigste Tatsache, nämlich den Weg, den die Antwort des Westens nehmen sollte, nicht preisgeben zu wollen.

Das Verschwörungsdossier wurde immer dicker. Nacheinander gerieten zwei hohe Beamte des Staatssicherheitsdiensts, der Kommandeur des Flottenstützpunkts von Pasha Liman und der ehemalige albanische Botschafter in Paris in Haft. Man flüsterte, der Verdacht schleiche sich immer weiter nach oben, was bei einer Verschwörung dieses Ausmaßes auch nur logisch erschien. Als der Innenminister an die Reihe kam, begriffen alle, daß die Eskalation beileibe noch nicht ihren Höhepunkt erreicht hatte, sondern erst begann. Alle Anzeichen deuteten darauf hin, daß der Blitz letztlich im Politbüro einschlagen würde, und auch diese Prognose erfüllte sich.

In der Stadt B. lauschte die Bevölkerung derweilen in völliger Erstarrung den Abendnachrichten im Radio, ohne zu ahnen, daß das Epizentrum des Erdbebens, welches das ganze Land erschütterte, sich unter dem ärmlichen Friedhof ihres Provinzstädtchens befand. Von dort war die Stimme heraufgekommen, die – vergleichbar nur dem Horn, das zur Apokalypse bläst – jedermann in Angst und Schrecken versetzte.

*

All dies stieg am Ende des Winters im Gedächtnis der Menschen wieder an die Oberfläche, wenn auch verschwommen und verwirrt. Wiederauferstanden, emittierte das Ereignis noch mehr Gefahr als früher. Es war weiterhin ein zwitterhaftes Zwischending. Das Fleisch stammte aus der neuen Zeit, doch es war bedeckt von den harten Schuppen des Mythos. Der Widerstreit zwischen seinen beiden Naturen war deutlich spürbar.

Nach vergeblichen Versuchen, es einfach zu vergessen, begriffen die Menschen, daß man es nur loswerden konnte, wenn man sich damit beschäftigte. Man mußte den Prozeß der Mumifizierung befördern. Andernfalls würde es ihnen dauernd als unbestatteter Leichnam vor den Füßen herumliegen.

Tatsächlich verschrumpelte und verdorrte es mit jedem Tag mehr. Doch als man die Schrumpfung schon für so weit fortgeschritten hielt, daß bald mit der Verwandlung in einen Kern zu rechnen war, schoß es plötzlich wieder ins Kraut. Anfang März schien ein Sturm hineingefahren zu sein, denn plötzlich wirbelten die Varianten wieder durcheinander, und jede rang mit den anderen um die Oberhand.

Modelle und Muster betagter Epen, die um so mehr Wirkung entfalteten, je älter sie waren, wurden ausgiebig verwendet. Das Motiv »Staatsbankett im Brigadenpalast«, das auf den ersten Blick überhaupt nicht in die Welt der Epen zu passen schien, löste sich auf, wurde von Grund auf überarbeitet und meldete sich schließlich in neuer Form zurück, was ohne die alte Schablone »Gastmahl mit dem Toten« nicht denkbar gewesen wäre. Die Ladung des Toten zum abendlichen Bankett, das feierliche Versprechen, ihn herbeizuschaffen, die Ankunft der beiden Protagonisten – Arian Vogli und Shpend Guraziu, Dämon und Spiritus – im Brigadenpalast, alle zwei blassen Angesichts, der eine, weil er drei Jahre unter der Erde gelegen hatte, der andere, weil er hinabgestiegen war, um ihn heraufzuholen, das waren die Grundelemente einer der beiden Hauptvarianten. Die andere konzentrierte sich im wesentlichen auf

Arian Voglis Begegnung mit dem Doppelgänger. Sie wies eine deutliche Tendenz auf, sich abzulösen und selbständig zu machen. Da der Doppelgänger das Abbild des Diktators war, gewissermaßen seine Widerspiegelung oder sein Gespenst, lag es nahe, daß diese Version auf epische Weise eingedampft wurde zur Ballade »Das Abendmahl mit dem toten Tyrannen«.

*

Als am schwersten einzuschmelzen erwies sich jener Teil des Ereignisses, der mit geopolitischen Aspekten zu tun hatte. Die freiwillige Absonderung Albaniens, das daraufhin von der Welt vergessen wurde, die Entsendung der französischen Senatoren und schließlich der Versuch, vermittels der Delegation dem Westen und der NATO eine Botschaft zukommen zu lassen – das alles roch nicht gerade nach Legendenbildung. Zwar gab es auch dafür Gefäße und Heizquellen, doch sie waren neuerer Beschaffenheit und deshalb weit weniger geeignet als die alten Schmelzöfen aus Lehmziegeln mit Holzfeuerung. Altertümliche klingende poetische Wendungen wie »Europa nach Schrift und Zunge« oder »Unsel'ges Hispanien«, vermischt mit aktuellen Zeitungsmeldungen über den Parteienstreit um das angeblich in Schweizer Bankschließfächern deponierte Gold des Diktators (dort, so hieß es, lag zwischen Juwelen auch die Tonbandkassette mit der Stimme des »Spiritus«) beziehungsweise der Polemik um die Frage, ob Albanien an seiner Isolierung selber schuld gewesen sei oder auch der Rest der Welt seinen Teil Verantwortung trage, all dies schien eigentlich wenig Chancen zu haben, in die Legende aufgenommen zu werden. Erstaunlicherweise waren es aber gerade diese Elemente, aus denen sich eine der beiden beständigen Varianten entwickelt, nämlich die vom »sprechenden Lehm«. Das alleingelassene, sprachlose, kein mitleidiges Ohr erreichende Albanien rührte mit seinem Seufzen schließlich wenigstens den Lehm, der daraufhin in einer Oktobernacht wie ein beseeltes Wesen zu reden begann.

*

Am Ende dieses Winters war deutlich zu spüren, daß die Verdichtung des Ereignisses so weit fortgeschritten war, daß man mit einer weiteren Schrumpfung nicht mehr rechnen konnte, so daß also »Der sprechende Lehm« und »Die Ergreifung des Geistes« als die beiden Kernvarianten bestehenbleiben würden.

Die beiden Hauptmotive waren miteinander verwoben, und auch wenn sie sich voneinander zu entfernen schienen, in Wirklichkeit bewegten sie sich aufeinander zu. Sie hatten nicht nur die gleichen Protagonisten, Dämon und Spiritus, sondern waren auch durch zahlreiche andere Fäden miteinander verbunden. Einer davon (das qualvolle Hindernis und der Versuch, es zu überwinden) reichte schon aus, um die beiden Varianten für immer zu Zwillingen zu machen. Es war allgegenwärtig: als Hindernis beim Versuch, eine Botschaft an die Außenwelt zu senden, bei der Kontaktaufnahme des Mediums mit Spiritus und umgekehrt von Spiritus mit seinen Kameraden, bei der Landung des Hubschraubers, bei der Kommunikation zwischen den Radarstationen und dem Piloten, als trennender Nebel zwischen Arian Vogli und dem Schatten des Tyrannen, als Sprachhemmung beim Dämon, die ihn schrecklich stammelnd durch die Welt irren ließ, und schließlich bei der Überwindung durch den Lehm, der an Albaniens Statt zu seufzen vermochte.

*

Im Frühling, noch ehe die ersten Störche sich gemeldet hatten, machten sich weitere, wenn auch nur oberflächliche Veränderungen bemerkbar. Wie die Kronen zweier Stamm an Stamm stehender Zypressen verwuchsen die beiden schönen Frauen der traurigen Geschichte, Edlira Gjikondi und Suzana K., zu einer einzigen.

Parallel dazu wurde die Feindschaft zwischen Dämon und Spiritus noch um eine weitere Ursache bereichert: die ewige Eifersucht. Auch deshalb lagen sie miteinander im Streit. Schreiend jagten sie einander über den Himmel: »Sie gehört mir!«, und bei schlechtem Wetter hörte man sie in der Ferne stöhnen.

*

Obwohl eine weitere Reduktion unmöglich schien, setzte sich die Schrumpfung der Geschichte auch im Frühling fort. Teile fielen ab wie welke Blätter, frische Zweige verdorrten, weil ein allgemeines Bedürfnis nach Vergessen beschleunigte, wozu sonst Jahre nötig gewesen wären. Das Motiv vom Schauspieler-Soldaten, der an der Küste landete, um Terror zu verbreiten, brach weg, es verschwand die Augenärztin, die wegen des Sprichworts vom blinden Raben verhaftet worden war, und so fort.

Angeblich war der Schriftsteller Skënder Bermema, der sich ständig auf der Spur der Legende befand, dabei, sein Werk, das mittlerweile von zwölf Zeilen auf tausend Seiten angeschwollen war, wieder zurückzuführen, diesmal auf sieben Zeilen.

Mehr als je wurde in dieser Zeit über ihn und seine Wahnideen getuschelt.

*

Mitte April wurde die schon angestaubte Geschichte von Spiritus und Dämon zwar noch gelegentlich erwähnt, aber nicht mehr wie vorher. Der Ton war gelassen, vornehme Müdigkeit schwang mit, wie wenn man über Himmelskörper oder andere ferne Dinge spricht.

Die quarzartige Härte der Schale, die sie nun umschloß, schützte sie nicht nur vor Eingriffen, sondern hemmte auch ihre ergreifende Wirkung nach außen.

Eine Trunkenheit erzeugende, fast unerträgliche Bläue schien in diesem Frühjahr alles zu befördern.

Am einundzwanzigsten Geburtstag ihres Sohnes hörte die Schauspielerin Suzana K. auf, zu bestreiten, daß sie bei der ersten und zugleich einzigen Begegnung mit dem Verblichenen schwanger geworden war, und Spiritus' Sohn betrat die Bühne, um dem Schicksal seines Vaters nachzugehen. Dies schadete der Ballade keineswegs, im Gegenteil, es bewirkte sogar ihre finale Schrumpfung. Das hatte natürlich mit der Heiligen Dreieinigkeit von Vater, Sohn und Heiligem Geist zu tun, wegen der Pater Nik Prela zum ersten Opfer der »Prinzessinnen« geworden war.

Auf ewig zweikernig, blieb die Ballade auch in ihrer zweiten Variante vom »sprechenden Lehm« bekannt. Dieser Version lag eine noch ältere Bibelstelle zugrunde, wonach der Mensch von Gott aus Lehm geformt wurde, ehe er ihm durch die Nase den Atem des Lebens einhauchte und ihn so zur lebenden Seele machte. Nach drei Jahren oder länger unter der Erde hatte Spiritus dem Lehm, mit dem er sich allmählich vermischte, endlich eine menschliche Stimme zu geben vermocht, ähnlich wie in der Bibel.

*

Die Zwitterhaftigkeit der Ballade ermöglichte es »Albtourist« und »Shqipëriaturist«, den beiden größten Reisebüros in Albanien, sich ihrer gleichermaßen zu bedienen – als sei sie extra für die beiden rivalisierenden Unternehmen geschaffen worden.

Im Katalog der einen Agentur bezeichnete ein Pfeil das uralte Gasthaus zum Büffelknochen, das erworben und als angeblicher Schauplatz der »Ergreifung des Geistes« zum Touristenmotel umgebaut worden war. Die andere Firma dagegen präsentierte ihren Kunden ein Feld in Mittelalbanien, nicht weit von der Stadt B. entfernt, als die »Klageebene«, wo der Lehm gesprochen oder geschluchzt hatte. Eine sich dort befindliche mittelalterliche Herberge war gleichfalls aufgekauft, restauriert und wieder mit ihrem alten, von den Kommunisten verbotenen Namen versehen worden: Gasthaus zum zwiefachen Robert.

Die Prospekte beider Reiseunternehmen enthielten neben Photos der Zimmer nebst Preisen in albanischen Lek, US-Dollars und D-Mark auch einen schön gedruckten Auszug aus der Ballade.

Tirana/Paris
1995–1996

Inhalt

Weitere Werke Ismail Kadares
im Ammann Verlag

Ismail Kadare

Der zerrissene April

Roman
Aus dem Albanischen
von Joachim Röhm
240 Seiten. Leinen
ISBN 978-3-250-60040-4
MERIDIANE 40

Wir sind in der Mitte des vorigen Jahrhunderts, hoch oben in den albanischen Bergen. Zwei Familien sind miteinander im Blut, auf dem Friedhof sind je vierzig Opfer bestattet. Gjorg Berisha liegt auf der Lauer, dem Kanun folgend ist es an ihm zu töten. Er weiß: Nach der Tat bleiben ihm dreißig Tage Frist, danach wird er getötet werden.

Kadare erzahlt die Geschichte der albanischen Blutrache und öffnet uns einen Kosmos von Legenden und Mythen, die sonst nirgends in der Welt mehr existieren. Das unter die Haut gehende Werk gibt Einblick in eine der eigensinnigsten und rebellischsten Gesellschaften Mitteleuropas. Mit *Der zerrissene April* eröffnet der Ammann Verlag die Werkausgabe Ismail Kadares in Einzelbänden.

»Da ist die Freude groß, wenn es einem einmal widerfährt, einen großen Autor der Moderne zu entdecken. Genau dies ist mir jetzt passiert mit dem albanischen Schriftsteller Ismail Kadare.«

Michael Kleeberg, Die literarische Welt

Ammann Verlag

Ismail Kadare

Die Brücke mit den drei Bögen

Roman
Aus dem Albanischen
von Joachim Röhm
224 Seiten. Leinen
ISBN 978-3-250-60041-1
MERIDIANE 41

Wir befinden uns im Jahr 1378, die türkische Armee ist auf dem Vormarsch nach Albanien, mit ihr stößt das Osmanische Reich an die Grenzen Europas. Dort, wo seit Jahrhunderten ein Kahn über die Bösen Wasser führt, soll nun eine Brücke die beiden Ufer miteinander verbinden. Die Konkurrenz der ortsansässigen Fährunternehmer mit den zugereisten Straßen- und Brückenbauern erschwert ihre Fertigstellung. Immer wieder gefährden Sabotageakte die Statik der Brücke. Wandernde Sänger rufen den Beteiligten die »Legende vom Einmauern« ins Gedächtnis und bald ist klar: Ein Blutopfer muß her, nur ein Menschenopfer kann den Abschluß der Bauarbeiten bewirken.

»Ein mittelalterlicher Wirtschaftskrimi, glänzend geschrieben und spannend zu lesen. *Beqë Cufaj, Frankfurter Allgemeine Zeitung*

Ammann Verlag

Ismail Kadare

Der General der toten Armee

Roman
Neuübersetzung aus dem Albanischen
von Joachim Röhm
304 Seiten. Leinen
ISBN 978-3-250-60043-5
MERIDIANE 43

Er hatte einen langen Weg zurückgelegt, um eine ganze Armee aus dem Schlaf zu reißen. Mit Karten, Listen und eisernem Gerät war er der Erde auf den Leib gerückt, in welcher die Soldaten ruhten, ohne zu wissen, ob diese mit der Störung überhaupt einverstanden waren.«

Dem italienischen General, der zusammen mit einem Geistlichen etwa zwanzig Jahre nach Ende des Zweiten Weltkriegs den Auftrag erhält, die sterblichen Überreste seiner in Albanien gefallenen Landsleute zu exhumieren und in die Heimat zurückzubringen, wird seine patriotische Mission im Laufe des Jahres immer fragwürdiger. Schlamm, Kälte und Regen erschweren seine Arbeit. Trotz genauester Listen und Verzeichnisse ist manches Grab nur schwer zu finden, andere sind schon von anderen Leichenbergern ausgehoben, oft wird die Identifizierung allein anhand der Knochenreste unmöglich …

»Der Albaner Ismail Kadare hat Romane verfaßt, die zum Besten gehören, was ein Leserleben zu bieten hat.«

Andreas Breitenstein, Neue Zürcher Zeitung

Ammann Verlag

Ismail Kadare

Der Palast der Träume

Roman
Aus dem Albanischen
von Joachim Röhm
240 Seiten. Leinen
ISBN 978-3-250-60042-8
MERIDIANE 42

Mark-Alem, Sohn einer albanischen Großbürgersfamilie, wird als Bediensteter in den Palast der Träume berufen. Durch seine Augen lernen wir jenes »Laboratorium des Schlimmsten« kennen, ein Schreckenslabyrinth, in dem ein Staat aus den Träumen seiner Bewohner den Fortgang der staatlichen Zukunft abliest. »Denn ein Traum, der wie ein herumfliegender Funke zufällig im Gehirn eines bestimmten unter vielen Millionen schlafender Menschen gelandet ist, kann dazu taugen, Unheil vom Staat und von unserem allgewaltigen Gebieter abzuwenden.«

Der Palast der Träume ist einer der riskantesten Texte Ismail Kadares. Seine in einem phantastischen Istanbul angesetzte Parabel über Gedankenkontrolle, staatliche Willkür und Machtmißbrauch wurde bei Erscheinen in Albanien sofort geächtet. Dies ist die deutsche Erstausgabe, ein Spannungsroman wie Aldous Huxleys *Schöne neue Welt,* beklemmend und von ungeminderter Aktualität.

»Hier ist ein Anwärter auf den Nobelpreis!«

Mareile Ahrndt, Financial Times

Ammann Verlag

Ismail Kadare

Das verflixte Jahr

Roman
Aus dem Albanischen
von Joachim Röhm
240 Seiten. Leinen
ISBN 978-3-250-60044-2
MERIDIANE 44

Eine außerordentlich sympathische Truppe von Freischärlern tritt an, für ihre Heimat Albanien ins Feld zu ziehen. Ihre Helden sind der Anführer Shestan Verdha, der singende Doska Mokrari und der lange Alush Gjati, zu groß für jeden Sarg. Anfangs zu fünft, später in Hundertschaften kämpfen sie, gegen wen da zu kämpfen ist, ganz gleich ob der Feind Holländer, Türke, Österreicher, Franzose, Bulgare oder Montenegriner ist. Und dann soll ausgerechnet ein deutscher Prinz König von Albanien sein? Nur wenn er beschnitten ist, witzeln Konsuln und Offiziere jeder Couleur, die sich im Salon der maltesischen Kurtisane Sara Stringa die Klinke in die Hand reichen.

Ismail Kadare erzählt von den Wirren der albanischen Geschichte, packt sie in ein einziges verflixtes Jahr und verbindet Realismus und tragische Komik zu einer Liebeserklärung an seine Heimat.

»Dem Albaner Ismail Kadare gelingen in seiner chronikartigen Erzählung hinreißende Skizzen von wunderlichen Menschen.«

Die Weltwoche

Ammann Verlag

Piet de Moor

Eine Maske für die Macht

Ismail Kadare – Schriftsteller in einer Diktatur

Aus dem Niederländischen
von Marie-Luise Flammersfeld
100 Seiten. Broschiert
ISBN 978-3-250-60045-9
MERIDIANE 45

Ismail Kadare, dem im Jahr 2005 der Man Booker International Prize zugesprochen wurde, ist inzwischen in vierzig Sprachen übersetzt. »Ein Homer aus Albanien« (so die Jury) wurde ausgezeichnet, der auch seit langem für den Nobelpreis im Gespräch ist.

Piet de Moors Essay berührt die Schlüsselpunkte in den einzelnen Werken dieses immensen literarischen Kosmos Kadares. Behutsam umkreist er die biographisch und literarisch wichtigen Themen des Autors und seiner verschiedenen Romane und Erzählungen, die einerseits in europäischer, aber auch kleinasiatischer Geistesgeschichte wurzeln, und öffnet sie für das Verständnis der Leser. Und so gelingt ihm eine Hinführung zu diesem wichtigen Autor, seinen Werken und der deutschsprachigen Werkausgabe, die – in der kongenialen Übersetzung von Joachim Röhm – seit 2001 im Ammann Verlag erscheint und fortgeführt wird.

Piet de Moor, 1959 in Belgien geboren, ist Schriftsteller und Journalist. In seinen zahlreichen Publikationen zu Mitteleuropa spürt er das scheinbar Unbedeutende und Marginale auf, das sich hinter den großen dogmatischen und totalitären Geschichten verbirgt.

Ammann Verlag